継続は魔力なり 8

~無能魔法が便利魔法に進化を遂げました

continuity is the father of magical power

リッキー

TOブックス

主な登場人物

レオンス・ミュルディーン……この物語の主人公。前世の記憶を持った転生者。幼少期に頑張ったおかげでとんでもない魔力を持っている。愛称はレオ。

シェリア・ベクター……主人公の婚約者で、帝国のお姫様。美人だが、嫉妬深いのが玉に瑕。愛称はシェリー。

リアーナ・アベラール……主人公の婚約者で、聖女の孫。シェリーとは凄く仲が良く、いつも一緒にいる。愛称はリーナ。

ベル……主人公の専属メイド。真面目だけど緊張に弱く、頑張ろうとするとよく失敗してしまう。

カイト・エミ……王国が新たに召喚した勇者。電気魔法を使った超高速移動が得意。

エレメナーヌ・アルバー……アルバー王国の第一王女。宝石狂いの姫と人々から呼ばれている。

Leonce

Shelia

Rihanna

Belle

Kaito

Elemenanu

ルー……………………悪徳商人に騙されて奴隷にされ、闇市街に閉じ込められていた女の子。現在はレオの奴隷。

エルシー……………ホラント商会の若き会長。元はレオの師匠であるホラントの奴隷だった。

フランク・ボードレール……ボードレール家の次男で、次期当主。レオとヘルマンは親友であり、学校ではいつも一緒にいる。

ヘルマン・カルーン……勇者の右腕と名高いカルーン家の末っ子。レオのことを師匠として慕っており、今はレオを守る騎士である。

アルマ……………ミュルディーン家の騎士団に所属する少女。ベルと同じ孤児院に所属しており、剣の腕はヘルマンと並ぶ。

レリア……………教国の聖女。リーナに聖魔法を教わるため、半年近くミュルディーンにて修行を積んでいた。

教皇……………ガルム教の長。未来を予知する能力を持っており、その能力を活かして教皇にまでなった。

クー………………千年生きる吸血鬼。聖女と交わした契約によって、長い間暗殺者をしている。

マーレット…………リーナの母親。十年前の暗殺事件で暗殺されてしまったとされているが……。

複製士……………転生者の一人。悪役でありながら罪悪感に弱く、レオたちを殺せずにいる。

目次

continuity is the father
of magical power

第十二章　教国旅行編……5
番外編十三　新米騎士の恋……259
書き下ろし短編　第四回ミュルディーン騎士団最強決定戦……347
あとがき……362
おまけ漫画　コミカライズ第4話……365

イラスト／キッカイキ　デザイン／舘山一大

第十二章　教国旅行編

continuity is the father
of magical power

第一話　同窓会

結婚から二週間後、俺はフランクとヘルマンのいつものメンバーで酒を飲むことになった。

お酒は、フランクがミュルディーンで買ったボードレール産の高級ワインだ。

酒は初挑戦だが、今のところ酔わずに美味しく飲めている。

なんか、こうして三人で顔を合わせるのはここ二年くらいなかったから同窓会みたいだな。

「二人とも元気にしてたか？　特にヘルマン、結婚パーティーで会えなくて残念だったぞ。アルマとは上手くいっているか？」

「お久しぶりです。すみません。あの日は忙しかったもので。それと、アルマとの戦績ですが……なんと昨日と今日で二連勝することができました。もしかしたら明日、夢が叶うかもしれません」

「まあ、今頃アルマが必死になって強くなっているだろうから、また振り出しに戻る気がするけどな」

それに、誘った俺が言うのもおかしいけど、ヘルマンはそんな大事な一戦を前にして酒を飲んでしまっているからな。明日はアルマが圧勝するだろう。

まあ、応援くらいには行ってやるか。

「ははは。ヘルマンはよっぽど大変な条件を提示してしまったな」

「そうですね……。でも、諦(あきら)めません！」

「そうか。頑張(がんば)れ」

「フランクの方はどうなんだよ？　アリーさんとの関係は良さそうだったけど」

フランクも人のこと言えないくらい大変だと思うんだが？

「ああ。今のところ順調だ。ジョゼとアリーも喧嘩するくらい仲が良いぞ」

ん？　喧嘩するのは仲が良いのか？　てか、あの優しいジョゼが喧嘩だと？　まったくそんな姿は想像できないんだが？

「そうか。それは良かった。魔法学校を卒業したら、結婚して領地を継ぐんだろ？」

「うん。とは言っても、当分は父さんの手伝いだけどね」

そりゃあそうだろう。俺が異常なだけで、普通は親に領地経営を教わるものだ。

それを考えると、俺って凄いな。

いや、実際に経営しているのはフレアさんとエルシーだから、俺は凄くないな。

あの二人がいてくれて、本当に良かった。

「そういえば、次期当主を争っていた兄さんはどうしたの？　このまま何もしてこない感じ？」

もう、流石に諦めたか？　ここまでフランクが盤石になってしまえば、あっちも手は出せないだろう。

「それが聞いてくれよ！」

「お、おう。なんだ？」

急に大声を出したフランクに驚きつつ、どうしたのか問い返した。

もしかして、遂に隠れていた兄が姿を現したのか？

「あいつ、教国の王国派と組んで、何かしでかそうとしているんだ」

「え？　教国が？」

王国派と言っても、あまりフランクの兄を担いでも美味しくないんじゃないか？

フランクが当主になれなかったからと言って、ガエルさんに影響はあまりなさそうだし……。

確かに、帝国との繋がりが減るのは辛いだろうけど、レリアがいる限り問題ないだろ？

馬鹿なのか？　それとも、何か隠された意図があるのか？

「ほぼ次期トップがフォンテーヌ家で決まったからね。王国派のやつらは、必死になってフォンテーヌ家を落とす方法を考えているんだよ。それで、いつか役に立つかもしれないと思って兄さんを匿っていたみたいなんだ」

「なるほど……。それなら、あまり効果なさそうなフランクの邪魔をしようとしているのも頷けるな。要するに、王国派は手詰まりなんだろう？」

もう最後の足掻きと言ってもいいな。

「そうだよ。王国はこの前の戦争で惨敗しただけでなく、帝国と親しいエレメナーヌ様が王になってしまったからね。権力争いに負けたと言っても過言ではない」

「なるほど……。でも、そこまで勝敗がついてしまっているとしたら、逆に怖いな」

足掻き程度で収まれば良かったが、もう負けが確定しているなら形振り構わないことをしてくるかもしれない。

手負いの相手ほど恐ろしいものはないからな……。

「そうだよ。あの国、普段から貴族暗殺が絶えない無法地帯なのに、これからもっと凄いことになりそうだ」

「そうだよな……。やっぱり、教国旅行は見送った方が良いかな？」

そこまで教国が荒れているとなると、安全を考えて今は様子を見た方が良いよな……。

「俺的にはそうして欲しいが、旅行ついでに聖女を送ると約束してしまったのだろう？」

「そうなんだよね。あの時は、教国がそんなことになるとは思ってもいなかったから……」

「行くなら、忍び屋に狙われているくらい注意しろよ？　お前達は、王国派にとってこれ以上ない餌だからな？」

「わかっているよ。そうだな……。これ以上リーナを待たせちゃうのも悪いし、ガエルさんとの約束もあるし……暗殺対策を存分にして教国に向かうか」

だろうね。ああ～～～。旅行のついでとか思って引き受けなければ良かった～。

もう、リーナと約束して何年経つかわからない。

これから忙しくなってくることを考えると、もう今しかチャンスはないだろうな。

「頼むから、無事に帰ってきてくれよ……」

「大丈夫だって、フランクの結婚式にはちゃんと参加するから」

「それじゃあいつ出発するのか知らないが、ちゃんと来年のこのくらいまでに帰ってこいよ？」

来年か。魔法学校を卒業してすぐに結婚って感じかな？

「出発はもう少し先かな。シェリーたちが俺の体が問題ないことを二ヶ月くらい確認するまで旅行はしないと言うんだ」

シェリーたちのおかげで魔力はこの二週間で回復したけど、他に何かないか確認しないと遠出するのは嫌みたいだ。

まあ、心配させながらの旅なんてしたくないし、素直に従っている。

「そりゃあそうだろう。死ななかっただけ良かったとしても、人から魔力を貰わないと生きていけないって相当ヤバいと思うぞ？」

「僕もそう思います」

そんなのはわかっているんだ。こんな体にした奴に、めちゃくちゃ文句を言ってやりたいよ。

「はあ、でも少しずつこうやって家でダラダラしているのも飽きてきたんだよな……」

「結婚したばかりで何を言っているんだ。ずっと仕事に熱中していてまともにデートもしてなかったんだから、奥さんたちに時間を費やせ」

「は、はい。失言でした。これから奥さんたちに全ての時間を捧げます」

フランクに怒られ、俺はすぐに謝った。

い、一応、この二週間嫁さんたちとデートしたりして時間をすごしていたんだからね？

でも、今の発言は良くなかったな。気をつけないと。

「よろしい。まあ、もしかしたら仲良すぎて別の理由で旅行に参加できなくなってしまうかもしれないけどな」

「別の理由ですか？」

フランクの発言に、俺とヘルマンが首を傾げた。

「流石に妊婦を連れてあの無法地帯に入るのはダメだろ？」

「あ、ああ……気をつけます」

言われてみればそうだった。

そういうこと何も考えてなかった。……危うく、旅行が中止になっていたかも。

「師匠に子供か……。きっと可愛いんだろうな」

「きっと、レオに子供ができたら、ヘルマンたちにめちゃくちゃ甘やかされるんだろうな」

「そうなるかも……。俺も厳しくできる気がしない」

だって、俺自身自分勝手に生きてきたからな……。

自分の行動を鑑みると、とても怒れる気がしない。

「おいおい。ミュルディーンの権力は半端ないんだからな？　暴君とか生み出すなよ？」

暴君か……確かに、それはダメだな。

「だ、大丈夫だって。男だったらヘルマンが厳しく躾けるはずだから」

「え、ええ!?　僕ですか？」

「ああ。剣術は、俺よりもヘルマンが教えた方が良いと思うからな。頼んだぞ？」

俺、もうずっと剣を握ってないからな。最近の俺は完全に冒険者から領主にジョブチェンジしてしまった。

だから、ちゃんと教えてあげるなら俺よりもヘルマンの方が良いだろう。

「は、はい……。お任せください」

「おい。女だったらどうするんだ？　お前なら、平気で女でも当主にするだろう？」

流石フランク、俺のことをよくわかってる。

王国で女性のエレーヌが王位を継いでいるわけだし、女性が当主になるのが悪いとは思わないな。

まあ、躾けに関しては、男以上に厳しい気がするけど。

「まあ、嫁さんたちがちゃんと怒ってくれるから大丈夫だって。皆、怒ったら俺よりも怖いぞ？」

「確かに……」

「とは言っても、俺も人に任せすぎないようにしないとな。パパ嫌いとか言われたらショックだし」

「ははは。お前ならあり得そうだな。仕事に熱中しすぎて、家庭を疎(おろそ)かにするタイプだし」

「うう……。これから気をつけないと」

フランクの指摘通り、俺は一つのことに夢中になると周りが見えなくなるところがあるんだよな……。

師匠にも釘を刺(さ)されているし、家庭第一だってことを忘れないようにしないと。

第二話　開発計画

結婚式から約一ヶ月が経ち、フランクが魔法学校に帰った頃。

ちょうどカイトたちの終戦交渉の方も終わった。

詳しい内容は知らないけど、送り届けた時のカイトの様子や話からして、王国にとっては悪くない内容で決着したみたいだ。

今の王国の状況を見て、皇帝が譲歩(じょうほ)したってことかな？　まあ、詳しい話を聞かないと実際はどうなのかわからないんだけど。

というわけで、今日はその詳しい話を聞かせてもらうことになった。

「体はもう大丈夫か？」

「はい。おかげさまで、もう心配ありません」

「それは良かった。新婚生活の方はどうだ？」

「そちらもご心配なく。円満な夫婦生活を送れていると思います」

一ヶ月、本当に楽しい時間を過ごさせてもらえた。

これまで仕事に熱中していた時間を考えればまだまだ足りないだろうけど、これまで出来ていなかったデートとかたくさんした。

この一ヶ月間を合計したとしても、一人でいた時間は一時間にも満たないんじゃないかな？

トイレの時以外、五人全員または五人の内誰かが俺の傍(そば)にいた。

「そうか。私も早く孫の顔が見たいから、頼んだぞ」

「そうですね……」

心配しなくてもそのうちいくらでも顔を見せてあげるから、そんな急かすなって。

「父さん。急かしちゃダメだって。レオもやっと休めるんだから」

と言うクリフさんも、期待の眼差しを俺に向けていた。

なんなら、皇帝よりも期待の圧が凄い。

「そ、そうか……」

二人とも、あと五年いや三年以内にはできると思うから、それまで我慢(がまん)してください。

「それじゃあ、本題に入ろうか。まず、王国との終戦協定と不可侵条約について」

「どうなりましたか？　カイトから少し聞いてはいますが、随分と帝国が譲歩したみたいですね」

「まあな。今の王国から金を取ってもあまり美味しくない。それなら、少し待ってからちょっとはマシになった王国相手に商売をした方が儲(もう)かるだろ？」

「あと、ここで譲歩しておけば、王国は帝国に頭が上がらなくなるからね。これから、王国の政治に僕たちが口を出せるってわけだ」

「なるほど……」

やっぱり、単純に優しさだけで緩い条約を結んだわけではないんだな。二人とも流石だ。

まあ、これもエレーヌが国王になってくれたからこそ、取れる選択肢なんだろうけど。

あの前王では、信用なんてできるはずもないし、絶対に今すぐ金を払わせていたと思う。

「ですが、王国に口を出すとしたら具体的に何をやらせるのですか？」

「さっそく、王国には帝国と似たような貴族学校を創設するように命じた。王国が不安定な一番の要因は、貴族に教育が行き届いていないことのはずだ。帝国も勇者様が貴族学校を創設するまでは、貴族たちの汚職（おしょく）が酷かったらしいからな」

ああ、それは学校でよく習った。

そういえば、学校で汚職はよくないってことを散々聞かされたな。あれだけ聞かされていれば、確かに将来汚職をする人は減らせそうだ。

「なるほど。それは良いと思います。交換留学とかもやったら面白そうですね」

「ああ。もちろんやるつもりだ。この王国と帝国のいがみ合いは、子供たちから改善していくことが大切だからな」

子供たちから改善か。確かに、それは良い考えだ。

「王国は十年後を目処（めど）に学校を建てるつもりでいるから。ちょうどレオやシェリーの子供が最初の交換留学生になるかもしれないね」

確かに十年後ともなれば、一番上の子供は学校に通っているかもしれない。いじめられたりしないと良いけど……。まあ、俺たちの子供なら大丈夫か。

「楽しみですね」

「ああ。というわけで、早く孫に会わせてくれ」

「はいはい。それで、王国の話題はこの辺にして、旧フィリベール領とその周辺地域に話題を変えよう」

話題を変えるということは、これ以上俺に話せることはないってことかな？

まあ、今回一番の目的は『仲良くしましょう』だから、そこまで細かいことは決めてないのか、決まらなかったのだろう。

「本格的な再開発は、レオたちが旅行から帰って来てから行うのだろう？」

「はい。そうですね。半年後から本格的に再開発を進めていくつもりです」

今は皆、戦争とその準備で疲れ切っているからね。

俺たちが旅に出ている間くらい、最低限の仕事にしてあげないと辞められてしまう。

「そうか。まあ、今はゆっくり休んでくれ」

「はい。そうさせてもらいます」

「今の段階で考えていることで良いんだけどさ。あの広大な土地を豊かにする秘策はあったりする？」

もちろん考えている。

だって、三国会議までは戦争しないつもりでいたからね。

三国会議が終わったら、すぐに開発に取り掛かるつもりで計画だけは立てていたんだ。

「そうですね。今のところ、それぞれ三つの主要都市をそれぞれ農業、工業、商業で役割を分担させようと思っています」

「それぞれ詳しく聞かせてくれ」

「農業の都市では、農作物の生産性を上げるための実験場にしたいと考えています。品種改良や肥料の開発、魔法具や魔法を使った新しい農業方法の発明など、最先端の農業を取り扱う場所にしたいと考えています」

土を耕す魔法具とか、自動で水をやる魔法具があったら、飛躍的に農作業が楽になると思うんだよね。

「ほお。それは凄そうだな。それが成功したら、帝国で飢餓の心配をする必要は無くなるわけだ」

「いつかは、そんな日が来るかもしれませんね」

「次に工業。これは魔法具工場をたくさん建てるつもりです。これまで以上に魔法具を大量生産し、より低価格で魔法具を提供できるようにしていくつもりです」

ミュルディーンの地下工場で作られる魔法具も従来に比べれば随分と安いが、まだ庶民の贅沢品程度にとどまっている。

これではダメだ。

「遂に、貴族や一部の金持ちしか手が出せなかった魔法具が一般市民でも手に入れることができるわけか」

そう。俺は魔法具が日常的に使われるようにしたいんだよな。

やっぱり、産業の発展には機械化が必要不可欠だからね。

「はい。それと、大きな魔法具研究所も建てる予定です。師匠が亡き今、新しい魔法具の発明には、よりお金と時間をかけないといけないので」

師匠みたいな天才は、今後そう簡単に生まれてくることはないだろうからな。

比較的天才たちを集めて、お金と時間をかけて研究してもらう他ない。

「そうだな。それで、最後に残った商業はどうするんだ？　どう頑張っても、商業ではミュルディーンに勝てないだろう？」

「そうですね。だから、強大な資金源を創造することにしました」

「資金源？　何を創造するんだ？」

「ダンジョンですよ。冒険者が稼ぎやすいダンジョンを僕が創造します」

他のダンジョンみたいに効率よく魔力を手に入れることを考える必要はないし、ダンジョンが死なない程度に椀飯振舞（おうばんぶるまい）するつもりだ。

高価な素材がたくさん手に入れられるダンジョンにしたいね。

「なるほど。それなら、十分街が潤（うるお）いそうだな」

「素材の街とするわけだね」

「はい。素材を安く手に入れられる街を目指します」

「そうなると、また冒険者の需要が高まりそうだな」

「そうですね。ですから、冒険者学校をダンジョンの近くに建てようと思います」

「冒険者の学校？　そんなもの、生徒が集まるのか？　冒険者というのは、目先の利益しか考えない奴らだぞ？　そう何年も我慢できるか？」

「そうですね。ですから、一年間しっかりと学ぶコースと三ヶ月基礎だけ学ぶコースの二つに分けます。三ヶ月コースでは、冒険者として必要な知識と簡単な体の使い方が学べます。一年コースでは、それに加えて剣術や魔法を教わることができます。一年コースを卒業すれば、冒険者としては一人前のCクラス程度の知識や実力は得られるはずです」

まあ、これはすぐに人気が出ることはないと思う。

だけど、卒業生たちが活躍しているのを見れば、どんどん入りたいと思う冒険者たちが増えると思うんだよね。

てか、一般人が魔法を学べる機会って魔法学校かミュルディーンの学校くらいしかないし、もしかしたら魔法を習いたくて入学する人が結構いるかも。

「なるほど。確かに、そこまで考えているなら心配なさそうだな」

「うん。どの都市も、レオにしかできないやり方だけど、問題なく発展できそうだな」

「ただ、残った小さな町や村はどうする?」

「まず、大都市よりもかなり低い住民税を設定し直します。それと、新たな農業方法が発明できたら、すぐに貧しい農村に広めていくつもりです。あとは、道の整備ですね。最低でも馬車がすれ違えるくらいの道を領地内に張り巡(めぐ)らせたいですね。そうすれば、多少都市から離れていても安い住民税に惹(ひ)かれた人たちが移住してくれるはずです」

まあ、とりあえずは地盤を固めるためにも三つの主要都市をしっかり発展させて、地方は少しずつやっていくしかないかな。

たぶん。すぐには解決できるとは思えないし。

「そうか。そこまで考えているのなら、心配する必要はなさそうだな」

「そうだね。まあ、僕らも存分に支援するから、何かあったらすぐに頼ってきてね?」

「いや、頼られなくても援助する」

「ありがとうございます」

今回の開発は、金はいくらあっても足りない状況だから、遠慮せずにたくさん金を貰うつもりだ。

大きいことをたくさんするつもりだし、帝国の援助がなかったら絶対に開発は終わらないだろう。

「礼なんていらない。あそこはもう、皇族の土地だからな」

「はい。皇族領に恥(は)じない発展を遂げてみせます」

「ああ、頼んだ。ただ、急ぐ必要はない。気長にやれ」

「了解しました」

「それじゃあ、旅行楽しんで来い」

「はい。楽しんできます。お土産、楽しみにしておいてくださいね」

教国の名物って何だろう？　二人が喜びそうな名産品を調べておかないと。

第三話　出発

遂に新婚旅行出発当日。

「もう出発するよ！　馬車に乗り込んで！」

昨日あれだけ言ったのに一名、荷造りが終わっておらず出発できずにいた。

まあ、もちろんその一人とはルーなのだが。

「ほら、ルー。そのお菓子は諦めなさい」

そうシェリーに言われているルーは、背中に背負ったバッグと両手に持った大きな袋にこれでもかと大量の食料を詰め込んでいた。

あいつ、本気か？　馬車があれで一人分はなくなるぞ。

「えー。だって、半年旅するならこれくらい必要でしょ？」

「半年あったら普通に腐るわよ……」

「あ、そうか……」

いや、普通に考えればわかるだろ。まったく……。

「心配しなくても、旅の合間で帰って来られるんだから、お菓子はその時に補充すれば良いだろ？」

「そうなの!?　早く言ってよ！　それじゃあ、お菓子はこれくらいで諦めようっと」

いや、もう何度も転移を使ってこっちに戻ってくる話はしたはずだけど？

見た目はもうずいぶんと大人なのに、中身はまったくと言っていいほど変わらないな。

「まさか。そっちの袋は全て持っていくつもり？」

「え？　多い？」

「十分多いわよ……」

流石のエルシーも呆れちゃってる。

それから、ルーに両手に持った袋は諦めさせて、ようやく出発できた。

「よく食うな……」

ルーは馬車から見える景色など気にせず、パクパクとお菓子を口に放り込んでいた。

「本当、よく太りませんよね」

「腹の中で破壊魔法でも働いているのかもしれないな」

胃の中に入った瞬間、破壊されていたりして。

「あり得るわね……」

「ふんふふんふん」

俺たちの言葉や目なんて気にせず、ルーはそれからもお菓子を口に放り込む手を止めることはなかった。

「それで、いつまでこうして馬車に乗っているつもり？」

「ボードレール領までは良いんじゃないか？　流石に帝国で襲撃してくるような馬鹿はいないだろう」

「そうですね。それで、ボードレール領に到着するまではそれで良いとして……」

途中で言葉を止めると、リーナが俺に心配そうな目を向けてきた。

これは、本気でやるのか？　と言いたいのだろう。

「大丈夫だって。帝国を出たら、予定通り馬車には無人で走ってもらって、その間に俺が目的地まで一走りしてくるよ」

帝国を出たら安全は保障されない。教国貴族が成長した聖女を狙ってあの手この手で俺たちを殺そうとしてくるだろう。

盗賊や暗殺者、爆弾。何を使われるかわからない。だからこそ、何かが起こったとしてもすぐに対応できる少人数で移動することが正解だと思うんだ。

まあ、全く旅行気分は味わえないのだけど。

「一人でなんて危ないわ。ねえ……考え直さない？」

「大丈夫。一人じゃないよ。スタンとヘルマンを護衛につける」

あの二人が護衛なら、転生者が相手じゃない限り問題ないはずだ。

「スタンさん。結婚したばかりなのに、良いんですか？」

「確かにそうなんだけど……仕方ないじゃん。教国の地理に詳しくて、俺の護衛ができるのはスタンしかいなかったんだもん。まあ、一週間だけだから」

教国出身で頼れる人は、リーナ以外ではスタンしかいない。

もちろん、新婚ほやほやのところ申し訳ないけど、一週間だけフレアさんに我慢してもらうことにした。

まあ、夜は転移でこっちに帰ってくるつもりだし、日中会えなくなるだけだから大丈夫なはず……

大丈夫かな？　フレアさんに嫌われたくはないな。

「無理はさせちゃダメだからね？」

「もちろん。安全第一で行ってくるよ」

危なくなったらすぐ転移。これを心掛けるようにしましょう。


それから数日馬車に乗り、ようやくボードレール領に到着した。

この数日間、ゆったりとした馬車の旅を嫁さんたちと楽しんだ。

たぶん、こんな時間はもう当分はないだろうな。

そんなことを思いながら馬車を降りると、ボードレール家の当主、フランクのお父さんに出迎えられた。

「お久しぶりです」

「久しぶりだな。戦争での傷はどうした？」

「こうして旅に出られるくらいには、すっかり治りましたよ」

「それは良かった。教国には明日にでも入るのか？」

「ええ。行かないといけないところ、やらないといけないことはたくさんありますからね。ボードレール領に長居したいところですが、今日だけの滞在とさせていただきます」

「そうか。まあ、半分仕事みたいなものだからな。レリア嬢、お父様によろしく伝えておいてくれ」

「はい。伝えておきます」


それから、軽くフランクのお父さんと世間話を交えて仕事の話をして、少し時間が余ったから皆で観光をすることになった。

「ここの人たちってたまにちょっと変わった恰好(かっこう)をしている人がいるわね」

「え？　そう？」

変な恰好の人なんていたかな？

シェリーに指摘され、周りを見渡してみるが、そんな人は見当たらなかった。

「教国の服ですよ。あちらでは、半袖の服を着るのが一般的です」

半袖？　ああ。言われてみれば、帝国で半袖を着ている人は見かけないな。

まあ、理由は単純に半袖では少し寒いからなんだけど……教国は比較的温暖なのか？

俺の記憶が正しければ、気温は帝国と大して変わらなかったよな？

「へえ。その割に、リーナや聖女様、レリアはしっかりと着込んでいるわよね」

「ガルム教の神官や教国貴族はしっかりと服を着ないといけない習わしです。守らないと異教徒として処罰されてしまいます」

「へえ。それじゃあ、フードとか被っていたら逆に目立つのかな？」

「そうですね……それは厳しいかもしれません」

「元々、庶民に薄着をさせる理由の一つがそういった密偵や暗殺者に顔を隠させないためですからね。真っ先に騎士たちに取り抑えられてしまうと思います」

リーナの解答にレリアが補足してくれた。

なるほど。庶民の服を取り締まっている理由にはそんな理由があったのか。

暗殺大国の教国らしい政策だな。

「そうなのか……仕方ない。こうなったら、堂々と教国風の服で旅をするしかないな」

これ自体が教国の思惑通りなのかもしれないが、他に方法もない。

「気をつけてくださいよ……。旦那様の顔は、名のある商人なら知っていて当然とされているのですから。都市に行けば確実にレオ様を知っている人は必ずいます」

「わかった。まあ、もし俺だと気が付かれたら全速力で次の町に逃げるさ」

エルシーの心配そうな助言の通り、俺の顔を見てレオンスだと気が付ける人は俺が思っているよりも多いはずだ。

だからこそ、見つかったらすぐに転移を心掛けておかないと。

「そうしてください」

「それじゃあ、服選びだな」


「なんか、半袖って不安になるな。防御力が減ってしまった気がする」

適当な服屋に入って、シェリーが選んだ服を適当に試着してみた俺はそんなことを思ってしまった。

長くしっかりと服を着こんでいたせいか、どうも薄着なのは心が落ち着かない。

あと、普通に肌寒い。

「布が何枚重なっても防御力には関係ないって。うんうん。似合っているわ」

「ちょっと派手では……?」

ベルに指摘されて、自分の恰好を見直してみると……確かに赤や黄色を基調としていて、確かに派手と言わざるを得なかった。

「そうですね。旅行だけが目的なら素敵だと思うのですが……」

「そう……? うん。言われてみれば、これは人目に付くかも」

「というわけで、もう少し地味な色にしましょうか」

それから女性陣たちによる試行錯誤(しこうさくご)が繰り返され、ようやく試着室から解放された。

色々と試されたが、結局黒一色の服を着ることになった。

「うん。良いと思うわ」

「はい。黒なら目立たなそうですし、問題ないと思います」

「それは良かった。それじゃあ、明日からはこれを着て移動だな」

あとは、剣とか冒険者みたいな装備を持っていれば大丈夫だろう。

まあ、あっちに入って自分たちが変に思われそうだったら、すぐに変えれば良いだけだしね。

「くれぐれも気を付けてくださいね」

「うん」

第四話　隠密旅行

教国に隠密入国を実行する日。

俺とヘルマン、スタンはとある山の麓にいた。

帝国と教国の間に高くそびえ立つ山脈の麓だ。

「さて、行こうか」

「「はい」」

「何があっても全速力で走り抜けるぞ。今日だけで山頂までには到着しておきたい」

「了解しました。もし、何か障害物があった場合は僕がすぐに排除します」

「頼んだ。スタンも大丈夫？」

フレアさんとの旅行から帰って来てすぐだけど、大丈夫だったかな？

旅の余韻に浸りたかったろうに……本当に申し訳ない。

「いえ、十分気分転換できましたのでバリバリ働かせてもらいますよ。私はお二人ほど強くありませんが、道案内は任せてください」

「ありがとう。頼んだよ」

というわけで、全力疾走による山登りが始まった。

無属性魔法があるからできる荒技だな。他には絶対できない。

そんなことを考えていると、遠くの空に黒い塊が見えた。

「なんだあれは？」

「ワイバーンの群れ……ですね」

近づいてみると、凄い数のワイバーンが群れを成していた。

うわ……あの真下を通っていかないといけないのか？

「流石にあれは無視できませんね……」

だな。回り道をしたところで、ワイバーンには気づかれるだろうし……。

「斬撃を飛ばしながら進むしかない。前は俺がやるから他は二人に任せた」

ドラゴンの巣に放り込まれたことがある俺にとって、ワイバーンの群れは恐怖になり得ない。

というわけで、一番脳筋な選択を取ってしまった。

まあ、ヘルマンとスタンなら大丈夫でしょう。

「セイ！」

『ギャアアア！』

「うお。鳴き声うるさ」

俺が斬撃を飛ばしたことで、斬られたワイバーンたちの断末魔の叫びとそれ驚いた大量のワイバーンたちの鳴き声で凄い騒音が奏でられていた。

「耳がおかしくなってしまいそうですね」

スタンの言う通り、もうそういう攻撃なのか？　くらいとんでもない爆音だった。

これは、何か対抗策を用意しないといけないな。

「ほら耳栓。これしとけば大丈夫だろ」

そう言って、俺はその場で創造した耳栓を二人に渡した。

遮音性抜群。これなら、耳がおかしくなることはないでしょ。


三人でひたすらワイバーンを斬り倒しながら走り、途中からはワイバーンが逃げていき、それからはただひたすら走った。

そして、ようやく今日の目的地に到着した。

「ふう。なんとか山頂だな」

「夕日も相まって良い眺めですね」

朝早く出発したにも拘わらず、到着したのは日が沈むぎりぎりの時間。

ワイバーンがいなければ、もっと早く到着できたろうな。

まあ、綺麗な夕日を見られたから良しとするか。

「よし。今日はこの辺で帰るとするか」

ＳＩＤＥ：？？？

「消えたな」

「はい。おそらく、転移を使ったのでしょう」

「予想通りだが……寝込みを襲えないというのは、なかなか難易度が上がるな」

「どうします？　明日、転移してきたタイミングを狙いますか？」

「いや、それをするのはまだ早い」

ＳＩＤＥ：レオンス

「ただいま～」

「おかえりなさい。大丈夫だった？」

「ああ。予定通り大丈夫だったよ。やっぱり、まさか山脈を越えてくるとは思っていなかったらしい」

普通、ボードレール領にまで来ておいて、関所（せきしょ）を通らないで険しい山越えをしようと思わないからな。

今日ボードレール領を出た馬車には、俺たちそっくりのゴーレムたちを入れておいた。

きっと、暗殺者たちはそれに騙（だま）されていることだろう。

「そう。それなら良かったわ……。でも、油断しちゃだめよ」

「そうです。教国の暗殺者を舐（な）めてはいけません」

「わかっているよ。ちゃんと警戒しながら進んでいるさ」

「いいえ。わかっていません。忍び屋が生まれたのも教国なんですよ？　アレンと同等レベルの暗殺者がいてもおかしくありません」

うん……確かに、言われてみれば教国にどんな強敵がいるのか、俺は何も知らないな。

もしかしたら、転生者がいるかもしれないし……最大限の警戒を心がけておいた方が良いな。

「わかったよ……。それじゃあ、明日は新領地の視察でもしようかな」

「え？　どういうこと？」

俺の提案に、シェリーが首を傾げた。

「暗殺者の立場になって考えてみて」

「うん」

「まあ、普通に考えて転生者じゃない限り、俺たちに正面から挑んでも勝てるとは思わないでしょ」

勇者と戦って勝った実績や数百人で数千の敵を倒した騎士たちの話を聞いていれば、そんなことはしてこないはず。

特に暗殺者なら、余計に不意を衝くことに専念するだろう。

「うん。そうね」

「なら、考えられるタイミングとして、暗殺者が狙ってくるとすれば夜、俺たちが寝た頃でしょ？」

「そうね」

「でも、俺たちはこうして夜の間はこっちに帰って来ちゃってる」

「そうね。そうすると、暗殺者たちはどこで狙うのかしら？」

「俺が狙うなら、転移したばかりの瞬間かな。周囲の状況を確認するのに時間がかかるから」

この隙を狙わない手はないだろう。

「なるほど。そういうことね。だから、わざと転移しないわけね」

「そういうこと。上手くいけば、相手は俺が違う場所で転移したかもって思ってくれるかもしれない」

ランダムな時間で転移することで、もし相手に待ち伏せされていたとしても少しは相手を惑(まど)わせることができるはずだ。

まあ、もしかしたら無意味なことをしているかもしれないけど、一日くらい別に良いだろう。

「上手くいくと良いですね」

そうだな。


SIDE：？？？

次の日の朝。

レオンスたちは現れなかった。

「クー様、レオンスは見当たりませんでした」

「仕方ない。半分は下山させて、先の街で待機させろ。残り半分は俺と待機だ」

「はっ」

「さっそく見失うとは……。やはり、人生最大の大仕事になりそうだな」

五人の部下たちが山を下って行くのを眺めながら、俺は今回のとんでもなく高い難易度を再認識した。

果たして、レオンスはどこにいるのやら……。

SIDE：レオンス

俺は現在、三つの主要都市の一つ、工業の都市にエルシーと来ていた。

「大体、この辺まで工場になる予定です」

そう言って、連れてこられた場所は、今ある都市が小さく見えてしまうほど、都市から距離が離れていた。

「思っていたよりも随分と広いな。あの城壁は全て取り壊すのか？」

今の都市を囲っている薄い壁を指さした。

あれ、ある意味が本当にないからな……。

「はい。新しく建てることもしません。これからどんどん拡張していく度に壁を建て直すわけにもいきませんし、この先百年は戦争の心配をする必要はありませんからね」

「言われてみればそうだな。この辺に魔物は出ないし、この都市は防衛に資金をかける必要はないか」

国境の城壁も、もうすぐ修復が完了するしね。

「はい。憲兵(けんぺい)を多めに雇(やと)っておけば問題ないかと」

「了解」

「そして、こちらが研究所予定地です。技術者の養成所も兼ねて使われる予定なので、大きめに造る予定です」

「いや、この広さ……城が建ちそうだぞ？」

研究所の範囲を聞いて、俺は思わずエルシーが正気か疑ってしまった。

「そうですね。ですが、大型の魔法具も研究していこうとなると、どうしてもスペースが必要でして。あ、もちろん城なんて建てませんよ？　精々、高くても三階建てくらいでしょう」

まあ、エルシーのことだろうから、何かしら考えがあるのだろう。

「なるほどね。まあ、そこら辺は任せるよ。資金の心配は必要ないから」

ミュルディーンでの稼ぎがあるし、帝国から大量に貰っているからね。

と言っても、ホラント商会だけでもどうにかなってしまいそうだけどな。

「了解しました。それで、この都市の名前は決まりましたか？」

そういえば、名前を考えておかないといけなかったな。

「元々の名前はフィリベール……変えないとダメかな？」

「はい。ダメですね」

そうですよね……。

はあ、何か良い名前はないかね？

「うん……あ、思いついた。エルシーだな」

「え？」

「この都市の名前はエルシーで決定」

ふう。良い名前が思い浮かんで良かった。

「ちょ、ちょっと待ってください！　ど、どうしてか聞いても？」

「もう、俺にとって魔法具と言ったらエルシーだからね」

「そんな簡単な理由で……」

「良いじゃないか。これから、エルシーが中心になってこの都市を発展させていくんだから」

「とても恥ずかしいのですが……」

「まあ、すぐに慣れるって」

「うう……わかりました」

「よし。それじゃあこの流れで、農業の都市をリーナ、冒険者の都市をベルーにしよう」

「シェリーさんはいいのですか？」

もちろん考えていますとも。

「心配しなくてもちゃんと考えているよ。シェリーは、王国との国境の都市にする。一からつくらないといけないから、都市として形になるのはまだ先だけどね」

これから、王国との友好的な関係を続けて行く為には絶対に必要な場所だし、その重要性を示すためにもシェリーの名前が一番合っているだろう。

「なるほど。それなら、シェリー様も喜びますね。それにしても、ベルさんとルーを合わせてベルーですか？」

「そうだよ。やっぱり冒険者の都市には武闘派の二人が似合うと思ってね。まあ、出来るなら一人一つの都市にしたかったんだけど」

もう一つ都市をつくる予定は今のところないからな……。

「ベルさんならわかってくれますよ。それに、ルーはあまり気にしないと思うので」

「そうだね。まあ、二人には他で何か埋め合わせするよ」

あとで、何か二人に要望を聞いてみるか。

「はい。そうしてあげてください」

ＳＩＤＥ：クー

すっかり日が沈んでしまったが、結局レオンスは現れなかった。

「結局、今日一日出て来なかったな」

「もうここを過ぎてしまったのでしょうか……？」

「わからん。まあ、明日も現れなかった時は、そう思った方が良いだろう。馬車の速度的に、五日後には聖都にいる予定だろうからな」

「ですね」

「流石レオンスと言ったところっすね。あのアレンが諦めるわけだ。どうします？　もうチャンスは一回あるかないか、かもしれませんね？」

「ジル……」

「そんな怒るなって。事実確認をしただけだろう？　なあ？　クー様？」

「そうだな。だが、その一回のチャンスを無駄にするんじゃないぞ？」

「もちろんっすよ。俺を誰だと思っているんですか？」

「なら良い」

こんな組織に行儀の良さを求めるのがそもそもの間違いだ。

駒として有用かどうか？　それだけがこの命が軽い業界で重要な指標だからな。

ＳＩＤＥ：レオンス

隠密旅行三日目、今日は遂に国境を越えて教国に入る。

残り四日しかないから、多少急がないといけないな……。

「二人ともしっかり疲れは取れた？」

「はい。大丈夫です」

「師匠の方こそ大丈夫なんですか？　昨日だって、働いていたじゃないですか」

「俺も大丈夫だよ。昨日だって、都市を見て回ったぐらいしか働いてないから」

働いたと言っても一、二時間だ。だから、心配ないさ。

「そうですか……」

「それじゃあ、転移するか。二人とも、最大限の警戒を頼むよ」

大丈夫だとは思うが、暗殺者たちが転移してくる瞬間を狙っているかもしれない。

「「はい」」

剣をいつでも抜けるように構える二人を確認し、転移した。

「ふう。どうやら警戒し過ぎたのかもしれないな」

予想通り、俺たちを狙っている暗殺者は見当たらない。

辺り一面に広がる青空に、思わず一息ついてしまった。

「そうですね。まさか、敵もこんな山から国境を越えてくるとは思いませんよ」

「まあ、リーナに油断しないように念を押されちゃったから、必要無くても注意は怠らないようにしておこう」

山を下りれば、暗殺者たちが絶対にどこかで待ち構えているはずだ。

ちょっとの油断が命取りになるかもしれない。

「わかりました」

「よし。今日は、山の麓にある都市が目標地点だ。行くぞ！」

とりあえず、今日中に教国に入らないといけないな。

SIDE：クー

「待っていた甲斐があったな」

レオンスたちが山を下り始めたのを眺めながら、思わずそう言ってしまった。

昨日一日が無駄にならなくて良かった。

「そうっすね。それにしても、絶好のチャンスを狙わなくてよかったのですか？　俺なら、あの一瞬で三人の首を取るくらいできますよ？」

「それはクー様が説明しただろう……」

「油断させたいのはわかるけど……あんなチャンスがもう一度あると思うか？」

「それは……」

「一理あるな」

ジルの言っていることも間違いではない。

これから移動距離が増えれば増えるほど、レオンスたちが転移できる範囲が広くなっていく。

もしかしたら、こうして待ち構えられるのは、今日が最初で最後かもしれない。

「お、そうだろ？　やっぱり、クー様はわかってると思ったよ」

「それじゃあ、今から仕掛けるか」

「え？　今から？」

SIDE：レオンス

「下り坂だと楽だな」

「はい。このペースなら、昼過ぎには目標地点に到着できそうですね」

「そうだな。そしたら、今日はその一つ先の都市が目標地点だな」

これから何が起こるかわからないからこそ、こういう楽な日にできる限り進んでおいた方が良いだろう。

もしかしたら、一日暗殺者と戦わないといけなくなる日がないとも限らないからな。

「了解しました」

「この調子で聖都に到着できれば良いんだけどな……ん？」

地面が揺れたような気がして立ち止まると、地響きがどんどん強くなっていた。

そして振り返ると……大きな岩が俺たちに向かって落ちてきているのが見えた。

「落石だ！　スタン！　壁を！」

「は、はい！」

スタンが慌てて土魔法で壁を張り、俺たちは急いでそれに隠れた。

そして、間を置かずに岩が壁にぶつかって崩れる音が壁の向こうから響き渡ってきた。

「危なかった……あんなのが直撃したらぺちゃんこだな」

そんなことを言っていると、また壁に岩が直撃した。

「あまりにも大規模な落石ですね。大きいのが一つとかならわかりますが、こんなにたくさんとなると……」

誰かがわざと落石を起こしている？

「どうだろうな？　魔眼（まがん）で山頂を見てみる」

目に魔力を集中させ、山頂の方を見てみると……五人の人影が見えた。

一人、魔法使いが岩を作り出して、それを一人の男が投げ落としていた。

もう三人は……それを眺めていた。

「いたぞ。五人だ」

「やっぱり……どうします？　僕が行きますか？」

「いや、相手の情報も知らないで無茶はするべきじゃない。ただでさえ、この落石を避けながら頂上に戻るのは時間がかかるし」

残り三人が登ってくるのをただ眺めているとは思えないからな。

予想外の攻撃をされたときに、岩を避けながらでは対処出来ないだろう……。

「それなら、転移で……」

「それも悪手（あくしゅ）だと思うぞ」

転移は隙が大きい。

「でも、あいつらを放っておいても……」

「そうなんだよな……俺だけ転移して、倒してくるか」

複数人で転移すると隙が大きいが、一人で転移する分には問題ない。

ルー相手でも転移作戦は成功したんだ。たぶん大丈夫だろう。

「それはダメです。どうして、暗殺対象自ら暗殺者と戦うのですか？　戦うとしても、僕たちだけです」

「ヘルマンの言う通りです。ダメですよ？　ただでさえ、魔力に制限がかかっているのですから」

「そうだけど……」

良い案だと思ったけど、二人には許可は貰えなかった。

さて、どうするか……。

SIDE：クー

「さて、ここからどうするかな？　帝国一の男よ」

急な作戦開始ではあったが、思ったよりも上手くいっていた。

あの状況でレオンスが取れる手段は三つ。

三人で山を登るか、三人で転移してくるか、レオンス一人で転移してくるかだ。

俺の予想では、一人で転移してくる可能性が一番高い。

「レオンスが一人で突っ込んで来たら、俺が戦っても良い？」

「いいや。レオンスは俺が対処する。お前はヘルマン。残りはスタンだ」

頭が弱いお前にレオンスは相性が悪い。搦手で簡単にやられてしまうだろう。

「ちえ……」

「ヘルマンを舐めるなよ？　レオンスの右腕だ。レオンスが教皇の言うような状態だとしたら、レオンスよりヘルマンの方が脅威だと思え」

スキルを二つも持ったヘルマンはかなり脅威だ。

いくらジルでも負ける可能性は大いにあるだろう。

「そうなの!?　ならやる気が出てきた！」

「カロ、スタンも十分厄介だ。二対一だからと言って油断するなよ？」

「もちろんです」

まあ、こちらは大丈夫だろう。

カロに関しては、そこまで心配してない。

「勇者に瞬殺された男に負けたとしたら、教皇の手の恥になるけどね」

「うるさい。私は誰が相手でも油断はしない」

「へん。もたもたしていたら、俺がまとめて倒してしまうかもよ？」

「いや、どうやらそれは叶わないようだ」

「え？　どうして？」

「勇者を倒した力があっても、不利な状況では戦わない……。やはり、レオンスは思っていた以上に慎重な性格みたいだ」

あの強大な魔力が消えた……。

隠密の可能性もあるが、あの消え方からして転移で間違いないだろう。

レオンスは逃げてしまった。

「つまんな……」

「さて、俺たちも移動するぞ。もう、ここに用はない」

果たして、今日以上のチャンスが訪れることはあるのだろうか？

仕方ない。一度、聖都に戻って予言を聞くとしよう。

ＳＩＤＥ：レオンス

「どうして見逃したのですか？　俺たちなら、五人くらいどうってことないですよね？　これからのことを考えれば、殺しておいた方が良かったのでは？」

「まあ、単なる暗殺者なら俺もそうしたが……」

「単なる暗殺者じゃないのですか？」

「ああ。一人、獣人族（じゅうじんぞく）がいた」

あの岩を投げていた男、獣人族だ。

しかも、獣化していた。

どういうことだ？　あれは王族にしか使えないのではないのか？

王族はベルだけのはず……。

「獣人族？」

「もしかしたら、他も人族（ひとぞく）じゃないかもしれない。下手すると、魔族（まぞく）もいるかもしれない」

「教国に魔族……？」

ガルム教の教典で悪魔の種族である魔族とは関わることなかれって書かれている。

だから、教国は魔族のことになると過剰（かじょう）に反応する歴史があったのだが……どうやら最近はそうでもないらしい。

そういえば、ルーを見ても何も言ってこなかったもんな。

「年中殺し合っている国なんだろ？　なんなら、教皇自らが権力を手に入れる為に教えを破っていたとしてもおかしくない」

もしかしたら、教皇でも宗教は政治の道具にしか思っていないかもしれないな。

まあ、今回あの獣人族を雇っている貴族が誰なのかはわからないけど、上層部なのは間違いないだろう。

「そうですが……」

「まあ、そう思っておいた方が良いってことだ。何事も最悪を想定しておかないと」

「そうですね……。それで、結局ボードレール領からですか」

そう。今、俺たちはボードレール領に来ていた。

山越えは無理だと諦めた結果だな。あれでは、まだ町中で襲われた方が安全だったからな。

「そうだ。急ぐぞ。今なら、暗殺者も手薄なはずだ」

とりあえず、あの強敵に追いつかれる前になるべく進んでおかないと。

SIDE：クー
「やはり……駄目(だめ)であったか」
久しぶりの失敗……こうして頭を下げるのはいつぶりだろうか？
あの小娘を取り逃がして以来、約十年前か。

思っていたよりも最近だな。

「申し訳ございません」

「構わん。そういう定めであったというだけだ」

「そうかもしれませんが……」

「そうだな。定めであったとしても、それを変えるのがお前たちの役目だ」

「申し訳ございません」

「もう時間はない……。私に残された時間はないのだよ。私の寿命は君たちにかかっている。それをわかっているのかね？」

「もちろんです」

「私がどうして化け物を飼っていると思っている？　私に定められた運命を変えるためだ。働いてもらわなければ困るぞ……」

「はっ」

「わかったなら行っていい。そうだな……ここで待ち伏せしておけ。ここで大きな運命を感じる」

「……わかりました」

渡された紙には、王国派の過激派貴族の名前が書かれていた。

あいつら、自分の領地で襲撃を行うのか？

考えが足りない連中だとは思ったが、ここまでとは……。

まあ、手駒として使うには楽だから良いのだが。

SIDE：レオンス

ボードレール領から三日間走り続け、あと二日もあれば聖都に到着できそうだった。

そう、この三日間何も起こらなかった。

「あいつら、仕掛けてこないな」

「もう、早ければ明日には到着してしまうのですけどね……」

「今日の目的地にも到着してしまう。俺たちがいくら目立たないようにしていたとは言っても、暗殺者なら気が付けたはず……。何が狙いなんだ？」

俺たちの移動が速くて、準備が間に合わなかった？

常に警戒していた俺たちに不意を衝ける隙が無かった？

いや、あの五人なら仕掛けてこられたはず……。

「聖都の入り口で狙っているとかは？」

「それはあり得るな……」

山の時みたいに別ルートを通られるのを恐れて、絶対に俺たちが来る場所で待ち伏せをしている可能性は高い。

「聖都の裏侵入ルートを知っていますが、そっちから行きますか？」

お、流石スタン。

「どんなルート？」

「地下水道です。非常に臭いがきついですが、隠れて侵入するにはもってこいのルートです」

「いや……それ、絶対暗殺者も隠れやすいだろ。てか、地下なら生き埋めにされる可能性もあるじゃないか」

あいつら、平気で街とか爆破しそうじゃん。

「そうですね……」

「こういうときは、堂々と正面突破が一番安全かもしれないな」

よくわからない暗い地下で戦うよりは、まだ逃げ道が多い地上で戦った方が良いだろう。

地の利はあっちにあるわけだし。

「そうですね」

「まあ、とりあえず今日はあの都市まで頑張ろう」

今日の目的地がやっと見えてきた。

良かった。今日も日が沈むまでに到着できそうだ。

SIDE：クー

「来たぞ」

夕日に照らされた三人組が見えてきた。

あと十分もあれば、この都市に着くだろう。

「よし。思う存分暴れてやるぞ～」

「だから、クー様の説明を聞いていた？　私たちの出番はまだよ」

「え～。でも、あんな雑魚(ざこ)が群れたところで何も変わらないだろう？　なら、あいつらもまとめて俺が……」

「もう失敗できない……わかっているな？」

「う、うん……」

キャンキャンよく吠える犬は臆病なだけだ。一睨みすれば、すぐに黙る。

さて、レオンスよ……。今日は生きて帰さぬぞ。

SIDE：レオンス

「やっと到着。それじゃあ、帰ろうか」

ぎりぎり日が沈む前に着くことができた。

明日は遂に聖都だ。無理だとは思うが……このまま何も起こらずに終わってくれると楽で良いんだけどな。

「そうですね……。あ、師匠！」

「うお？」

俺が転移をしようと二人に手を伸ばそうとすると、それを阻止するようにどこからか矢が飛んできた。

「遂に来たか……。くそ。領民が死んでも構わないってことか？」

雨のように降り注ぐ矢をスタンに魔法で防御してもらいながら、思わず周りの心配をしてしまう。

やはり……関係ない人たちが射貫かれて倒れていた。

くそ。胸糞が悪いな。

「どうします？」

「二人とも、都市から出るぞ。ここにいると、俺たちに巻き込まれてたくさんの人が死んでしまう」

幸い、俺たちは都市の入り口に近い。

俺たちなら、矢を避けながら都市を出られるはずだ。

「ですが、あの弓兵たちをどうにかしないと……」

「そうだけど、人命優先！」

人の心配をしている場合でもないけど……何も関係ない女性や子供たちが殺されていくのを見過ごすことはできないな。

「わ、わかりました」

「とりあえず、走るぞ！」

と腹を決めて走りだそうとした瞬間、急に矢の雨が止んだ。

それに驚いて辺りを見渡すと……大量の暗殺者たちがこっちに向かってきていた。

「おいおい。無理やりにでも、俺たちを都市の中で戦わせるつもりなのか……？　これは、思っていた以上にヤバいな」

ＳＩＤＥ：クー

「おい、嘘でしょ⁉　なんであいつら、あんな雑魚たちに苦戦しているんだよ！」

貴族持ちの暗殺者たちに苦戦しているレオンスたちを見て、ジルが地団駄を踏んでいた。

こいつが特別傲慢で頭が弱いのか……獣人族自体の思考能力が低いのか……戦力になるから大目に見ているが、この作戦が終わったら本気でこいつの処分も考えないといけないな。

「魔法や飛ぶ斬撃を使えば、簡単にあの数を倒せるだろう。だが、あいつらは町中で使うことはできない」

「どうして？　まさか……あいつら、自分の領地でもないのに都市が壊れないように戦っているというのか？」

どちらかというと領民……いや、こいつにとって領民も都市の一部みたいなものか。

「ああ、正義の味方というのは大変なんだよ」

金にも何にもならないというのに、よくそんなものに命をかけられる。

「ねえ？　もうこうなったら、俺が行ってもいいでしょ？　早く終わらせようよ」

「いいや。お前に出番はない」

「はあ？」

浮き浮きしたジルの提案に俺が首を横に振ると、ジルが声のトーンを下げて俺に向かってきた。

はあ、実に残念だ。今の態度でジルは処分することが決定事項となってしまった。

ここまで上に歯向かうようになってしまえば、組織にとって邪魔にしかならない。

将来性があっただけに……とても残念だ。

「あいつらは、数に押されているだけで、個としての強さは変わっていない。今、お前が突っ込んでいっても、三人相手には簡単に殺されるだろうな」

「お、俺が？」

「ああ。いたずらに兵たちの士気を下げるだけだ」

「そ、そんなことない！　見ておけ！　今、俺が……」

「言ったはずだ。もう俺たちに再度やり直すチャンスなど存在しない……。ここで、俺の言うことを聞かないなら、ここで俺が殺すぞ？」

「ぐっ……わかったよ。ここでおとなしくしておけば良いんだろう？」

どうやら、俺が本気で殺す気でいることを気がついたようだ。

最初からそう素直に頷けば良いものを……もう遅い。

「ああ、おとなしくしておくんだ。カロ、お前は魔法部隊に加われ、都市を必要以上に壊すなよ？

あいつらに守るものがなくなった瞬間、形勢が逆転する」

「……わかりました」

「ちぇ」

SIDE：レオンス

「くそ……一体いつになったら終わるんだ？」

ひたすら向かってきた敵を倒しながら、俺はこれからどうこの状況を打開するのか必死に考えていた。

いつからか降り注ぎ始めた魔法の防御をスタンが担当し始めてからは、ギリギリの戦いが続いている。

どうにかしないと、いつかはやられてしまう。

俺も魔法を使いたいが……魔力が寿命と直結してしまった今、魔力を無駄に使う創造魔法は使えない。

もちろん使ったからと言ってすぐには死なないが……あの五人と戦わなくてはいけなくなることを考えると、ここで魔法は使えない。

「夜通し戦うことを覚悟しておいた方が良いかもしれませんね……」

「それは非常に不味い（まず）な……。体力よりも魔力が先に尽きる」

今も無属性魔法で少しずつだが、魔力が減っていっている。

まさか、この俺が魔力の残量を気にする日が来るとは……。

「師匠は戦わなくても大丈夫ですよ？」

「何を言っているんだ。そんな必死に戦いながら言われて、俺が頷くと思うか？」

「す、すみません……」

「気にするな。今、打開策を一つ思いついた。まあ、それを実行する隙は与えてもらえないけど」

「その隙はどのくらい必要ですか……」

「十秒……いや、五秒あれば十分だ」

「わかりました。五秒ですね？」

そう言うと、スタンが魔法を使って俺に向かっていた暗殺者たちを吹き飛ばしてくれた。

これなら、五秒は俺に刃が届くことはないだろう。

「おお。ありがとう。これで、三体は出せる」

SIDE：クー

「出てきたか……」

今のレオンスは創造が使えないのではなかったはず。それに、あの数秒で創造はできなかったのではないか？

はあ……やはり、情報が足りない。

「おお。あれがレオンス十八番（おはこ）のゴーレム？　あれじゃあ、もう勝てないじゃん」

「そうだ。仕方ない。想定外だ。魔法は一旦止めろ。ジル、ゴーレムを壊してこい」

「え？　マジ？」

「ああ。レオンスの負担が減れば、どんどんゴーレムが増えていく。そうなれば……俺の作戦は失敗する」

「わかったよ……。ついでにレオンスと戦っても良い？」

「死にたいならな」

好きにしてくれ。俺としては、処分する手間が省けて助かる。

「ちえ……わかったよ。ゴーレムだけね」

SIDE：レオンス
「ふう。少しは楽になったな。この調子であと二十七体……全部出せれば、俺たちの勝ちでしょ」
戦争が終わってから、魔力量に十分注意しながら少しずつ造り溜めておいたゴーレムは三十体。
王国との戦争の時と比べれば随分と少ないけど、この程度の暗殺者たちなら大丈夫だろう。

それから、俺は隙を見ながら少しずつゴーレムを鞄(かばん)から取り出していき……、
十体が出た頃には、俺はもうほとんど戦う必要がなくなっていた。

「徹夜にならなくて良かったです」

「そうだ『ドッガン!!』……え？」

「お？　思っていたよりも硬いな」

衝撃と爆発音と共に舞い上がった砂埃が晴れると、ゴーレム五体が狼人間……人狼に壊されていた。

「やっぱり来たか」

こいつが来たということは、他の四人もこの近くにいることを頭に入れておかないといけない。

ふう。ここからが本当の戦いだな。

「ん？　獣の匂いがする……。これはメスだな。しかも、これは……随分と格が高い。もしかしてお前……」

格が高い獣のメス？　なんだそれ？　俺から獣の匂いがするのか？

あ、いや、もしかして獣って獣人族のことで、格の高いメスってベルのことか？

獣魔法を使えるみたいだし、もしかしたらこいつも生き残った王族の一人なのかもしれない。

「もしかして……ベルのことか？」

「ベル？　お前、ベル姫を知っているのか？」

……ん？　どういうことだ？　こいつ、俺とベルの関係を知らないのか？

暗殺者なら、暗殺対象の結婚相手の名前を知らないはずがないだろ？

これだけの実力を持っているのに末端の暗殺者だというのか？　いや、これだけ強くてそれはないか。

うん……獣魔法を使えるところを見るに、こいつは獣人族の王族の生き残りで間違いない。だとすると、どういう経緯で暗殺者になったのかは想像もつかないが、こいつは暗殺者をしながらベルのことを探していたのかもしれない。

でも、雇い主視点から考えるとこれほどの人材がいなくなるのは困るわけで……目的を達成されるのは非常に困る。

だから、こいつにはベルの情報が伝えられなかったのかもしれない。

そう考えると納得だな。

「おい！　黙ってねえで何か言えよ!!」

「ごめんごめん。ベルは……俺の嫁だ」

正直に答えてみたが、果たしてどう転ぶか……。

「嫁？　姫が人間なんかと結婚だと？」

くそ……そういう考えのタイプか。

これは非常に不味い。

「その気持ちもわかるけど、少し落ち着こう。これにはちゃんと訳があって」

「うるさい……黙れ人間。お前を殺して、ベル姫を助け出す」

ああ。これは戦わないとダメなやつだ。

「ヘルマン、頼んでも良い？」

「もちろんです。むしろ、僕に任せてください」

「うん。頼んだよ」

『グルアアア!!』

「おいおい……」

いきなり最終形態か……。

もしこいつがベルと同じ実力を持っているとしたら、俺たちに勝ち目はないな。

SIDE：ヘルマン

『グルアアア‼』

雄叫びと共に、僕たちに向かって突っ込んでくる獣を僕は難なく避けた。

ドッガン！

大きな音を立てながら、背後にあった住居が崩れ落ちていった。

一発でも貰ったらヤバいけど、見切れている。

「師匠！　僕一人で大丈夫です！」

「わかった！」

頷いて、僕から離れていく師匠を横目に、僕は廃墟をかき分けて出てきた獣に剣を向けた。

SIDE：クー

「余計なことを……」

あの正気を失った状態では、相手のエースを倒すことは難しいだろう。

そんなことを考えながら、ジルの死を悟った。

「どうしますか？　加勢しますか？」

「いや……」

「失礼」

俺の言葉に被せるように、教皇の伝令係が登場した。

「……どうした？」

この絶妙なタイミング、教皇はこうなることをわかっていたな？

「言伝(ことづて)です。獣人の餓鬼(がき)を回収して聖都に帰還しろ。作戦の成功より、あの餓鬼の方が未来にとって重要だ。以上、確かに伝えました」

「こうなることを知っていたというのか？」

その質問に答えることなく、伝令係はどこかに消えた。

相変わらず、一方的だ。

「クー様、どうしますか？」

「……どうやら、教皇は俺たちの失敗を望んでいるようだ。何もしないで見守るぞ」

まだやりようによっては、まだまだ勝ち目はあるが……どうやら、教皇はそんなことよりもジルの力の方が大事なようだ。

意図的にジルの情報を隠していた甲斐があったな。

「え？　ジルを回収しないのですか？」

「あいつには……少し痛い目に合ってもらう」

私は先に忠告はしたからな。

「良いのですか……？」

カロが心配しているのは、教皇の命令を無視していいのか？　ということだろう。

「ああ。どうせ聖都の術士たちなら回復できる」

まあ、五体満足で回収しろとも言われていない。

「殺される可能性は……？」

「ない。レオンスは、あいつを殺せないはずだ」

ベル・ミュルディーンの親戚（しんせき）の可能性が高くなったんだ。

あいつは身内に甘い、絶対に殺すようなことはしない。

「そうですか……」

さて、ジルが弱るのを待つとするか。

SIDE：ヘルマン

『グルアアア』

「ベル様に比べて随分と遅い。それに、怒っているからか動きが単調……これなら、スキルを使わなくても勝てる」

直線的な動きしかしない獣を僕は簡単にいなし、少しずつ傷をつけていく。

もう少しで、右の前足が使い物にならなくなるはずだ。

『グルルル』

「はっきり言って弱い。いや、比べる相手が悪かったかな……」

ベル様という完璧な獣魔法使いと比べるのは可哀想（かわいそう）だ。

僕も師匠と比べられたら困ってしまうからな。

「ヘルマン、殺すなよ？　そいつには聞きたいことがある」

「わかりました」

でも、多少の怪我（けが）は許してくださいよ？

「お、お前は……どうしてそんなに強いんだ？」

それからさんざん斬られ、獣魔法を維持できなくなったのか、獣が傷だらけの人の姿に戻った。

「それはもちろん師匠に鍛えてもらったからですね。あなたも良い師匠を見つければ、もっと強くなれたでしょう」

それこそベル様に教わっていたら、僕なんか歯が立たないくらい強くなっていたかもしれない。

「師匠……そいつはお前よりも強いのか？」

「ええ。ずっとずっと強いですよ」

師匠が本気を出せば僕なんて一瞬の隙も与えてもらえず、簡単に殺されてしまうでしょう。

「それは羨ましいな。俺は、自分よりも強い奴が近くにいなかった」

「確かに、それは残念でしたね。でも、まだ間に合うと思いますよ。良かったら僕が良い師匠を紹介しましょうか？」

「それは……本当か？」

獣だと思っていたけど、意外と話が通じるな。

「ええ。だから、大人しく捕まってくれませんか？　その傷では、もう立っているのもキツいはずです」

「……いや、お前は多少信用できるが、あいつはできない。あいつはベル姫を……」

さっきもそんなことを言って、暴走状態に入っていたな。

この人とベル様はどんな関係があるんだろうか？

でも、師匠は何も憎まれるようなことをした覚えがない。

「それも何か誤解していると思います。あなたにどのような事情があるのかは知りませんが、ベル様に会って直接聞いてみません？」

「ベル姫に会える？　本当に会えるのか？」

「ああ。転移を使えば一瞬で会えるぞ」

「そ、それなら……」

良かった。これで、今日は無事帰れそうだ。

「何を考えている？」

獣……ジルが師匠の手を取ろうとした瞬間、闇の中から一人の男が現れた。

そして、躊躇無くジルの腕を切断してしまった。

「う、うあああ」

腕を切られたジルは、腕を押さえながら地面に転がった。

「ふん。その程度で喚くな。カロ、その馬鹿を連れて行け」

「はっ」

男の一言で、一人の女性がジルを抱えて消えてしまった。

くそ……助ける隙を少しも与えてもらえなかった。

「お前は？」

「薄汚い暗殺者だ。じゃあな」

師匠の問いかけに、ニヤリと長い牙を見せて笑うと消えてしまった。

「い、今のは……」

「吸血鬼ってやつなのかな」

吸血鬼、昔本で読んだことがあったな……確か、魔族の一種だ。

「やっぱり魔族まで……」

「ふう。とりあえず帰ろう。すっかり真っ暗になって、シェリーたちも心配しているだろうからね」

「はい」

すっかり暗くなってしまった都市には死体がそこら辺に転がり、夕方までは活気があった都市にはとても見えなかった。

そんな都市を見渡しながら、僕たちは城に転移した。

SIDE：レオンス
「遅かったじゃない！　大丈夫な……え、ええ？　血⁉」

いつもより随分と遅かったから心配してか、嫁さんたち全員が俺たちの帰りをずっと待っていたみたいだ。

血だらけの俺たちを見て、全員がとても動揺した顔をしていた。

「大丈夫。全部俺たちの血じゃないから」

「……みたいですね。襲われたのですか？」

リーナがいち早く聖魔法で俺たちを綺麗にしてくれたが、やっぱり俺たちには傷一つなかった。

奇跡と言ってもいいな。あの吸血鬼、俺たちを殺そうと思えばチャンスはいくらでもあっただろう。

何か戦えない事情でもあったのか？　とにかく謎だ。

「ああ。都市の中でとんでもない人数の暗殺者たちに囲まれた。もう、あれは暗殺とは言わないな」

殺すことに成功しても、あれじゃあ目立ちすぎるだろう。

そこまでして、俺を殺したい理由が教国にはあるのか？　謎だな。

「そうですか……。とりあえず、無事で何よりです」

「そうだね……。よくわからないけど、敵が途中で退（ひ）いてくれて助かったよ。あの吸血鬼と戦うとしたら、魔力を限界まで使わないといけなかっただろうから」

あいつと戦うとしたら、闇魔法はアンナでどうにかなるとして……普通の魔剣（まけん）ではどうにもならないだろうし、エレナとヘレナを使わないといけなくなるだろうな。

「吸血鬼？　やっぱり、魔族がいたのですね……」

「ああ。それと、獣人族の王族とも戦ったぞ」

「え？」

獣人族の王族と聞いて、ベルが驚きの声を上げた。

魔王には、ベルが最後の王族だって言われていたんだけどな。

魔王の情報も意外と当てにならないのかもしれない。

「十～十二歳くらいの少年だった。最終形態まで獣化したときは流石に焦ったよ」

「レオが相手したの？」

「いや。ヘルマンが楽々無力化してくれた」

「おお。流石ヘルマン！」

そう。今回はヘルマン様々だった。

ヘルマンのおかげでゴーレムを全部召喚できたし、俺の魔力を温存することができた。

「いえ、相手が怒りで視野が狭くなっていたから比較的楽に勝てただけです」

「へえ。どうして怒ってたの？」

「さあ？　ベルと俺が結婚していることを知ったら急に怒り始めちゃって」

「え？　私とレオ様が結婚していることを知って怒った？」

「そう。あと少しで事情を聞き出せそうだったんだけど、逃げられてしまったよ」

結局、何だったんだろうな？

もしかしたら、ベルには既に婚約者がいたとか？　いや、ベルは物心つく前には帝都の孤児院にいたはずだから、その可能性は低いはずだ。

「そうですか……」

「次会った時にはちゃんと聞きたいわね。もしかしたら、ベルの故郷について何か分かるかも」

「そうだね」

会えると良いんだけど……あいつ、仲間を裏切って俺たちの所に来ようとしちゃったからな……。

最悪、殺されているかもしれない……。

SIDE：クー
命令通りジルを回収して聖都に帰還すると、ジルは回復されてどこかに連れて行かれた。
そして、俺はすぐに教皇に呼び出された。
「作戦を中断させた理由を聞いても？」

大体わかってはいるが、一応聞いてみることにした。

「その説明は必要か？　どうせ、あの二言で理解できただろう？」

案の定の答えだ。

「それでも、直接聞きたいです」

「必要ないと思うが……わかった。単純に獣の血の謎が知れたからだな」

「その謎について聞かせてもらっても？」

俺が知りたいのは、お前がどこまで獣人族の秘密を今回の作戦で知れたのかだ。

「ああ。あの魔術は、獣の王族にしか使えない魔法のようだ」

ふん。思っていたよりも見ることはできなかったみたいだな。

ベル・ミュルディーンの名前が出たからもっと先まで知られる可能性まで心配したが、杞憂だったようだ。

「つまり……ジルは獣人族の王族であると？」

「ああ。気がついていたのだろう？」

「少年の戯れ言と思っていました……」

当初は実際そう思っていた。

だが、ベル・ミュルディーンが獣化したことを聞いて、調べたらジルが言っていたことは真実であることに気がついたのだ。

「千年生きていても知らないことがあるのだな」

ふん。ほとんどの時間をこの国に拘束されている俺に何の知識を求める。

「人が一々毎日食べたり飲んだりする物の詳しい情報を知ろうと思わないことと、変わりませんよ」

「あくまで捕食対象であったから、獣人族には興味も持たなかったと？」

「ええ。とは言っても、獣人族は獣臭くてあまり私の好みではないのですけどね」

「そうか……。話が逸れたな。あの餓鬼は……もう前線に出すな」

「種馬(たねうま)にするのですか？」

予想通りの展開だな。

「ああ。お前のところに、獣人族の女が数人いたよな？」

「ええ。子を産ませるのですか？」

「ああ。追加の分は、後で私が直接グリスに注文しておく」

グリスとは、教皇がよく利用する闇商人だ。

あそこなら、獣人族の女を集めることくらい造作(ぞうさ)ないだろう。

「了解しました。ただ、随分と戦力が落ちてしまうのですが……よろしいでしょうか？」

ジルと獣人族の女がいなくなれば、三分の一もの戦力が消えることになってしまう。

これから、リアーナを暗殺するにはとても戦力が足りないだろう。

「ああ。思わぬ助っ人が現れたからな」

「助っ人？」

「ああ。俺だ」

教皇の横に一人の男が現れた。

あれは……。

「アレンか」

まさか、お前が引き受けるとは。どんな条件で引き受けさせたんだ？

しかし、忍び屋が参加するとなると、教皇があそこで作戦を中止させたのも納得だ。

「久しぶりだな。今回は上司も同伴だ」

上司だと？　お前が忍び屋のリーダーではなかったのか？

「あら、吸血鬼に生き残りなんていたのね。五百年も前に一人残らず破壊されたって聞いていたんだけど？」

「お前は……転生者だな？」

吸血鬼が滅ぼされたのを知っているのは、魔族か滅ぼした張本人である転生者だけだ。

こいつの見た目は普通の人、つまり転生者だ。

「そうよ。心強い助っ人でしょ？」

「ああ……そうだな」

転生者が関わってきたということは、これから碌なことにはならなそうだな。

目の前の気持ち悪い笑顔が張り付いた女を見ながら、そんな予感がしてならなかった。

第五話　あの日の真実

あの大襲撃から一夜明け、昨日のことがあったから、俺たちは慎重に都市から少し離れた場所に転移し、昨日の都市を通らないように聖都へと向かった。

そして、半日走ってようやく聖都に到着した。

「ようやく到着したな。とりあえず、馬車が無事到着できたか見ておくか」

まあ、無事なはずがないんだけど。

一応、目的地に指定しておいた宿屋に向かってみた。


「やっぱり聖都にはたどり着けなかったみたいだな」

「みたいですね。それらしき馬車がどこにも見当たりませんでした」

宿屋を調べてみると、俺たちの馬車らしき物がまったく見当たらなかった。

予定通りに進んでいれば、とっくに着いてないとおかしいから、途中で壊されたと考えて大丈夫だろう。

「まあ、僕たちがあれだけ大変な目にあったんですから、あれだけ堂々と出発したゴーレムたちが無事なはずがありませんよ」

「それもそうだな。とりあえず新しく馬車を用意して、シェリーたちを連れてきたら予定通りフォンテーヌ家に向かうとするか」

「はい。馬車の護衛は僕たちに任せてください」

それから鞄から馬車を出し、二人に馬車を見張っていてもらう間に城に転移した。


「皆、準備できてる？」

「良かった～。何もなかった？」

転移すると、すぐにシェリーに抱きつかれた。

随分と心配させてしまっていたようだ。

「うん。念話で報告したとおり、大丈夫だよ」

「それでも、実際に無事なのを確認しないと安心できませんよ」

「そうです。本当に心配したのですから」

「ごめんって」

そう謝りながら、皆をギュッと抱きしめた。


それから、ヘルマンたちを長く待たせるわけにもいかず、俺たちはすぐに馬車に転移した。

そして、そのままフォンテーヌ家の屋敷に向かった。

「レオンス殿、お久しぶりです。随分と派手に襲撃されたようですが……ご無事なようで一先ず安心しました」

屋敷に到着すると、ガエルさんが出迎えてくれた。

昨日の黒幕が誰かわからない以上、この人のこともあまり信用してはいけない気がしてきた。

まあ、この人に俺たちを暗殺する意味はないと思うんだけど。

「はい。特に怪我とかはしてないので大丈夫ですよ」

「それは良かった。馬鹿な王国派の貴族たちはすぐにでも没落させますので、ご安心してください」

王国派貴族に止めを刺す為に昨日の襲撃を行っていたとしたら、この人も中々の策士だよな。

まあ、それを考えるとしたら参謀の爺さんなんだろうけど。

「そこら辺は任せます。それより……吸血鬼を雇っている貴族を知っていたりしませんか？」

「きゅ、吸血鬼？　も、もしかして、昨日その吸血鬼が襲ってきたというのですか？」

ん？　何か知っていそうな反応だな。

「いや。直接戦うことはなかったんですけど」

「そうですか……」

「吸血鬼について何か知っているのですか？」

「……良いですか？　ここだけの話ですよ？　これを知っている人は、この国でも数人です」

「はい」

「この国で、吸血鬼を雇っている人は……教皇です」

「教皇？」

教皇が魔族を雇うなんてできるのか？

「教皇の持つ暗殺部隊……教皇の手は、獣人族やエルフ、魔族で構成されているのです。そして、その長は千年近く生きていると言われている吸血鬼なのです」

「千年……？」

ミヒルや魔王たちと一緒じゃないか。

もしかしたら、あいつも転生者なのか？　いや、単純に吸血鬼に寿命がない可能性もあるな。

けど、千年も生きていれば十分強いだろうな……。

「詳しい説明は、我が家の参謀にさせても？」

「ええ」

「それでは説明させていただきます」

「昔々……まだこの人間界に魔族がいた頃ですね。三人の英雄が魔族を人間界から追い出したと言われています。一人は初代国王であり、二代目勇者様ですね。二人目は、初代皇帝……この方はあまり記録が残っておりませんが、初代魔導師(まどうし)とも言われています。そして三人目は、この教国の創設者であり、十一代目教皇妃、最後の聖女様と呼ばれている方なのです」

三人の英雄ね……。勇者は勇者だろう。初代皇帝は、ミヒルで間違いないだろうな。

ただ……聖女の紹介がよくわからないな。

「最後の聖女？」

「ええ。レリア様やリアーナ様の前でこのようなことはあまり言いたくないのですが……今の聖女様は、単に最後の聖女様の血を引く女性なだけなのです」

ああ、そういうことか。わかったぞ。

最後の聖女というのは、転生者だった聖女の最後ということだ。

今の聖女であるリーナやレリアは別に転生者じゃないからな。

「なるほど……その、最後の聖女様というのは、決定的に何か違ったのかな？」

「はい。世界で唯一(ゆいいつ)蘇生術(そせいじゅつ)というものを使えました」

「蘇生術……それは、死んだ人を生き返らせることができるということか？」

それが可能なら、実に転生者らしいチートスキルだな。

「何かしらの条件はあったとは思うのですが、確かに死人を生き返らせたと記録には残っています」

「それは凄いな。それで、その最後の聖女様は誰かに殺されてしまったのか？」

今はいないとなると、そういうことなんだろうな。

まあ、自分を蘇生することはできないだろうし、他の転生者に狙われたらキツいのかもしれないな。

「最後はよくわかっておりません。もしかしたら、千年生きている吸血鬼なら知っているかもしれませんね」

「その吸血鬼は、いつから教国にいるんだ？」

「ああ。失礼しました。少し脱線してしまいましたね。その吸血鬼は、元々最後の聖女様に仕えていたと言われています」

なるほど。それで最後の聖女様の説明をしたわけか。

「へえ。その名残で、ずっと教皇に仕えていると？」

「はい。吸血鬼は、血の契約というものを行うらしいのですが……どうやら、何かの対価に一生教国の為に生きるという血の契約を聖女様と行ったらしいのです」

「血の契約か……」

吸血鬼の能力なのかな？

「もしかしたら、教皇様が前聖女様やリアーナ様を必要以上に恐れていたのは、その血の契約が関係しているのかもしれません」

「どういうことだ」

「今代の教皇様は、予知魔法という特殊な魔法を使うことができると言われています。自分や他人の未来を見ることができるという魔法ですね」

へえ。それは随分と宗教家向けな能力だな。

「それで、血の契約の解除方法を知ってしまった？　吸血鬼は、教皇を恨んでいるのか？」

もしかしたら、人族全体を恨んでいる可能性もあるな。

もう何百年も暗殺者として汚い仕事をさせられているんだ。俺でも恨みたくなるはず。

「かもしれませんね。元は、聖女様の騎士として扱われていたのが、今では暗殺者としてこき使われていますからね……」

「そういうことだったのか……」

それなら、教皇が聖女を恐れるのも納得だな。

「というわけですね。聖女様の話をするときの教皇はとにかく怯えていましたから」

「あの……一つ、私から一つ質問してもよろしいでしょうか？」

吸血鬼の説明が一段落すると、リーナが手を挙げた。

「構わない。一つと言わず、好きに質問してくれ」

「ありがとうございます。それじゃあ、聞かせてください。私の両親を殺したのは本当にフォンテーヌ家なのですか？」

「……」

リーナの問いかけに、ガエルさんは黙ってしまった。

そして、口を開いたと思うとレリアに目を向けた。

「はあ……レリア、自分の部屋に戻っていなさい」

「え？」

「これから話すことは、フォンテーヌ家の存続に関わることだ。悪いが、まだお前には教えられない」

ふうん。ということは、リーナの質問に答えてくれるということか。

「わ、わかりました。失礼します」

「それでは……お話ししましょう。十年前の真実について」

レリアが出て行ったのを確認すると、ガエルさんが説明を始めた。

果たして、どんな理由でリーナの家族は殺されてしまったのだろうか……？


「もう十年前になりますね……教皇が私の下にやって来ましてな。こう私に言ったのです。次期教皇の未来とアベラール家と滅びる未来、どちらか選べ。と……」

へえ。なるほどね。

リーナたちの暗殺に手を貸すなら次期教皇にしてやるけど、貸してくれないならお前も死ねってことだな。

「当時、フォンテーヌ家は教皇の手には劣りますが……強力な暗殺部隊を持っていたのです。獣人族で構成された暗殺部隊だったのですが」

「え？」

獣人族だと？

「当時、獣人族がよく教国に流れ込んできていまして……。その獣人族を暗殺者として雇っていたんです」

「その人たちは……？」

「聖女様たちとの戦いに敗れ、殺されていきました。生き残りも、教皇の手に引き抜かれてしまいましたよ」

「なるほど……」

元々、教皇の目的はフォンテーヌ家の弱体化だったのかもしれないな。

それにしても、あの獣人族の少年も最初はフォンテーヌ家に仕えていたのか。

だから、俺たちの提案に乗ってくれたって可能性もあるな。

「アベラール家は、よく教皇とフォンテーヌ家を相手にして聖女とリーナを守れましたね」

「オルヴァー様もブライアン様もとても強かったですからね……」

オルヴァーはリーナのおじいちゃん、ブライアンはお父さんだ。

確か、おじいちゃんはエルフだったはずだ。

「教国でも一二を争う暗殺者を百人も相手したというのに、セリーナ様とリアーナ、それに……私の妹まで逃がしてしまったのですから」

うん？　妹まで？

「……え？　お、お母さんが助かった……？」

俺と同じことを考えたのか、すぐリーナがガエルさんに聞き返した。

「今まで黙っていて悪かったな。実は、マーレットは生きているのだよ。私は、教皇の命に背いて妹を助けてしまった」

「どうやって……？　あの時、お母さんは私たちを逃がすために……」

「セリーナ様とリアーナ様を逃がした後、オルヴァー様とブライアン様はフォンテーヌ家の暗殺部隊に取引を持ち込みました」

取引か……内容は大体想像できるな。

「マーレットを助けてくれるなら、これ以上抵抗せず殺されると」

やっぱりな。可能な取引としたら、それくらいしかない。

「そ、それで、本当にお父様たちを殺したというのですか⁉」

「ああ。そうするしかなかった。私にも守らないといけないものがたくさんあったんだ……許せとは言わないが、少しだけでも理解してくれると助かる」

まあ、自分にも妻や娘がいるわけだからな。

これればかりは、ガエルさんを責めても仕方ない気がする。

「リーナ、少し落ち着こう。まだ聞かないといけないことはあるでしょ？」

「そうですね……。それで、助けたお母さんはどうしたのですか？」

「今も生きてる。身分を隠して田舎でな」

良かった。教皇に気がつかれて、殺されていたというわけではなかったんだな。

「どこですか……？」

「リアーナとセリーナ様が隠れていたあの辺境だよ」

「え？」

「セリーナ様とリアーナが教国から追い出された後、あの家にマーレットたちを住まわせることにしたんだ」

「そ、それじゃあ、これから……私はお母様に会えるというのですか？」

これからリーナの故郷に向かうつもりだったが、まさかそこにリーナのお母さんが隠れていたとはね。

「ああ。そうだな。リアーナ、マーレットたちを連れて行ってやってくれ。あいつもあんな辺境で暮らすより、娘と華やかな暮らしをしたいだろうから」

「わ、わかりました……」


ガエルさんとの会話も終わり、今日からしばらくお世話になる部屋に入ると、すぐにリーナが泣きついてきた。

どうやら、ずっと泣くのを我慢していたようだ。

「う、うう……ぐす、うわ～～～ん」

「よしよし。辛かったね」

しばらく、泣き止むまでリーナの頭を撫でてあげた。


「それじゃあ、教皇との謁見が終わったらすぐにリーナの故郷に向かうか」

リーナが大分落ちついたので、今後の旅の予定を立て直すことにした。

せっかくの新婚旅行だけど、リーナのお母さんの方が大切だからな。

「なんなら、教皇の謁見をすっぽかしてでもすぐに向かいたいわね」

「流石にそういうわけにはいかないな。それに、このまま向かったらリーナのお母さんにも危害が加わってしまうかもしれないだろ？　先に、教皇とは決着つけておくに越したことはない」

俺も教皇とはなるべく関わりたくないけど、避けては通れない道だ。

さっさと片付けてしまった方が得策だろう。

「確かに！　私に任せて！　私が教皇をぶっ壊すから！」

おいおい。教国のど真ん中でなんてことを言ってくれるんだ。

誰かに聞かれていたらどうしてくれるんだ。

「それが必要になった時には遠慮なくやってしまいなさい！　私も全力で魔法をぶっ放すから」

だから、誰かに聞かれていたら……。

まあ、そんなことはもうあまり関係ないか。

どうせ、これから俺たちは戦うことになるんだし。

「あまり無茶しないでくれよ？」

「大丈夫よ。今回は頼もしい護衛がいるのだから」

「今回は頼もしい護衛？」

誰だ？　ルーのことか？

「あ、やっぱり気がついていなかったのね。後ろ向いて」

言われて振り向くと、ニヤリと笑ったおじさんが立っていた。

「うえええ？」

驚きのあまり、かっこ悪い声が出てしまった。

これがバルスなら『なんだお前か』ってなったんだけど、まさかおじさんがいるとは思わなかった。

「久しぶり」

「……おじさん、どうしてここに？」

皇帝の護衛は良いの？

「忍び屋の拠点を探す任務で聖都に一ヶ月前から来ていたんだ」

「忍び屋の拠点？」

アレンたち、教国にいるのか。

「そう。王国にもなかったから、教国で間違いないと思うよ」

へえ。おじさん、皇帝の護衛をしていたと思ったら、ずっと忍び屋の拠点を探して回っていたんだな。

まあ、おじさんにとってアレンは因縁の相手だし、自分で解決したいんだろうな。

「なるほど……何か手がかりは見つかった？」

「少しずつだけどね。とりあえず、今アレンは教皇のところにいるよ」

「え？」

アレンが教皇のところに？

「教皇が高い金を払って雇ったみたいなんだ」

「吸血鬼が率いる教皇の手に……アレンの警戒もしないといけないのか……」

それは随分とヤバいな……。

今回は、こっちもベルやルー、アルマもいるからなんとかなると思っていたけど……大丈夫か？

「アレンの警戒は僕がやるよ」

あのパーティーの時と一緒か。

隠密には隠密で対処するのが一番だもんな。

「うん。頼んだよ」

「それにしても、レオくんは行く先々でトラブルに巻き込まれるね」

「そうね。まるで、神様に遊ばれているみたいだわ」

「ははは。笑えない冗談だ」

本当に神様に遊ばれているんだからな。

「王国もほぼレオくんの物みたいなものだし、これで教皇を倒してしまったら、レオくんは一人で人間界を統一してしまったことになるんだから。神に選ばれた人間と言われても疑わないよ」

い、いや……それ、なんか俺が世界征服をしようと企んでいるみたいに聞こえるじゃん。

しかも、王国がほぼ俺の物ってなんだよ。

「いや、王国は俺じゃなくてエレーヌの物だし……。教国は、教皇がいなくなったとしたらガエルさんが教皇になるんじゃない？」

「どっちもレオくんに頭が上がらないじゃないか。ほぼ、レオくんが支配していると言っても過言じゃないでしょ」

な、何だと？

「そ、そんなことないし……」

頭をフル回転させて考えたが、何も反論できなかった。

あれ？　もしかして俺って人助けをしているようで、裏で世界征服に向けて走り続けていたのか？

「あはは。いつの間にかレオが物語の魔王みたいになってる！」

ま、魔王って、まるで俺が悪役みたいじゃないか。

俺がこの人生でやった悪いことなんて……覗(のぞ)きくらいだぞ？

第六話　血の契約

あれから無駄話も終えて、部屋には俺とリーナだけとなった。

「少しは気持ちの整理はついた？」

「少しだけですが……」

「まあ、そうだよね」

自分の父親や爺さんが殺されてしまった理由だけじゃなくて、ずっと死んでしまったと思っていたお母さんが生きているという事実まで聞かされたんだ。

そんなすぐに気持ちを整理できるはずがない。

「私、ずっとあの日のことを思い出さないように、あの時の嫌な記憶は頭の奥深くに封印してきました。最近は、旦那様と結婚できて幸せで……やっと忘れられたと思ったのですが……さっきの話で、全部思い出してしまいました」

そりゃあ自分の親が殺されていく記憶なんて、封印したくなるだろう。

俺だって、じいちゃんが死んでしまった時の記憶は思い出そうとは思わない。

「私の嫌な記憶……聞いてくれますか？」

俺の胸に顔を押しつけていたリーナがそう言って、涙が溜まった目を俺に向けてきた。

そんな顔をされて断れるはずがないじゃん。

まあ、リーナの頼みを断るなんてことはしないんだけど。

「もちろん。遠慮なく吐き出してくれ」

「ありがとうございます」


「あの日、私が六歳になったお祝いで、久しぶりに家族全員で集まったんです。おじいちゃんとおばあちゃんとは、年に一回会えるかどうかだったので……あの日は二人にとても可愛がってもらえたのを覚えています」

六歳……十年前か。

「皆でお喋りしながら楽しく夕食を食べて……あの時間はとても幸せでした」

まだ幼いリーナの笑顔が容易に思い浮かぶ。

「ですが、その幸せを壊すようにたくさんの暗殺者たちが窓を割って入ってきました」

さっそく来たな。

「今思えば……あの人たちはどこか人のようで人ではなかったような気がします。エルフだったおじいちゃんの魔法でもなかなか倒れませんでしたし……動きが同じ人には思えませんでした」

まさか、獣人族と魔族の暗殺部隊が存在するとは思わないだろうな。

「そんな相手に……少しずつ護衛の配下たちがやられていき、私たちはどんどん追い詰められていきました。そして、お母さんがおばあちゃんに言うのです。リアーナを連れて逃げてください。と……」

お母さんの提案だったのか。それなら、確かにお母さんが生きていたなんて夢にも思わないな。

「それを聞いた私は泣きわめいてしまいました。小さいながら、お母さんたちが自分の代わりに死のうとしていることがわかってしまったから……。う、うう……」

「よしよし。無理しないで、ゆっくり喋りな」

あの時のことを思い出したのか、また泣き出してしまったリーナの頭を優しく撫でてあげた。

リーナにとっては、何よりも恐ろしいトラウマだからな。

こうして話そうと思ってくれただけでも感謝しないと。

「心細かった私は、お母さんと離れたくないと必死に訴えたのですが……お母さんに抱きしめられると、眠気に襲われて……気がついたら私は馬車の中でした」

聖魔法で眠らされたんだろうな。

「目が覚めて……馬車の中で見たおばあちゃんは血だらけで……とても辛そうでした。それなのに私を安心させる為に優しく頭を撫でてくれて……う、うう……ぐす」

「もう良いよ。大変だったね……」

俺はギュッとリーナを抱きしめた。

「レオくん……」

リーナにレオくんって呼ばれるのは随分と久しぶりな気がする。

ここのところずっと旦那様だったからな……。

それだけ、心が弱っているってことだろう。

「よしよし」

「リーナは、吸血鬼に会ったとして、お父さんやおじいちゃんたちの敵討ち(かたきう)をしたいと思う？」

またリーナが落ち着いたのを見計らって、気になっていたことを聞いてみた。

たぶん、暗殺者としてその時のリーダーもあの吸血鬼だったはず。

千年生きているんだ。たかが十年間で立場が変わることはないだろう。

「それは……正直、わかりません。お父さんたちを殺した暗殺者はとても怖かったし、憎しみも感じます。ただ、あの時襲ってきた暗殺者たちにも事情があるのだと思うと……やり返そうとまでは思えません」

リーナは優しいな。

たぶん、俺なら関わった人全員殺してしまいそうだ。

「それにしても、血の契約か……。リーナなら解除できるらしいけど、してあげる？」

もし人類を憎んでいるんだとしたら、そうもいかないかもしれないけど。

「そうですね……。できるなら、してあげたいです」

「よし。そうと決まれば、哀(あわ)れな吸血鬼を助けてやるか」

呪いを解いて、魔界に帰してやろうじゃないか。

「あ、でも……私、解除方法を知りませんよ？」

確かに。本人が教えてくれるとも限らないし……。

どうするべきか？

「それは困ったな……。あ！　こういう時のアンナだろ！」

困った時に聞けば、何でも教えてくれる万能ゴーグル。

俺は急いで鞄からアンナを取り出した。

「そういえば……随分とアンナさんをかけているところを見ていませんね。アンナさん、怒ってませんか？」

「そ、そういえば……」

もう数年着けていなかったな。

(怒っていません。ええ。決して怒ってなどいませんよ)

しっかりと怒っていました。

「あ、アンナ……えっと……」

どうしよう。言い訳すら思いつかない。

(なんですか？)

「とりあえずごめんなさい」

俺は土下座した。

あ、ゴーグルを着けたまま土下座してもリーナに土下座しているだけだな。

まあ、気持ちが伝わればいいか。

(いえ。お気になさらず、私を忘れてしまうくらい忙しかったのでしょうから)

どうやら、土下座では機嫌を直してもらえないようだ。

「だからごめんって……」

(それで、吸血鬼の血の契約についてでしたか？)

あ、どうやら俺の謝罪を受け入れるつもりはないようだ。

はあ、これは困った。今度、一日ゴーグルを着けて生活するしかないな。

「は、はい……。何か知っているのでしょうか？」

（もちろんですとも）

「そ、それじゃあ、教えてくれる？」

（良いですけど……一つ条件があります）

「じょ、条件？」

まさかの条件を提示された。あれ？　アンナさん、聞いたら何でも教えてくれる魔法アイテムじゃなかった？

（はい。私を造り替えてもらえませんか？）

「造り替える？」

（そうです。ゴーグルでは、携帯性が随分と悪いです。イヤリングなど肌身離さず着けていてもらえる物にするのをお勧めします）

そ、そういうこと……。

「わ、わかったよ……。イヤリングね」

俺は、一度ゴーグルを外した。

「ど、どうしたのですか？」

「アンナがイヤリングに造り替えないと情報を教えてくれないらしくて」

「そうなんですか……。創造魔法を使っても大丈夫ですか？」

「造り替えるだけなら、そこまで魔力は使わないよ。それと、使った分は後でリーナに補充してもらえるから」

「ふふ。わかりました。今夜はいっぱい注いであげますから」

「あ、ありがとう。それじゃあ、造り替えてしまいます」

思っていた通り、造り替えるにはそこまで魔力は使わなかった。

俺は、新しくイヤリングになったアンナを右耳に着けた。

(これで、私の存在を忘れられなくてすみますね)

「ごめんって……。それで、血の契約について教えてくれる?」

(良いでしょう。血の契約とは、文字通り血で行う契約のことです。吸血鬼は、血液魔法と呼ばれる血を使った魔法を使います。その中の一つに、お互いの血に呪いをかける血の契約というものがあるのです)

「呪い? それって大丈夫なの?」

(はい。契約を破らなければ……ですけど)

「契約を破るとどうなるの?」

(一生その契約相手の血族に逆らえなくなります)

血族だと? ああ、だから吸血鬼は聖女の子孫である教皇に逆らえないのか。

千年も生きる吸血鬼にとって、これ以上ない罰だな。

「なるほど……。それで、どうすればその呪いを解除できるんだ?」

凄く強力な呪いみたいだけど、教皇があれだけ聖女を恐れているってことは、何かしら解除する方法が絶対にあるはずだ。

(リアーナ様が契約を破棄する趣旨(しゅし)をその吸血鬼に血を使って伝えることができれば、呪いは解ける

と思います）

「血を使って？　血をどうするんだ？」

（血を吸血鬼の手にでも垂らせば大丈夫です）

そんな方法で良いのか。

「了解。教えてくれてありがとう」

（いえ。これからも遠慮せずに頼ってください。折角、携帯性が向上したのですから）

「う、うん。これからもよろしく頼むよ」

これぱかりは年単位で放置していた俺が悪い。

今度から、暇な時はアンナに話しかけるとしよう。

「旦那様……どうすれば良いのか聞かせてもらっても……？」

「血の契約をし直せば良いらしい。リーナの血を吸血鬼の手に垂らして、自由にするという契約をすれば一件落着だって」

「なるほど。でも、もし教皇が私との契約をするなと言ったらできないですよね？」

言われてみればそうだな。

「ああ、それはどうなんだろう……？　アンナ？」

（それはご心配なく。聖女の血は確実にリアーナ様の方が濃いですから、教皇の命令よりもリアーナ様の方が優先されます）

「なるほど。教皇の血よりもリーナの血の方が命令の優先権があるみたいだ」

まあ、だから教皇もリーナを恐れていたんだろうな。

「そういうことですか……。なら、私がどうにかして助けるしかありませんね」

「リーナは優しいな」

お父さんとおじいちゃんを殺されたと言うのに。

「旦那様も大概(たいがい)だと思いますよ？」

「そうか？」

俺はあまり自分の利益にならないことはやってないと思うんだけど？

シェリーやリーナ、ベル、エルシーを助けたのだって、好かれたいからやったことで、それは優しさとはまた違うと思うな。

「はい。見ず知らずの子供たちを助けたり、捕らえられていた奴隷(どれい)たちの生活の支援……お師匠様を殺されてもカイトさんを憎まないですし……」

「孤児院と奴隷の件は百歩譲って認めるとして。師匠が死んだのは、カイトが殺したわけではないだろ？」

あれに関しては、師匠が無理しすぎたことが原因だ。

「でも、とどめを刺したのはカイト様ですよ？」

「そうだけど……」

「あ、喧嘩したくてこのことを言ったわけではないんです。ただただ、私なんかよりも旦那様の方が優しいということを知ってもらいたくて」

「そうか……？」

まあ、確かにこれ以上は喧嘩になってしまいそうだし、認めてやるとするか。

「はい。とても優しいです。私は、こんな優しい旦那様と結婚できてとても幸せです」

「俺も心優しいリーナと結婚できて幸せだよ」

「ふふ。そう言ってもらえて凄く嬉しいです。よっと」

「うお」

リーナがニコッと笑いながら俺をベッドに押し倒した。

な、何が始まるんだ？

「そのまま寝ててください。今から、ゆっくりと魔力を注いであげますから……」

SIDE：クー

ここは、大聖堂の最上階。教皇の執務室だ。

昔から疑問に思っているのだが、どうしてこの執務室はここまで広いのだろうか？

机を置いて、教皇が仕事をしている範囲はこの部屋のわずかだ。

そんなことを思いながら、部屋の端から反対側の端で頭を抱えている教皇を眺めていた。

「くそ！　どうしてだ！　何か俺に未来を見せてくれ！　おい、見せてくれよ！　俺はこんなところで終わりたくないんだ！」

教皇は絶賛絶望中だ。何でも、今日になってから何も未来が見えなくなってしまったらしい。

まったく、一日予知が見られなくなった程度で、どうしてそこまで狼狽(うろた)えられるのか。

「ふふふ。本当、馬鹿よね……。未来を見ることができる魔法具だって渡したら、まんまと私の思い通りに動いてくれて。あれの操り人形なあなたが可哀想」

あんな小物がどうして予知なんて大それたことをできるのか疑問に思っていたが、どうやらこいつの仕業であったらしい。

やはり、転生者が絡むと碌なことにならないな。

「ふん。心にもないことを」

「そんなことないわよ。千年も生きる最後の吸血鬼がこんな終わりを迎えるなんて……とても哀れじゃない」

「俺を殺したければ今殺せばいいだろう」

別に抵抗しない。命令されない限り、あんな奴の為に転生者なんかと戦おうとは思わない。

「ごめんなさいね。使える駒はギリギリまで使ってから捨てるのが私のポリシーなの」

「そうか……。それで、俺に何をさせるつもりだ？」

「ある少女を殺してほしいの」

少女だと？

「この娘を殺してくれない？　そしたら、私があなたの呪縛(じゅばく)を解いてあげる」

「こいつは……」

呪いのせいで、命令されたら勝手に体が動いてしまう。

これはいつものことだが、今回は少し不可解だ。

あいつは絶対に聖女の血を持っていないはず。そのはずなのに、どうして俺に命令できた？

転生者特有のスキルか？

「クー様、どうされました？」

部屋を出てしばらく歩いていると、カロがどこからともなく現れた。

ちょうど良いタイミングだ。

「ジルはどうした？」

「獣人族たちとのせ、性交渉が終わり……今は眠っています」

「そうか。今のうちに拘束しておけ。それと、俺が合図を出したタイミングでこれを使え」

「え？　これは……」

「教皇からの許可は貰っている」

もちろん嘘だ。だが、転生者からは目的のために手段は問わないと言われている。

だから、大丈夫だろう。

「わかりました……」

「これで……少しはあいつも使い物になるだろう。まあ、それでも時間稼ぎ程度にしかならないだろうが」

もう、これまでみたいに今後のことを考えなくて良い。

どうせ、明日で全てが終わるのだから。

第七話　大聖堂の戦い

聖都に到着した次の日、遂に運命の決戦が始まる。

俺たちは教皇が待つ大聖堂に来ていた。

「ここがガルム大聖堂……か」

遠くから見ても立派だと思っていたが、近くで見るともっと凄いな。

流石、この世界で一番の宗教なだけある。

「ふう。さあ、行こうか」

「そんなに緊張しなくても大丈夫ですよ。私たちがついていますから」.

俺が気合い入れて中に入ろうすると、そう言ってリーナが俺の腕に絡みついてきた。

「それ、俺のセリフじゃない？」

「ふふ。立場逆転ね。まあ、私たちに任せておきなさいって」

反対の腕にはシェリーが絡んできた。

まったく、頼りになる嫁さんたちだ。

「ようこそ。ミュルディーン家の皆様。教皇様が中でお待ちしております」

出迎えはなし、か……。

これは中に入った瞬間に襲われる可能性もあるな。

「こちらです」

修道女に案内されながら、大聖堂の奥へと進んでいく。

このまま、何もなく教皇と会えれば良いんだけどな。

そんなことを思っていたら、急に廊下(ろうか)の床が発光し始めた。

なんだ？　と思った時には、俺たちの転移が始まっていた。

「くそ！　皆、最上階を目指すんだ！」

『わかった（わかりました）』

もうどうにもできないことを悟った俺は、全員にそんな指示を飛ばした。

集合場所は設定しておかないといけないのと、教皇がいるのは最上階な気がしたからだ。


「ここはどこだ？」

転移され、すぐに周りを見渡した。

そして、すぐに一人の女性が目に入った。

「いらっしゃい。ここは、教皇の部屋よ。あそこで頭を抱えている教皇のね」

そう言われて、指された方向に目を向けると……本当に教皇が頭を抱えて蹲(うずくま)っていた。

「死にたくない……死にたくない……」

ぶるぶると震えて、ずっとぶつぶつ呟(つぶや)いていた。

教皇、何か呪いでもかけられたのか？

「お前は？」

「複製士って言ったらわかるかしら?」

「……転生者か」

俺はすぐに身構えた。

「正解」

これは勝ち目ない。すぐに……。

「おっと。転移は使わせないわよ」

転移しようと思った時には、後ろから抱きつかれていた。

くそ……どうやってこんなに速く移動したんだ?

「ふふ。そんな怖がらなくて良いわよ。あなたを殺すつもりはないから」

「俺を殺すつもりはない?」

複製士は、破壊士の派閥(はばつ)だよな? それなのに、俺を殺すのが目的じゃない?

創造士を消すにはこれ以上ないチャンスじゃないか。

「ええ。逆に、あなたには長生きしてもらわないと困るわ」

「なら……どうしてこんなことを?」

言っている意味はわからないが、とりあえず話を進めることにした。

とにかく、今は少しでも良いから判断材料が欲しい。

「ふふ。ごめんなさいね。ちょっと殺さないといけない人が一人いてね……」

「おい。まさか……」

俺以外に殺したい奴がいたってことか?

「さて問題。今回、狙われているのは誰でしょう？　正解は、全てが終わってから教えてあげる」

「ふざけるな！」

くそ。誰が狙われているかなんてもうこの際どうでもいい。

とにかく全員を助けないと。

俺はセレナを召喚して、複製士に向けて振り上げた。

「やめておきなさい。あなたでは、私に勝てないから。無駄に寿命を縮めるだけ」

また、背後から声が聞こえた。

くそ……このままだと本当に魔力を無駄に使うだけになってしまう。

「勝率が限りなく低いからって……諦められるはずがないだろ！」

「はあ、仕方ないわね。暇つぶしも兼ねて、ちょっと相手してあげる」

SIDE：シェリー
「やっぱり罠(わな)だったわね……。スタン、アルマ大丈夫？」

レオとしっかりくっついていたはずなのに、一緒に転移されたのはスタンとアルマだった。

レオ……誰かと一緒だと良いんだけど。

「はい。大丈夫です」

「俺も大丈夫ですよ。それにしても……あの格好、忍び屋ですね……」

スタンが指摘したとおり、私たちは忍び屋に囲まれていた。

ダミアンさんが言っていたことはどうやら本当のようね。

「アレンが隠れている可能性があるわね……。魔力感知を怠らないように」

隠密は、攻撃する瞬間は使えないという欠点があるから、攻撃をされる瞬間をちゃんと察知できれば大丈夫なはず。

「「はい」」

「ふふ。八年前はこの光景を見て恐怖したんだけどね……」

こっちに向かってくる忍び屋を眺めながらそんなことを呟いた。

「私が全て斬ります」

「いえ。大丈夫よ」

剣に手をかけたアルマを止めて、私は全方位に特大の雷魔法を飛ばした。

私のトラウマはあっけなかったわね……。

忍び屋は、私の一撃で全滅した。

「あれだけの数を一発とは、流石です」

「いや、生き残りがいるわよ」

死体が転がる中に、一人の女性が立っていた。

服が所々焦げているけど、体は無傷みたい。

「あれは……エルフですね」

「あなたが教皇の手?」

「教皇の手のカロよ。あと、エルフじゃなくてダークエルフ」

「あ、そう」

今度は一点集中の魔法にした。

これなら、当たれば一発のはず。

そう思っていたら、黒い魔物が出てきて止めてしまった。

「悪魔……？」

「そう。私は黒魔法使い。悪魔を呼び出す禁術の使い手よ」

そう言ったカロの周りに複数の悪魔が召喚された。

どれも、さっきの忍び屋とは比べものにならないくらい強そうね。

これは……ちょっと苦戦しちゃうかも。

ＳＩＤＥ：リーナ
「まんまと罠にはまってしまいましたね」

転移されたのは、大聖堂のパーティー会場でしょうか？

一緒に転移されたのは……エルシーとヘルマンさんだけですか。

これは不味いですね。

「すみません……僕が未来を見えていれば」

「謝らなくて良いですよ。見えなかったのなら仕方ないですから。それより、今は早く旦那様を助けることに集中です」

「そうですよ。あっ」

「これは……随分と多いですね」

私たちが急いで部屋から出ようと思った瞬間、二十人くらいの暗殺者が私たちを囲うようにして現れました。

「これが教皇の手。全員獣人族と魔族なんですよね？」

「そうです。はあ、この光景……嫌な思い出が蘇ってきます」

「大丈夫ですか？」

「はい。ここで勝って、過去のトラウマを払拭しないといけませんから」

旦那様を助けるためには、こんなところで弱音を吐いている暇などありません。

涙を流すのは、旦那様と会えてからにしましょう。

「え？」

ふふ。少数精鋭のつもりだったのでしょうが……二十人程度で助かりました。

これくらいなら、聖魔法で簡単に眠らせられます。

「さて、急いで最上階に向かいますよ。たぶん、旦那様はそこにいますから」

旦那様、待っていてくださいね。

ＳＩＤＥ：ベル
「早く助けに行かないと……」

私はひたすら走っていた。

急いでレオ様を……旦那様を助けないといけない。

その一心で薄暗い地下の中で階段を探してひたすら走っていた。

「こっちから人の匂いが……いや、この匂いは」

『グルアアア！』

多少不意を衝かれたけど、なんとか防御に成功した。

これが旦那様の言っていた獣人族の暗殺者ですか……。思っていたより、弱いですね。

そんなことを思いながら、受け止めた獣を獣化した足で思い切り蹴飛ばした。

「その目、正気の目ではありませんね？」

蹴飛ばし、獣の全体像を確認すると……目が真っ赤に染まっていた。

これは、何か薬でも飲まされた可能性がありますね。

「急がないといけないので、あまり手加減はできませんよ？」

SIDE：ルー
「ここは？　どこかの地下？」

私以外に転移されなかったのかな……？

とにかく、レオに言われたとおり最上階を目指さないと。

「ああ、正解だ。ここは、地下の大儀式室だよ」

「あ、吸血鬼！」

暗くてよく見えないけど、牙が見えたから間違いない。

あれが吸血鬼だ。

「いかにも。お前が……破壊士二世だな？」

「破壊士二世？　破壊魔法を使えるから？　何言っているのかわからないけど、とりあえず死んで！」

レオを助ける時間もないし、すぐに破壊魔法を使って手を振り下ろした。

すると、吸血鬼は綺麗に破壊された。

「あ、殺しちゃった」

昨日、レオが吸血鬼の呪いをどうにかするって言っていたけど、殺しちゃって大丈夫だったかな？

「いや、死んでないぞ」

急に死体から血が噴き出したと思ったら、吸血鬼が復活しちゃった。

「うわぁ！　びっくりした。もしかして不死身？　これは面倒だな……」

あれ、どういう原理？　何か魔法かな？

「面倒？　その余裕はすぐになくなる」

そんなことを言って、吸血鬼は闇に消えちゃった。

あれは闇魔法だね。

「本気のベルには劣るかな」

不意打ちのつもりかもしれないけど、無属性魔法を極めた私にはあまり意味ないよ？

「ほう。どうやら、破壊魔法だけではなかったみたいだな」

「そうだよ。ちなみに、この短剣はレオの特製だから凄く切れ味が良いんだ」

ふふん。ずっとこの短剣でダンジョンに潜っていたんだからね。

そこら辺の吸血鬼に負けるはずがないわ。

「切れ味など、私には関係無い」

「そう？　修復に魔力を使ってるみたいだし……このままだと私が勝つよ？」

私はいくらでも吸血鬼に攻撃できるけど、吸血鬼の攻撃は私に当たらない。

このままだったら、私の勝ちね。

「思っていたよりも頭が回るのだな……。仕方ない。予定より早いが、これを使うか」

そう言って、吸血鬼は変な薬を飲んだ。

すると……吸血鬼の魔力が爆発的に増え始めた。

「魔力を増やす薬？」

「そうだ。人族なら副作用ですぐに死んでしまうが、俺は死なない体なんでな。副作用を気にする必要はない」

何それ。ずる……。

SIDE：レオンス
あれからどのくらい時間が経ったのだろうか？

皆、無事だと良いんだけど……。

「無駄な抵抗はやめた方が良いと思うんだけどな～。現に、あなたは私に何もできず後ろを取られているわけだし」

あれから俺は必死に剣を振り続けていたが、実力差がありすぎて叩きにすらならなかった。

くそ。ここで魔力を全部使ってしまったら、本末転倒だし……。

俺はそんなことを考えながら、とにかく剣を振り続けていた。

「あー。本当に面倒ね。あなたは殺せないのよ……。仕方ないわね。これの相手でもしてなさい」

そう言う複製士の手には、いつの間にか見覚えのある球が……三つもあった。

「それは、魔の召喚石……今までのは、お前が犯人だったのか」

地下市街にあったのも、王国でのあれも複製士が関わっていたのか。

「王国でのこと？　そうよ。これは、私が生まれるよりも前に創造士が造った勇者の訓練装置よ。あまりにも召喚される魔物が強すぎるという理由で、封印されていたのを私が見つけて複製したってわけ」

「そうだったのか……」

ミヒルめ、余計な物を創造してくれたな。

「さて、どうする？　大人しく全てが終わるのを待っていてくれるなら、割らないであげる。今のあなたでは、流石に三つは無理でしょ？」

「まあ、そうだな……正直、勝率はほぼゼロに近いかもしれないな」

「けど、俺は戦う？　はあ、良いわ。どうせ暇だし」

俺の返答を聞き終わるよりも早く、複製士は魔の召喚石を割ってしまった。

ああ、くそ。ここから死ぬ気で戦わないと大変なことになる。

（セレナ、エレナ、力を貸してくれ）

俺は、セレナの能力でエレナを召喚して、二人に話しかけた。

（久しぶりに頼ってきたと思ったら。随分とピンチね）

（うふふふ……。やっと使ってもらえる……もう何年放置されていたのでしょうか？）

（ごめんって。ここのところ、ずっと戦う場面がなかったのと、ちょっと魔力に制限がかかってしま

ってね。使いたくても使えなかったんだ）

セレナもエレナも持っているだけでとんでもない魔力を吸い取っていくからな……。

この体では、そう簡単に使えないんだよ。

（あの異常な魔力を持っていたあなたがね……。まあ、良いわ。魔物を二体召喚するくらいの魔力は残っているんでしょ？）

（ああ、残っている）

（なら、あのドラゴン二体を召喚しなさい。そのあとは……あと少しで私とエレナのレベルが上がるだろうから、それに賭けることね）

確かに、ギルとギーレがいれば随分と楽になるはず。

魔力の大半を使ってでも、召喚するべきだな。

（けど、召喚した後は運任せか……）

レベルが上がった結果、余計に魔力が必要になったらどうするんだ……？

（もう、今のあなたにはそれしか選択肢がないのですよ。諦めてください）

（そうだな……。わかったよ。運に任せるとするか）

そんなことを言いながら、ギルとギーレを召喚した。

「ギーレ、ギル、急に呼び出して悪いね」

「いえ……この状況でよくぞ私たちを頼ってくれました」

「今回は待機で退屈だと思ったけど、思わぬ出番が回ってきて嬉しいわ」

二人は召喚されるなり、すぐに状況を察して戦闘モードに入ってくれた。

「心強くて本当に助かるよ」

「あら、強力な助っ人ね。でも……そんなに魔力を使って大丈夫なのかしら？　これから先は長いわよ」

「いいか？　あいつは無視だ。とりあえず、目の前の敵だけ集中しろ」

「わかりました。それにしても……あの女、一体何者ですか？　ルー様にも劣らない圧を感じます」

「まあ、ルーの同族みたいなものだ。正直、魔力を全力で使えた俺でも勝てるのか微妙な相手だよ。いや、高確率で負けるだろうな」

普通に考えて、自分より長く生きている転生者に勝つなんて無理なんだよ。

ルーの破壊魔法ならそれも覆せるかもしれないけど、破壊士の部下ならその対策も何かしら持っていそうだしな……。

「そんな人がどうしてこんなところにいるの？」

「俺もそれが知りたいんだけど教えてくれないんだよ。だから、とにかく気にしないでこの魔物たちをどうにかしよう」

召喚が始まった。三つも割ってくれたから、とんでもない魔物の数だ。

これは時間がかかりそうだな……。


「やっと第一波が終わりましたな」

「ここからが本番だよ。ほら、来た」

第一波に時間がかかりすぎて、休む時間は与えてもらえなかった。

くそ……魔力があればもっと楽に戦えるのに。

「今回は、レッドドラゴンにネクロマンサー、マッドデーモン……」

「やったドラゴンなら、私たちの言うことを聞いてくれるわ」

良かった。竜王を部下にしておいて本当に良かった。

「マッドデーモンも、この明るい中ではそこまで脅威になりませんね。逆に、闇は目立ちます」

指摘されて気がついたけど、いつの間にか大聖堂の天井が崩れ落ちていた。

ちょうど昼過ぎの今、太陽が一番差し込む時間だ。

これなら、確かにマッドデーモンは脅威ではないな。

「問題はネクロマンサーか。この死体の山では、アンデッドを作り放題じゃないか」

「レッドドラゴンたちに燃やさせる？」

「いや、それだと大聖堂が火事になってしまう可能性がある。ここのどこかでシェリーたちも戦っているはずだから、それはできない」

レッドドラゴンを暴れさせるのも大聖堂の倒壊を招きそうだし、あまり良くないかな。

「とすると……もう一度、倒した魔物たちを倒す……しかないですね」

「ごめん。俺が魔法を使えれば、こんなに苦労しないで済んだのに」

聖魔法があれば、アンデッドがここまで脅威になることなんてなかったのに。

「いえ。気にしないでください。そもそも、レオ様は護衛される立場なのですから」

「そうよ。そんな謝罪なんて必要ないわ」

「ありがとう。どうにか、最後のフェーズが始まる前に片付けよう」

あれからまたどのくらい時間が経ったのだろうか？

「くそ……魔力が足りない……」

もう、俺の魔力は限界に達しそうになっていた。

（もうやめなさい！　あなた、これ以上私たちを持っていたら死ぬわ！）

（そうです！　もうあの二人でも対応できるくらいの数になりましたから！）

「そうは言っても……これからもっと強い奴が出てくるのに……」

そんなことを言っていると、遂にラスボスの召喚が始まった。

くそ……。まだアンデッドの処理も終わってないのに……。

「勇者よ！　再戦の時が来た！　この魔剣の威力、とくと受けるが良い！」

「おいおいマジかよ。ここに来て俺の悪運が味方したぞ」

ラスボス三体の内、一体は新魔王のグルだった。


「ん？　あれ？　勇者カイトはどこだ？」

かっこよく登場したグルだが、この場所にはいないカイトを探している姿にちょっと笑ってしまった。

「カイトはここにはいないよ」

「お、レオじゃないか！　お前、そんなに弱ってどうしたんだ？　前に会ったときの裏ボスキャラはどうしたんだ？」

俺が裏ボスキャラ？

「あれから色々とあってね。全力で戦えない体になってしまったんだよ」

「そうか……お前とも戦ってみたいと思ったのだが残念だ」

「俺も残念だよ」

いや、本心としてはまったく残念ではないんだけど。

誰が戦闘狂の相手なんかしたいと思うかよ。

「それでレオよ。カイトはどこだ？」

「だから、ここにはいないよ」

「いないだと？　それじゃあ、このイベントはなんだ？」

イベント？　こいつ、まだ厨二病を患ってるのかよ。

お前も十六になったんだろ？　流石に大人になろうぜ？

「イベントね……。まあ、あの転生者の仕業だよ」

とりあえず話を合わせて、それとなく複製士に意識を向けさせた。

「ん？　おお。あいつが全ての黒幕というわけだな」

「まあ、黒幕の幹部ってところかな」

「なるほど。あいつは、俺に任せろ」

「いや、あいつめっちゃ強いから……」

戦えって意味で複製士を指さしたわけじゃないんだよ？　とりあえず、アンデッドたちを片付けてもらえるだけでもありがたいんだけど。

「遠慮する必要はない。この剣の礼がまだだったからな。魔王たるもの、貰った恩はしっかり返さないといけないからな。そこで寝ていろ。起きた頃には、全て終わらせておく」

かっこいいなおい。俺が女だったら、惚れてしまいそうだ。

「わかった……。あ、城はなるべく壊さないように戦ってくれると助かる。この下に、仲間と嫁がいるんだ」

「おお。お前も結婚したのか。俺も結婚を考えないといけないな……」

魔王も結婚を考えるんだな。俺の知っているもう一人の魔王は、結婚している様子が一切なかったんだけど。

「とりあえず、城を壊さないように戦う」

「ああ、ありがとう」

「くくく。友というのは良いものだな」

「うん。まあ、そうだね」

俺も魔王が友達になって心強いよ。

「よし！　友のために戦うぞ！」

そう言って、グルは複製士に向かって剣を思いっきり振った。

俺たちがよく使っている斬撃を飛ばした遠距離攻撃かな……？

などと思っていたら、とんでもないことが起こった。

グルが斬った先の空間が綺麗に真っ二つになった。

「おいおい。まさか、空間を斬る能力を手に入れたとか言わないよな？」

俺、もしかしてとんでもない武器を魔王に渡してしまった？

これからは一層……グルと仲良くしないといけないな……。

「もうちょっと！　どうしてここに新魔王が来ているわけ？　そして、どうして私を攻撃するのよ!?」

あの攻撃をされても、複製士は無事だったようだ。

あんなの初見ではどうにもできない気がするけど、よく避けられたな。

まあ、それでもさっきまでの余裕の表情がなくなっていることは簡単に見て取れた。

これはもしかして、グルならいけるかも。

「さて……俺も限界まで戦おうかな……」

せっかく、強力な助っ人が登場してくれたんだ。

今のうちに雑魚たちを片付けないと。

(だからやめておけって……お前、本当に死ぬぞ？)

そうは言っても、ギルとギーレは新しく召喚されたボスたちの相手に忙しそうだし、アンデッドは俺が処理しないとダメでしょ。

「エレナ、レベルアップまであとどのくらいかわかる？」

(感覚的にもうすぐだが……やめておけ。これだけ魔物を斬っていても上がらないんだから)

(そうです。あと一体で上がるかもしれませんし、百体倒しても上がらないかもしれないのですから)

「上がらなかったら上がらなかったで仕方ない。少しでも三人の負担を減らさないと……」

そう言いながら、俺はまた剣を構えた。

感覚的に、あと五分が限界かな？　それ以上やったら本当に死んでしまいそうだ。

「もう……無茶しないでください」

俺が剣を振ろうとした瞬間、後ろから抱きつかれて止められてしまった。

「リ、リーナ……」

振り返ると、抱きついていたのはリーナだった。

「昨日あれだけ注いであげた魔力を全部使ってしまったのですか？　もう、無茶しすぎです」

「で、でも……あのアンデッドたちをどうにかしないと……」

「あのアンデッドですか？　なら、私に任せてください」

そう言うと、リーナが全てのアンデッドを聖魔法で消滅させた。

マジか……俺たちはあんなに苦労したのに、一瞬じゃないか。

「流石リーナさん。さっきから大活躍ですね」

ぎゅっと。遅れてエルシーが抱きついてきた。

エルシーとリーナは一緒に転移されたのか。とにかく、無事で良かった。

「へへへ。やっとこういう場面で役に立てました」

「師匠、後は僕に任せてください」

「ヘルマン……。あの上の戦いに巻き込まれないように注意しろ」

おお。ヘルマンも一緒だったか。これは一気に戦力が上がったな。

これなら、さっき召喚されたボス二体もどうにかなるだろう。

「あれは……？」

「魔王と転生者だよ。どっちもルー並みかそれ以上に強い」

「ど、どちらが味方ですか？」

「魔王の方だ」

「なるほど……。わかりました。リーナ様、エルシー様、師匠の魔力の回復をお願いします」

「「任せてください」」

「もう……本当にあと少ししか残っていないじゃないですか」

ヘルマンが魔物に向かって行くと、リーナとエルシーによる俺の魔力回復が始まった。

「どうしてこんな無茶をしたんですか？」

「ギルとギーレだけに無理させるわけにもいかないし……なんか、守られているだけの自分が腑甲斐なくて……」

「腑甲斐ないなんて……決してそんなことありません。大貴族の当主が守ってもらうのなんて、当り前のことじゃないですか」

「そうかもしれないけど……」

俺は今まで先頭に立って戦ってきたから、守られることに慣れないいんだよ。

「守ってもらった分は、帰ってから政務で返せば良いじゃないですか。それが、貴族というものでしょ？　旦那様は領民の為に良い政治を行い、領民がその礼に旦那様を守ってくれている。そう思えば少しは納得できませんか？」

「う、うん……」

俺はもう領主がメインだ。それはわかっているんだけど……。

「それとも……普段から守ってもらってばかりの私が腑甲斐ないと言うのですか？」

い、いや……エルシーはその分……ああ、そういうことだよな。

「はあ、そうだな。俺も帰ってから頑張って働かないと」

エルシーほど働けるとは思えないけど、せめて騎士たちに守ってもらえるくらいには働かないと。

「ふふ。やっと納得してくれました」

「と、言いたいところだけど……シェリーとルーを助けに行かないといけない。これだけは、体に鞭を打ってでも行かないと」

「え？　ちょっと待ってください……その魔力で」

いや、複製士が魔王に手一杯になっている今しかチャンスはないんだ。

「大丈夫。二人に十分魔力は貰ったから」

「そうは言っても……」

「とりあえずシェリーと合流するよ」

俺は二人に有無を言わせず、転移を使った。

複製士の本当の狙いは俺でも、リーナでもエルシーでもなかった。

残るは、シェリーにベル、ルーだ。

可能性が一番高いのは、獣王の血を引くベルか？

とにかく、全員が無事であることを願うしかないな。

SIDE：シェリア
「あなた……私の魔法にここまで対応できるなんて、大したものだわ」
あれからいろいろと試したけど、結局カロにはまだダメージらしいダメージを与えられていなかった。

悪魔をどんどん召喚する黒魔法は凄いわね。魔法が効かない悪魔が出てきたり、その中に剣が効かない悪魔が混じっていたりと随分とカロに翻弄(ほんろう)されていた。

「逆よ。ダークエルフの私にここまで対抗できるあなたが異常なのよ」

「エルフとダークエルフの違いって何？　見た目が黒いとかそれだけ？」

確かに、私の知っているエルフに比べて肌が黒い気もするけど……それだけじゃない？

「それだけじゃない。エルフは人族に似た体の造りだが、ダークエルフは魔族に近い」

「へえ。それじゃあ、エルフよりもダークエルフの方が強いってこと？」

「そうよ」

エルフも十分と強いと思うんだけどね。

カロがよっぽどの自信家なのか、事実なのか……。

「シェリー様、こっちは片付きました」

お喋りをしている間に、魔法が効かない悪魔たちはスタンとアルマによって全て片付けられてしまったようだ。

これで、また悪魔が召喚されるまで隙が生まれるわね。

「そう。レオたちが心配だし……お遊びは終わりよ」

「お遊び？　先ほどまでギリギリの攻防を繰り広げていた奴が何を言うのよ」

「そうね。でも、私には奥の手があるもの」

もう使うのはいつぶりだろう？　小さい頃はよくレオに使っていたけど。

あまり、人を無理矢理支配するのは好きじゃないのよね……。

『ひれ伏せ』

「く……。これはサキュバスの女王が使っていた魅了魔法」

へえ。そんな凄い人も魅了魔法を使っていたんだ。

極めたら簡単に世界を支配できてしまいそうな、恐ろしい魔法だからね……。

「良かった。忍び屋がいたから対策されていると思ったけど、ずっと使っていなかったのが功を奏したみたいね」

昔、忍び屋には魔法具で防がれてしまったけど、もうあれからずっと使っていなかったからもう使えないと思われていたのかな？

「いや……忍び屋からそんな情報は貰っていない。あいつらは、元々そこまで協力的ではなかった……」

そうなんだ。まあ、所詮は悪人の集まりだもんね。

協力しようなんて考えはないのかも。まあ、おかげで助かったわ。

「ふふふ。あなた気に入った。私の侍女にならない？　少しの我が儘なら聞いてあげるわよ？」

「何を言っているんだ……。私がなると思うか？」

「何か条件はないの？　聞かせてちょうだい」

「そんなの言うわけ……」

もう、素直じゃないわね。

『あなたの欲望を吐き出しなさい』

「里を滅ぼしたあの破壊士に……復讐がしたい。ただ、クー様を裏切りたくは……」

また破壊士……どれだけ人を殺したら気が済むのかしら？

そんな人にレオが狙われていると思うと、本当に恐ろしいわね。

『クー様って誰？』

「私たち教皇の手の長よ」

「ということは、吸血鬼の？」

「そうよ」

「へえ。それじゃあ、その吸血鬼の呪いを解ければ、快く私に従ってくれるってわけ？」

「ええ……」

あら、意外と簡単に仲間になってくれそうじゃない。

これは、すぐにそのクーの呪いを解きにいかないといけないわね。

「わかったわ。それじゃあ、そのクーって奴のところに案内しなさい」

「わかったわ。こっちよ」

「シェリー！　大丈夫か？」

クーのところに向かおうとしたら、後ろの方からレオの声がした。

振り向くと、レオとリーナ、エルシーがこっちに向かってきていた。

ふう。レオが無事でとりあえず良かったわ。

「レオ。それにリーナにエルシーまで……そっちは大丈夫だったの？」

「はい。なんとか」

「それより、その女性は？」

「カロって言うらしいわ。気に入ったから、魅了魔法でスカウトしたの」

そう言って、隣にいたカロの腰に手を回した。

「え？　それって……魅了が解けた時に面倒じゃないか？」

「大丈夫。ちゃんと吸血鬼の呪いが解けたら私の言うことを聞くって約束してくれたし」

「そうか。それなら大丈夫なのかな」

「うん。だから、今から私たちはその吸血鬼の所に向かうね」

「わかった。その吸血鬼は誰と戦っているんだ？」

「魔族の女よ。私たちの敵」

「魔族の女ってことはルーだな」

「でも、その言い方……なんか、カロさん自身が何か恨みがあるような言い方ですね」

あ、確かに。エルシーの言う通り、カロの言い方はなんか教皇の命令って感じがしないわね。本当に、カロの敵みたいな言い方だったわ。

「当り前よ。彼女は私たちの家族を殺した女の生まれ変わりなんだから……」

ああ、そういうこと……。

「なるほど……。ダークエルフも破壊士に種族を滅ぼされた？」

「ええ……そうよ。私は、どんな手を使ってでもあいつに復讐する」

「それは困ったな……」

そうね。こうなってしまったら、カロを仲間にするのは難しいかも。

「ねえ。カロは、その復讐とクー様を助けるのだったら、どっちを選ぶ？」

「そ、それは……」

「悪いけど、どっちもは無理よ？　ルーが破壊士の生まれ変わりだったとしても、あの子は私たちの家族なんだから。それに、ルーがあなたたちを殺したわけじゃないでしょ？」

お願いだから諦めて……。私は、あなたを殺したくない。

「……クー様を助けてください」

「わかった。ありがとう。あなたの主人は、絶対に助けてあげる」

私はカロを優しく抱きしめた。

私に力があれば、破壊士への復讐を手伝ってあげるって言えたんだけど……辛い決断をさせてしまってごめん。

「それじゃあ、二手に分かれるか。リーナとシェリー、スタンはルーのところに。俺とエルシー、アルマはベルのとこに向かおう」

「わかったわ……。まあ、ベルのことだからもう終わっている可能性もあるわね」

相手のリーダーがルーと戦っているなら、ベルの相手はそこまで大したことないはず。

案外、最上階に向かっているかも。

「そしたら、そっちにすぐ向かうよ」

「わかったわ」

よおし。ルー、今私たちが助けに行くからね！

ＳＩＤＥ：ベル
もう、どれくらい戦っているでしょうか？

この体でここまで傷を負ったのは初めてかもしれません……。

目の前の狼は、目が血走っていてほとんど意識がないはずなのですが、動きだけは良い。

勇者様と戦った時のように本気を出せば、簡単なのですが……それだとこの子を殺しかねない。

たぶん、この子なら何か私のお父さんやお母さんのことを知っているかもしれないのよね……。

何か恐ろしい薬でも飲まされているとは思うのですが……私には解毒の方法がございませんし、薬が切れるのを待つしかないのでしょうか？

けど、旦那様が心配な今、そんな悠長なことをしている暇はありません。

困りましたね……。情報は諦めて、この子は殺してしまいましょうか？

私にとって一番優先事項は旦那様なのだから。

『グルアアア（僕はベル姫と結婚しないといけないんだ）！』

同じく獣化した影響でしょうか？　狼の叫びの意味が自然とわかってしまいます。

ただ……ずっと同じことしか言っていないようなので、意味がわかっても会話にはならないのだけど。

それにしても……ベル姫と結婚ですか。

獣人族の王族みたいだし、私が赤ん坊の頃に何かしらの婚約がなされていたのかもしれませんね。

ただ、私はもう人妻です。諦めてもらわないと。

SIDE：レオンス

「大きな狼が二頭……。ベル、随分と手加減をしているな」

ベルを発見すると、二日前に俺たちも戦った狼とベルが戦っていた。

やはり、あの狼はベルほどの実力はなかったみたいだ。ベルが多少の切り傷程度なのに対して、結構痛々しい怪我を負っていた。

ただ、カイトと戦った時みたいな全力は出していないのがベルの動きを見ればすぐわかる。

まるで、殺さないように気をつけて戦っているようだった。

「何か理由があるのでしょうか?」

「まあ、何かしらベルの家族について知っている可能性がある」

もしかしたら、ベルに残された唯一の手がかりかもしれないからな。

「なるほど」

それにしてもあの狼、あれだけベル姫がどうのこうの言っていたくせに、結局自分でベルを攻撃しているじゃないか。

あの時、あいつはどうして怒っていたんだろうな?

「あの狼……目が真っ赤に染まっていませんか?」

「確かに。何か薬でも飲まされたのか?」

複製士がいたからな……。あの狂化の剣みたいな薬が使われていてもおかしくない。

「この剣に血を吸わせれば、体内の毒の解毒薬を作れるのですが……」

「じゃあ、頼んだ。致命傷(ちめいしょう)じゃなければ問題ない」

こっちにアルマを連れてきて良かったな。

「わかりました」

ＳＩＤＥ：ベル

（ベル、助けに来たぞ）
この声は、旦那様だ。
良かった。無事だったのですね。
（旦那様！　この子、何か薬を飲まされています！）
（やっぱり。今、アルマがそっちに向かったから援護してやってくれ）
（わかりました）
（殺さないから心配しないでくれ。解毒するだけだから）
（ありがとうございます）
『グルアアア（俺がベル姫と結婚するんだ）！』
ずっとそれしか言わないわね……。
少し、私も何か言ってみようかしら？
『ワフ（私がベルよ）』
『グル（お前がベル姫）？』
『ワオーン（ほらこっち）！』
『グルアアア（ベル姫は俺の物だ）！』
だから、私は旦那様の物ですって……。
そんなことを思っている間に、アルマさんが正気を失った狼の背中に乗っていた。
そして、アルマさんが剣を突き刺すと目の充血が消え、狼は寝てしまった。

「ベル様、囮にさせてしまい申し訳ございません」

「……いえ。アルマさんがいてくれて助かりました」

完全に眠ってしまったのを確認してから、私も獣化を解いた。

うう……また服が破けてしまいました。

破けない服を旦那様に造ってもらいたいですが……そんなことに旦那様の貴重な魔力を使ってもらうのは……。

「ベル様、私に敬語はもうやめてくださいと言っているじゃないですか。ベル様はもうメイドではないのですから。騎士に敬語なんて使ったらダメですよ」

アルマさん、私が旦那様と結婚してからずっとこんな感じだ。

ヘルマンさんとかは普通に接してくれるんだけど、アルマさんだけは騎士という職業に人一倍誇りがあるらしく、私がいつも通り接することを許してくれません。

もう……許してくれないかな……。

「まあ、慣れるまで許してあげなって。ほら、ベルに服のプレゼント」

そう言って、旦那様が創造魔法を使って私の服を創造してくれました。

「あっ……き、貴重な魔力を……」

嬉しいですが、申し訳なさの方が勝ってしまいます。

「獣化している間だけ自動で収納される能力しかつけてないから、そこまで魔力は使ってないよ。また、違う服も造ってあげる」

しかも、ただの服じゃなかった。もう……大事にさせてもらいます。

「あ、近くで見ると傷が多いな。ついでに治してあげるよ」

「あ！　回復魔法まで！　本当にやめてください！」

こんなちょっとした切り傷に魔力を使わないでくださいよ！

何を考えているんですか⁉

「大丈夫。今のはセレナの能力だから」

「え？　セレナさん？」

確か、レオ様が持っていた聖剣の名前でしたよね？

何か聖剣の新しい能力なのでしょうか？

「実は、リーナに止められる前に最後の力を振り絞(しぼ)ってアンデッドを倒したら、ぎりぎりレベルが上がったんだよね」

「え？　リーナさんに止められた？　最後の力を振り絞った……？」

何を言っているんですか？　もしかしてレオ様、リーナさんに止められるまで無理して戦っていたというのですか？

「だ、大丈夫だから。こうして今、元気に話せているでしょ？」

「後で、リーナさんに確認してみます」

リーナさんの説明次第では、後でたっぷりとお説教が必要ですね。

どれだけ旦那様のお体が大切なのかをわかってもらわないと。

「だから大丈夫だって……」

「で、どんな能力なんですか？」

「無視しないで……能力は、聖魔法を魔力なしで使えるって能力」

「それは、随分と今のレオ様に合った能力ですね」

「確かに、エルシーさんの言う通り、昔のレオ様なら絶対に必要ない能力ですね」

旦那様はどんな魔法も自由に使えますから、万全の状態の時にその能力を貰ってもあまり使える能力とは言えなかったでしょう。

「持ち主に合わせた進化だってさ。俺が弱くなったから、進化もそれに合わせたみたい。ちなみに、進化機能もこれで終わりみたい。これ以上、俺から魔力を吸うことはないらしい」

「それなら、これから魔力を気にしないで使えますね」

「私としては、もう旦那様は戦わなくていいと思いますけど……」

もう、旦那様は部屋に引きこもっていてほしいです。

私が全てお世話しますから……。

「まあまあ、今回みたいなことがあるわけじゃないですか？　だから、戦える力があるに越したことはないじゃないですか」

「……そうですね。でも、無理して戦うことはなしですよ？」

「わかっているよ。これからは気をつける」

「やっぱり、無理していたんですね……」

これは、帰ってからお説教確定です。

SIDE：レオンス

ベルのお説教が確定してから、少し経ち。

俺たちはルーが戦っている場所に向かって歩いていた。

どうやら、ルーは一番地下深いところで戦っているようだ。

「う、うう……」

「お、目が覚めたか？」

さっきまでベルと戦っていた獣人族の少年が目を覚ましたようだ。

流石獣人族。傷の治療までしてやったとは言え、回復が早いな。

「お、お前は！」

目を覚ました少年は、俺を見るなり急いで距離を取った。

ああ、しっかりと拘束しておけば良かった。

これでまた戦闘が始まったら面倒だ。

「落ち着けって。お前の言っていたベルは目の前にいるぞ？」

「べ、ベル姫？　あ、あなたが……？」

さっきまで戦っていたのに、まるで初めて会ったみたいな反応だな。

やはり、あの時は薬で意識がなかったのか？

「あなたの名前を教えてもらっても？」

「お、俺は、ジル！　王弟ディルの息子だ！」

「なるほど……。ということは、私の従弟（いとこ）というわけですね？」

「そうだ！　あ、えっと……本当に、ベル姫は結婚してしまったの？」

「はい」

「そ、そんな……」

ジルは、本気で悲しそうな顔をした。

そこまでベルに俺と結婚してほしくなかったのか？　なんか、俺まで悲しくなってくるな。

「どうしてそこまで私と結婚することに拘(こだわ)りを持っているのですか？」

「お父さんが……王国を復活させるには強い子が必要だって……。俺とベル姫が結婚して、子供が産まれればきっと強い王が誕生するって」

なるほど、そう教育されてきたってわけか。

それがどうして、暗殺者になってしまっているのかはよくわからないけど。

「そのお父さんは今どこに？」

「十年くらい前に死んだよ。聖女暗殺に失敗して死んだ」

リーナのお父さんたちに殺されたのか。

それは何とも言えない運命の巡り合わせだな。

「ど、どうして、獣人族が暗殺者なんかに？」

「俺が物心ついた時には皆暗殺者だったから詳しいことはわからないけど……王国から命からがら逃げて来たお父さんたちは、その日食べるものもないくらい大変な生活を強いられていたみたいなんだ」

「それで、フォンテーヌ家に雇われたってわけか」

それだけの実力があったら冒険者でも十分稼げたと思うんだけどな……。

まあ、誰にも他の稼ぎ方なんて教えてもらえなかったんだろう。

「いや、最初は傭兵をやっていたみたいだ。それで、父さんの名が知られてきて……フォンテーヌ家に引き抜かれたんだ」

傭兵か。この国では内戦が盛んらしいからな。

確かにこの国なら、冒険者よりも傭兵たちの方が稼げるかも。

まあ、その流れなら暗殺者になるのも納得かな。

「本当は父さんもこんなことをやりたくなかったと思うんだ。いつも、仕事を終えて帰ってくる父さんは、自分に失望したように一人で落ち込んでた」

そりゃあそうだろう。光輝く王族が一転、薄汚い暗殺者だからな。

「それで、口を開いたと思うと俺にこう言うんだ。ベル姫を見つけるんだ。そして、強い王を産むんだ。って……」

はあ、なんか本当に獣人族は可哀想だな。

これから先、暇になったら獣人族の王国の復興を手伝ってやるか。

「なるほどね。父さんが死んだとき、どういう流れで教皇につくことになったんだ？」

「父さんは、皆の心の支えだったんだ。それが急にいなくなって……皆、死ぬのが怖くなってしまったんだ。だから、当時最強だった教皇に鞍替えすることにしたんだ」

「なるほどね……」

「俺は、父さんと違って獣魔法を使えたから……いい気になっていたんだ。いや、父さんみたいに死にたくなかったから、虚勢を張っていただけなのかもな……」

いや、子供がまともな感情で暗殺者なんてできるかよ。

これは、カロと同様に保護してやった方が良いかもな。

唯一残ったベルの親戚だ。このまま心が壊れていくのを見ているのは辛い。

「もう良い。さっさと俺を殺せ」

「いきなりどうした?」

「どうせ、俺の仲間も皆殺しにしたんだろ? もう、俺に生きている意味はないよ。暗殺者としても失敗して……父さんとの約束も守れなかった」

本当、お前は可哀想な奴だな。

今までまともに愛情なんて貰えなかったんだろう……。

これは、少しずつ解決していくしかなさそうだ。

「まあ、とりあえず捕虜になれ。こっちも色々と忙しくてな。暇な時に人生相談に乗ってやる」

そう言って、俺は手錠(てじょう)を創造してジルに手渡した。

「え……?」

「とりあえず、形だけでも捕虜らしく手錠でも嵌(は)めておけ。ほら、行くぞ」

戸惑うジルを無視して、またジルを担いで歩き始めた。

「う、うん……」

「よし。後はルーのところだ」

ルーなら大丈夫だと思うけど、千年生きている吸血鬼も相当化け物だろうからな……。

SIDE:ルー

あと何回こいつを殺せば、この吸血鬼は死ぬんだろう？

あの変な薬のせいで、どんどん魔力が回復されていくし……。もう、流石にめんどくさくなってきたな。

「恐れ入った。強力な破壊魔法を持っていながら、破壊魔法に頼らずにここまで強いとは」

「そう？　頑張って練習したからね～」

「そうか。あいつとは……似ているようで似ていないな。やはり、転生者は育つ環境で変わるんだな」

「ふふん。育ちは良いからね」

なんて言ったって、私はお城育ちなんだから。

そう言いながら、また私は破壊魔法でクーの顔を抉った。

そして、間髪を容れずに全身を破壊魔法で消していく。

「もう、回復させる隙なんてあげない。徹底的に壊してあげる！」

チマチマとした攻防に飽きた私は、動きが止まったクーに向けて破壊魔法を飛ばしまくった。

もう、魔力がなくなるまで壊してやる。そんなつもりだった。

「ぐ……」

けど、気がついたら私の足に短剣が刺さっていた。

これ、毒が塗られているやつだ……。

そう思った瞬間に、私は自分の右足をナイフごと破壊した。

「俺はいくらでも致命傷を受けられるが、お前は違う。これで、形勢逆転だな」

「そんなことない……お前の魔力の回復も止まった」

私は痛みに耐えながら、破壊魔法を絶え間なく飛ばした。

もう、あいつを近づけられない。

「そうは言っても、明らかに動きが悪くなっているぞ?」

「ぐう……」

クーが流れ出る私の血を操って、私の左足も抉った。

その瞬間、私の集中が切れ、クーを見失ってしまった。

あ、ヤバい……。

「本家の方だったら、こうも簡単にはいかないだろうな」

「うるさい……。私は、絶対に負けないんだから」

私は精一杯の虚勢を張りながら、無属性魔法をかけなおした。

ダメだ……一度見失ったらそう簡単に見つけられない……。

どうしよう……レオ……助けて。

「ルーさん! 今助けます!」

「あ、見えた!」

どこからかレリアの声が聞こえたと思ったら、闇が払われてしまった。

「何!?」

私は、驚くクーに構わず一瞬で全身を破壊してやった。

ふう……。なんとか勝てた。

「ルーさん！　大丈夫ですか？　今、足を治療しますから！」

クーがいなくなると、レリアが私の足を治し始めた。

良かった。私の足、治るんだ。

「うん。レリア……助かったよ」

「いえ。私も助けに来るのが遅くなってすみません」

「ううん。勝てたから大丈夫」


それからしばらくして、ちゃんと私の足は復活した。

「凄い。これなら、リーナにも負けないんじゃない？」

私は屈伸したり、ジャンプしたりして、戻った足を確認していた。

凄いね。これ、元の足と何も変わらないよ。

「まさか。リーナ様には全く及びませんよ」

「そうなんだ……。それでも、足を治してくれてありがとう！」

そう言って、私はレリアに抱きついた。

「いえ。これも聖女の仕事ですから。それにしても……今の吸血鬼があの有名な悲劇のクーですか」

「悲劇？」

「はい。と言っても、おとぎ噺だから合っているかわかりませんよ？」

「良いよ。面白そうだから聞かせて！」

「わかりました。昔々……使者も蘇生してしまうという聖女様がいました。そんな聖女様のところには連日、蘇生の依頼がひっきりなしに届いていたそうです」

「え～。その聖女様は、全部助けていたの？」

私なら、絶対逃げるな～。

「はい。聖女様は、そんなたくさんの依頼を嫌がることなく全て熟していたそうです」

「毎日働くなんて凄いね。エルシーでもそこまで働かないよ？」

ほとんど毎日働いているエルシーだって、たまに休みを取ってレオとイチャイチャしてるし、その聖女様は凄いよ。

「はい。そうですね。きっと、本当に心優しい方で、人々に慕われていたのだと思います。いつか、私もそんな聖女になってみたいですね」

「レリアならなれるよ。リーナと同じくらい優しいし」

私の足だって簡単に治しちゃったしね。

「本当ですか？　へへ。凄く嬉しいです」

「それで、話の続きを聞かせて！」

「は、はい。それから……そんな素晴らしい力を持った聖女様を悪い人たちが見逃すはずがありません」

「え？　聖女様、攫われちゃったの？」

「はい。聖女様は、魔王軍に攫われてしまったのです」

「え～」

魔王、なんでそんな酷いことをするの？　信じられな～い。

「それで、捕らえられた聖女様はどうしたの？　殺されちゃったの？」

「聖女様が捕らえられ、連れて来られた監獄は薄暗くて狭い所だったそうです」

「攫うだけじゃなくて監禁？　聖女様にそんなことをするなんて酷い！」

私も捕らえられていたことがあるけど、あれは本当にお腹が減って大変なんだからね！

「そうですね。私も酷いと思います」

「それで、誰かが聖女様を助けに来たの？」

「い、いえ……聖女様のところには、助けは来ませんでした」

「え？」

誰も助けに来なかったの？　私のレオみたいな人が聖女様には訪れなかったということ？

聖女様可哀想……。

「その頃の魔族は非常に強力で……人では聖女様を助けにいけなかったみたいなんです」

「そ、それで、聖女様はどうなったの？」

「聖女様はずっと監獄に閉じ込められていました。差し出された遺体や怪我人を治療しながら……」

「え？　敵なのに？　治してあげたの？」

「はい。聖女様は目の前に助けられる人がいるなら、敵味方関係なく助けてしまうのです」

「それは……何て言うんだろう？　本当に聖女様だね」

リーナもレオを刺した勇者を治してあげていたし……聖女ってそういう人のことを言うのかも。

「はい。本当に凄いと思います。そんな生活を続けていると……彼女に、一人の若い魔族の心が動かされたんです」

「え？　もしかしてそれが……」

「はい。吸血鬼のクーです。当時は見習い兵で……看守を任されていたとか」

「それで、聖女様に恋しちゃったんだ」

まあ、優しくて素敵な聖女様なら誰でも好きになっちゃうよね……。

「はい。そうです。クーは、清らかな聖女様の心に長く触れて……恋に落ちてしまいました。そして、ある日の夜。あなたを助けてあげるから、自分と結婚してほしいと聖女様に伝えたのです」

「そ、それで、聖女様はなんて答えたの？」

「自分には既に夫と子供がいる……と悲しそうに答えました。聖女様は、既に教皇様と結婚していたのです」

「そんな……」

「それでも、クーは諦めませんでした。結婚できなくてもずっと傍にいさせてほしい……と毎日頼み込んだそうです」

「それは凄いね」

振られても毎日口説けるなんて凄い根性だ。

「聖女様はその熱意に折れ、クーと血の契約を結ぶのです」

「あ、それ昨日聞いた！　それが原因でその吸血鬼は教皇に逆らえないんでしょ？」

レオたちが言っていたやつだ。

話が難し過ぎて、ほとんど聞き流していたけど、血の契約って言っていたのは覚えてる！

「はい……そうですね。クーは、聖女様を助け出す代わりに、一生聖女様の傍にいさせてもらうという契約を結びました」

「それで結ばれたのに、どうして悲劇なの？」

「クーは聖女様を守れなかったのです」

「え？」

クー、聖女様を守れなかったの？

「魔王軍の追っ手に聖女様を殺されてしまうのです」

「そ、そんな……」

「本当に悲劇ですよね。聖女様が亡くなったのは、教国まであと少しの場所だったみたいです」

「聖女様が死んでから……クーはどうしたの？」

「亡くなった聖女様を抱えて教皇の下に訪れました。そして、教皇に聖女様を死なせてしまった償いを聖女様の血が途絶えるまでさせてほしいと伝えたのです」

「……それで、教皇はクーを暗殺者にしたんだ」

確かに悲劇だ。クー、可哀想……。

「いえ。最初は、拷問(ごうもん)にかけて殺そうとしました。それはそれは、おぞましい拷問だったそうです」

「え……。クーは、聖女様を助けようとしたのに？」

助けようとしてくれたのに、そんな酷いことをするなんて……。

「はい。でも、聖女様を殺したのはクーを含めた魔族ですから……」

「そんな……」

「ただ、そんな拷問も一ヶ月程度で終わってしまいました」

「え？　どうして？」

「いくら拷問にかけても、死なないことがわかったからです」

「ああ、確かに。死ななかったね」

私があれだけやってやっと死んだんだもん、普通の人じゃあ殺せないはずだわ。

「それで、教皇は殺すことを諦めて自分の手駒として使うことに決めました」

「それで、暗殺者？」

「はい。闇魔法を使えるクーにはぴったりだったのです」

「なんか、可哀想だね」

私が殺しちゃったんだけど……。

「はい。あ、でもこの話は内緒ですよ？」

「え？　なんで？」

「表向きの教会では、魔族は悪者ですからね。この話は有名ですが、教会の人間が読んではいけない書物に指定されています」

「それじゃあ、どうしてレリアは知っているの？」

レリアも聖女なんだから教会の人間だよね？

「読んじゃダメって言われたら、読んでみたくなりません？」

私の質問に、レリアがニヤリと笑った。

「あ、確かに！」

私も食べたらダメって言われたら余計に食べたくなる！

「ふん。お前は魔族なのに、この魔族を悪とするガルム教の教えに何とも思わないのか？」

「え？　あれ？　どうして？」

気がついたらクーが近くで横たわっていた。

魔力が薄くて……全然気がつかなかった。

「ふん。俺は血が一滴でも残っていれば復活できるんだよ」

「ふうん。でも、もう魔力はないみたいだね」

「そうだな。俺に、戦う力は残されていない」

「なら、どうして逃げなかったの？」

ここにいたら、私に殺されるかもしれないでしょ？

「どこに逃げると言うのだ？」

「言われてみれば……」

「まあ、いい。さっさと殺せ」

確かになさそう。

「え？」

「殺せと言うんだ。さっき、そこの女から俺の話は聞いただろ？　もう、俺は疲れた……死なせてくれ」

「え、えっと……」

これ、殺して良いのかな？　レオはいないし……。

とりあえず、私はレリアに助けを求めた。

「あの話、本当だったのですね」

「ああ。事実だよ。まあ、修正するとしたら、俺は看守でもないただの吸血鬼だったということだな」

「え？　わざわざ監獄に忍び込んでいたのですか？」

「ああ。そうだな。はじめは、興味本位だったんだ。頭のおかしい人族の女がいるって話を聞いて……見に行ったんだ。そしたら……思っていたよりも綺麗な女でな」

一目惚れってやつだ。そういえば、スタンも一目惚れって言っていたっけ。

意外と、一目惚れって多いのかな？

「へえ。そうだったのですね。おとぎ噺を修正しておきますね」

「おいおい。禁書じゃなかったのか？　今代の聖女は心配だな」

「そうですか？」

「ああ、キイラに似て危なっかしい」

「キイラ？　それが聖女様の名前なのですか？」

「そうだ」

「へえ……その、キイラ様はどのような方だったのですか？」

「見た目はお前にそっくりだな。まあ、キイラの方が背は高かったが。性格は……さっきお前が言っていた通りだな。本当に誰が相手でも優しい人だったよ」

へえ。本当に凄い人だったんだ。

「そうだったのですか……。私も、キイラ様みたいな聖女になってみたいです」

「そうか。頑張れよ。それじゃあ、さっさと殺せ」

「う、うん……」

これ、本当に殺していいの？　私でも、殺すのは違う雰囲気ってわかるんだけど……。

私はまた、レリアに助けを求めた。

「ちょっと待ってください」

「まだ何かあるのか？」

「はい。一つ、あのおとぎ噺を読んでから試したいことがありました」

そう言うと、レリアがクーの手を取った。

な、何を始めるの？

「な、なんだ？」

「聖女の血を継ぐものとして、契約を解除します。今までお疲れ様でした」

レリアがニッコリと笑って戸惑うクーにそんなことを言った。

あ、これって血の契約？　これで解除できるの？

「「「……」」」

「な、何か言ってください！」

しばらく沈黙が続いて、耐えられなくなったレリアがそう叫んだ。

アハハハ。レリア、顔真っ赤。

「い、いや……。その笑顔、キイラも笑った時そんな顔をしていた」

「そ、そうなのですか？　それは嬉しいです」

「それと……今の言葉に何の意味もないぞ」

「え？」

「はあ……おい、ちょっと短剣を貸せ」

「え？　何をするの？」

「心配するな。俺は契約で聖女は殺せない」

「そうなの？　それじゃあ……」

よくわからないから、とりあえず短剣をクーに渡してみた。

「これで、指先を少しだけ切れ。良いか？　少しだけだぞ？　ほんの少しの血で十分だ。キイラの馬鹿みたいに指を切り落としたりするなよな？」

え？　聖女様、指を切り落としたの？

「は、はい」

「危なっかしい……」

「心配しないでください！　聖魔法の訓練は、自分で試すのが基本ですよ？」

そう言って、レリアがちょこっとだけ指に傷をつけてみせた。

「キイラもそんなことを言っていたな……。だから、自分が怪我するのをそこまで怖がらなかったのか」

「はい。それで、この程度で大丈夫ですか？　足りないならもっと切りますけど？」

「待て！　そのくらいで大丈夫だ……。ほら、俺の手に血を垂らしながらさっきの言葉を言え」

また指を切ろうとしたレリアを慌ててクーが止めた。

アハハ。クー、レリアに遊ばれてる。

「え、えっと……聖女の血を継ぐものとして、契約を解除します」

そう言ってレリアが垂らした血は、クーに吸収されてなくなってしまった。

「これで契約は解除されたの？」

「ああ。これで、俺は自由だ」

「へえ。自由になった感想は？」

「特にない。さっさと殺せ」

「え？　まだ死にたいの？」

せっかく自由になったんだよ？

美味しい物を食べたいとかないの？

「当然だ。契約の呪縛がなくなろうと、俺が生きている意味はない。だから殺せ」

ずっと暗い人生だったんだから、少しは何か楽しんでから死ねばいいのに……。

「いいえ。意味が無くても私が死なせません。私、キイラ様みたいな聖女になるって決めたんですから。助けられる人が目の前にいたら、絶対に助けますから」

レリアがそんなことを言って、クーの手を両手で握りしめた。

そんなレリアに、クーは驚いたように目を見開いていた。

ふふん。もしかしてクー、今度はレリアに惚れちゃった？

「……なら、俺に生きる意味をくれ」

クーは、ちょっと諦めたような顔をした。

まったく……素直じゃないんだから。

「え？　あ、えっと……」

「レリア、好きに命令しちゃいなさいよ。レリアの奴隷とか良いんじゃない？」

私、レオの奴隷で幸せだし、たぶんクーもレリアの奴隷なら喜ぶはずだわ。

「流石にそれは……。えっと、私の騎士様になってくれませんか？　そして、一緒に魔族のイメージを変えましょう」

むう。奴隷は却下されてしまった。

「……教皇が許さないと思うぞ？」

「大丈夫です。私のお父様を誰だと思っているんですか？　次期教皇ですよ？　誰も文句は言わせません」

「アハハハ。クーの負けだね」

「ふん。良いだろう。今度こそ、俺は守り抜いてみせようじゃないか」

「ありがとうございます！」

「手を出せ。血の契約だ」

え？　せっかく解放されたのに、また血の契約を結ぶの？

「そ、そこまでしなくて良いのでは……？」

「いいや。絶対に必要だ」

吸血鬼は、人を守るのに血の契約をしないといけないって決まりでもあるのかな？

今度、レオに聞いてみようっと。

「……わかりました。私のこと守ってくださいね？」

「ああ、一生守ると誓う」

レリアがまた血を垂らし、二人で誓い合った。

うん。これで悲劇は終わりだね。

ＳＩＤＥ：シェリー

「こっちよ」

カロに案内されながら、私たちは階段を急いで降りていた。

リーナの魔法で照らしていないと、踏み外してしまいそうなほど暗い。

こんなところでルーが戦っているの？

「随分と暗いところにルーを転移したわね……」

「闇魔法は、暗いほど効果が高いから」

「それは不味いわね。急ぐわよ」

いくらルーでも、見えなかったら危ないわ。

お願い。今助けに行くから、無事でいて。


しばらく進んでいると、明かりが見えてきた。

「あれは、レリアさんの聖魔法です」

「え？　それじゃあ、レリアも一緒なの？」

「ルーさん！　レリアさん！　大丈夫ですか……？　あれ？　もう終わってしまいました？」

部屋に入ると、倒れた吸血鬼とその手を握るレリア、その隣で呑気（のんき）にルーが座っていた。

これ、どういう状況？

「あ、シェリーとリーナ！　ねえ聞いて！　クーが仲間になったの！」

「はい？　仲間ってどういうこと？　レリア、説明してくれる？」

ルーじゃあたぶん説明されてもわからないから、レリアに説明を求めた。

すると、レリアが少し困った顔をしながら説明を始めた。

「あ、えっと、今は私と血の契約をしたんです」

「血の契約をした？　契約を解いたんじゃなくて？」

「はい。契約を解いて、契約をしました」

嘘でしょ？　血の契約が呪いみたいなものってことをわかっているのよね？

「ど、どんな契約をしたの？」

「レリアを一生守ってくれるって契約。ね？」

レリアの代わりに、ルーが教えてくれた。

一生守ってくれる契約ね……何があったらそんな話の流れになるのかしら？

「はい」

「対価は？」

「そういえば……」

え？　設定しないで契約したの？

それって、大丈夫なのかしら？

「対価などいらん。強いて言うなら、名誉挽回のチャンスを貰えれば良い」

「そう……」

まあ、それなら良いのかな？

と、思っていたら隣でカロが崩れ落ちた。

「そ、そんな……せっかく自由になったのに。ど、どうして？」

「カロ……。俺が憎いか？　散々お前達を利用してきたくせに、好き勝手に辞めていく俺が憎いか？」

吸血鬼のクーは、カロにそう聞きながら申し訳なさそうにしていた。

「いえ。私は、嬉しく思います」

「なに？」

「クー様の方こそ、ずっと教皇に利用されてきたじゃないですか。もう十分ですよ」

「そうか……。お前はこれからどうする？」

「幸い、次の就職先はちょうど今決まったところです」

そう言って、カロが私に目を向けた。

私たちが契約を解除したわけじゃないのに良いのかしら？

まあ、私はカロのことが気に入ったから一緒に来てくれるなら良いんだけど。

「そうか……ミュルディーン家なら安心だな。シェリア・ミュルディーン……カロのことを頼んだ」

「ふふ。好待遇を保証するわ」

「お、こっちも終わっていたか」

カロの雇用が決まると、タイミング良くレオたちが入ってきた。

全員怪我一つない。皆、無事で良かったわ。

「ベルさん！　大丈夫でした？」

「はい。おかげさまで」

「まさか……あの薬を飲んだジルを無力化してしまうとは……」

薬？　この吸血鬼、仲間に変な薬飲ませていたの？

ちょっと……レリアを任せて大丈夫なのかしら？

「やっぱり、何か変な薬飲まされていたんだな」

「ああ。狂化の薬だ。飲んだ者は、死ぬまで暴れ続けるというものだ」

な、なにそれ……酷すぎるわ。

「惨いことするな……。教皇の指示か？」

「いや。俺の指示だ」

え？　こいつ、本当にレリアを任せたらダメじゃない？

「どうしてそんな指示を出した？」

「これから種馬として監禁され続ける未来しかなかった。そんなジルを生かしていても可哀想だったからな。あとは……なるべく時間稼ぎをしてもらう為だな。一対一なら俺が勝てる自信があった」

「種馬の話はとりあえず置いといて……意味がわからないな。後半の言い方はまるで、暗殺対象が最初からルーだったみたいじゃないか」

「みたいじゃなくて、そもそもその小娘が暗殺対象だ」

「え？　私？」

指を差されたルーがキョトンとした顔をしていた。

自分が暗殺対象って言われてるんだから、少しは怖がりなさいよ……。

「何でだ？　魔族だからとかそういうわけではないだろ？　教皇は何を考えている？」

「いや、これに関しては教皇の命令ではない」

教皇の命令じゃない？　どういうこと？

それじゃあ、誰がルーを殺すように命令したと言うの？

「それじゃあ、誰だ？　まさか……？　だって、あいつは」

レオは誰かわかったみたい。

ただ、ちょっと意外な答えだったのかな？

一体、どんな人がルーを狙ったのかしら？

「これ以上は本人から聞くことだな。というより、私はお前がここにいることが不思議だ。あの女からどうやって逃げて来た？」

逃げて来た？　え？　レオ、上で誰と戦っていたの？

「予想外の助っ人が来てくれてね」

「助っ人？」

「ああ。まあ、いいや。皆で上に戻るか」

SIDE：レオンス
「やっと戻ってきてくれた」

転移すると、複製士が倒れたグルの上に座っていた。

マジか……あれだけ強いグルでもダメだったのか。

「ぐ……。レオ、すまん」

謝るなよ。お前のおかげで、シェリーたちを助けに行けたんだから。

「あ～。契約解かれちゃったか。いけると思ったんだけど……予想外の敵と準備期間が短かったのが悔やまれるわね」

「何が目的だったんだ？　お前は……破壊士側の転生者だろ？　ルーを殺そうとして良かったのか？」

俺とグルを殺せるのに殺さないで、どうしてルーを殺そうとしたんだ？

普通、複製士の立場なら逆じゃないのか？

「一言で言うなら……反逆ね」

「破壊士を裏切ったのか……？」

「ええ。今の彼女には機動力がないからね。失敗しても、逃げ切れると思ったの」

「機動力がない？」

「そう。もう、彼女の体にも限界が来ているのよ」

「限界？」

魔王の話では、ちょっと前に会った時は元気だったんじゃなかったのか？

この数十年で何があったんだ？

「ええ。だって、よく考えてみなさいよ。この世界の人からしたら化け物とも言えるような転生者たちを千年もの間、殺して回っていたのよ？　転生者たちがただやられていったと思う？」

「それは……」

思えない。それこそ複製士よりも強かった転生者はいたはずだ。

「最近だと、獣王に食われた右足ね。あれ、どういうスキルか知らないけど、絶対に治らないみたい」

足のことは魔王も言っていたな。

へえ。傷が治せないスキルか……。

確かにそれなら、破壊士も随分と機動力が低下するな。

「あと……ダークエルフナイトと吸血鬼の女王の呪いにも苦しめられているわ。他にも、私が知らないだけでたくさんの呪いや怪我を負っているかもしれないわね」

呪いの類いか……。転生者が死ぬ間際で残した呪いなんて、絶対生きているのも辛い類いの呪いだろ……。

そんな呪いを複数かけられて、よく破壊士は無事でいられるな。

「まさか、そんな状況だったとは……」

「まあ、それでもここにいる誰よりも強いんだから嫌になってしまうわ」

「そうなんだ……。ちょっと話を戻すけど、どうして反逆なんて企てたんだ？　何らかの事情はあるんだろうけど、一応仲間だったんだろ？」

「仲間じゃないわ。長く生きるために従っていただけ。元々、殺される前に裏切るつもりだったのよ」

ああ。結局、破壊士は仲間も殺そうと思っていたのか。

破壊士というのは、聞けば聞くほど恐ろしい奴だな……。

「へえ。それで、これからどうするの？」

「うん……特に考えてないわ。もう、全てこのチビ魔王のせいよ」

「チビって言うな！」

複製士に尻で踏まれているグルがチビって言われて怒った。

怒るとこそこなの？　椅子にされているのは良いの？

「はいはい。それにしても……この剣と空間魔法が合わさると、ここまで脅威になるとはね」

そんなことを言いながら、複製士は師匠が作った剣をマジマジと見ていた。

普通はそこまでの能力は発揮されないんだけどね。

空間魔法とその魔剣の相性は良かったみたいだ。

「当然だ！　これは魔剣だぞ！」

「まあ、そうね」

「話を戻そう。これから何も予定ないんだよな？」

「バルスみたいに、私を誘うつもり？」

「あ、ああ……」

バルスのことを知っているのか。

「やめておきなさい。私を置いといても良いことは一つも無いわ」

「どうして？」

「あなたは、破壊士の恐ろしさを何もわかってない。あのエルフの女王ですら……たぶん、あと二十年以内に殺されてしまうわね。エルフが滅んだら、今度は私たち。たぶん、真っ先に私を殺しに来る」

「一緒にいたら俺たちも巻き込まれてしまうから、一緒にいない方がいいってこと？」

「この世界では、彼女に興味を持たれた人は死ぬの。その例外は、この世界で二人……いや、三人だけね」

　そう言って、ルーの方を見た。

例外というのは、魔王にミヒルとルーだけってことなのか？

「わかったよ。そこまで言うならやめておく」

「そうしなさい。てことで、報告は私の裏切ったことだけを伝えるのよ？」

報告？　誰に言っているんだ？

複製士の目線を追って振り向くと、アレンが立っていた。

お前……いつからいたんだ？

「はいはい。心配しなくてもちゃんとそう伝えますって」

「アレン……」

「久しぶりだね。随分と大きくなったじゃん」

「おじさんはどうした？」

「さてな？　じゃあ、俺は行くぞ」

「おい。待て！　くそ……」

あいつ、何も言わずに消えやがった。

おじさん……無事だよな？

「私も行かせてもらうわ。それと、最後の忠告。絶対にエルフと獣人族の島に行ってはいけないわよ～」

アレンが消えると、複製士もそう言って消えてしまった。

エルフと獣人族の島に行ってはいけない……。破壊士がいるからってことだろうか？

まあ、素直に忠告は聞いておくか。

「ふう～。とりあえず俺たちの勝ちで良いのかな。グル、大丈夫か？」

複製士が消え、俺は大きく息を吐いてその場に座り込んだ。

毎度のことだけど、転生者相手は命がいくつあっても足りないな。

「あ、ああ……世界とは、広いものだ。これだけ強くなった俺よりも強い奴がいて……更にもっと強い奴がいるんだろ？」

「まあ、二百年、三百年生きてる転生者に、生まれてたかだか十六年の俺たちが勝てるわけがないだろ？　それに、さっき言っていた破壊士は、この世界でも最強の一角だよ。お前の一つ前の魔王も負けたんだから」

破壊士たちなんて千年も生きているわけだしな。

俺たちが勝てるはずもない。

「そうか……。確か、俺の前任は魔の森にいるんだったな？」

「ああ。暇なら探してみな。俺より、魔王の方が破壊士について詳しいから」

いつでも暇しているだろうから、話し相手がてら相談に乗ってくれると思うよ。

「わかった」

「今日はありがとう。グルが来てくれて助かった」

「いや、これは魔剣を貰った礼だから気にするな」

「そうは言っても、本当に助かったんだから礼でも言わせてよ」

「わかった。それにしても、レオは何人嫁がいるんだ？」

そう言って、グルが俺の隣や後ろに並ぶ女性たちに目を向けた。

いや、全員が俺の嫁ってわけではないぞ？　まあ、ほとんどそうなんだけど。

「五人だよ。シェリーにリーナ、ベル、エルシー、ルーだよ」

誤解を解くため、グルに一人一人紹介した。

「ほう。一人魔族がいるな。人なのに魔族と結婚したのか？」

「時代は少しずつ変わっていくのさ。もう、魔族と人族が争う時代は終わりにしないと」

そう言って、ルーの肩を抱き寄せてみせた。

人は大昔に支配されていた歴史から魔族は恐怖の対象だし、魔族は焼却士にたくさん仲間を殺されたり勇者に魔王を殺されたりしているから人族のことを憎んでいる。

この負の連鎖は終わらせないと。

「そうか。それもそうだな。真の敵は他にいたんだ。ここで人族と戦力を削り合うのも愚の骨頂……これからは手を組むべきか」

よくわからない解釈をされたが、まあ手を組んでくれるなら良いか。

「そういうこと」

「なら、俺も人族から嫁を貰うべきだよな……。人族の王が魔族と結婚したんだ。魔族の王も人族と結婚しなくては」

「はい？　俺が人族の王？」

俺、いつそんなこと言った？

「ん？　違うのか？　勇者の国を下して、聖女の国も下した。誰がどう見てもお前が王だろう？」

「い、いや……」

世界征服とか、興味無いから。

「まあ、帝国もレオがほとんど掌握しているから、間違いでもないんじゃない？」

「ちょっとシェリー？」

「でも、実際……カイトさんも皇帝陛下も次期教皇も旦那様の頼みを断ることはできないですよね」

おいおいリーナまで……。

俺の代わりに否定するどころか、魔王を援護してどうするんだよ。

「なるほどな。レオの権力が強大なのはよくわかった。となると、レオに紹介してもらった女と結婚するのが一番良いかもしれないな」

「いや。うちは基本的に自由恋愛だから。結婚したい相手は自分で探して、自分で口説いてくれ」

もちろん、無理矢理つれて行くのもダメだからな？

「なに？　人族は政略結婚が存在しないのか？」

「あるにはあるけど。俺の家ではやってない」

フランクは結果的に上手くいったけど、政略結婚の夫婦関係なんて絶対上手くいかないだろ。

好きじゃない奴を好きになれなんて酷い話だ。

「くそ……俺を試そうってわけだな？　わかった。俺も負けないくらい嫁を囲ってやるから見ていろよ！」

いや、だからどういう解釈をしたらそうなるんだ？

俺は好きに恋愛しろと言っただけなんだけど？

「まあ、応援するよ。頑張れ」

厨二病魔王が何を考えているのか、もうまったくわからないから、とりあえず応援しておくことにした。

「言ったな？　その余裕な顔が嫉妬に歪む瞬間が楽しみだ！　あ、それと！　今度、俺の城にお前を招待してやる。妻たちを連れて来い。最高のもてなしをしてやる！　じゃあな！」

「あ、ありがとう……」

勝手によくわからない宣戦布告と急な魔王城招待をすると、魔王は急いで魔界に帰っていった。

まったく……あいかわらずだったな。


「ふう。とりあえず、おじさんを探すか」

アレンも殺したとか明言してなかったし、おじさんは無事だと思うんだけど……一体どこにいるのだろうか？

案外、隠密で隠れているだけでこの部屋にいたりして。

「ふ、ふふふ……ふははは！　よくぞ教会に住み着いた忌々しい悪魔たちを退治してくれた！　レオンス殿……なんと感謝を述べたら良いのか！」

俺がおじさんを探しに行こうとすると、存在すら忘れていた教皇がいきなり大声でそんなことを言い始めた。

さっきまで部屋の端に隠れていたくせに、何を言っているのやら。

「今更何を言っても遅い。お前が俺を暗殺しようとした事実は変わらないだろ。とりあえず、お前は牢獄で裁かれるのを待っていろ」

教皇は複製士に操られていただけかもしれないけど、そんなことはどうでもいい。

教国を陥れたのはこいつだからな。教国革命の礎となってもらおう。

「な、何を⁉　私は教皇ですぞ？　そんなことをしてどうなっても知りません……」

「まあ、一応確かめてやるか。シェリー、魅了魔法を頼んでいい？」

本当は善人だったらなんか気分悪いし、こいつが屑なのか確かめておこう。

「良いわよ」

『一生嘘をつくな』

「わ、わかりました……」

魅了魔法は便利で良いね。

「一つ目。アベラール家を滅ぼそうとしたのはお前の意思か？」

「そうだ。あんな亜人が聖女の夫であるなど……ありえないことだ。本来なら、教皇である私と結ばれなくてはいけない相手だというのに……」

はあ？　こいつ、嫉妬でリーナのおじいちゃんを殺そうとしたのかよ……。

と思ったら、まだ話は続いた。

「だが、寛大な私は見逃してやった。それなのに……あいつは私への恩義を忘れ、私が前教皇を暗殺したことを十年前に糾弾しようとした。あいつは、とても許されない奴だ。だから、神に代わって私が一族ごと消してやることにしたんだ」

「あ、あなたなんかが神の名を騙るな！」

「リーナ、落ち着いて。まだ殺したらダメだ」

本気で殺しそうな勢いで教皇に向かおうとしたリーナをそう言って、なんとか宥めた。

教皇が思っていたよりも屑すぎて、俺も一瞬殺しそうになってしまった。

「はあ、二つ目の質問。どうして俺を暗殺しようと思った？」

「単純に邪魔だったからだ。これ以上お前に自由にされては、俺の立場がなくなる。リアーナに殺される未来も見えていたから、お前もついでに殺しておこうと思った」

「ぐう……」

リーナの教皇に向かう力が強くなった。

そんなリーナの背中を摩りながら、俺は教皇に顔を向けた。

「今にも殺してしまいたいくらい屑で助かったよ。ヘルマン、地下に牢屋があったからそこに入れてこい」

思っていたよりも屑すぎて、聞いたのを後悔したくらいだ。

本当、もう声も聞きたくない。

「わかりました」

「くっ……。教国はくれてやる。だから俺だけは助けてくれ……殺さないでくれ……」

「こんな姿を信者たちがみたら泣くだろうな……」

人の心を救うはずの宗教のトップがこれじゃあ、信者は浮かばれないな。

「俺は……あの水晶に映し出された未来に従って教皇にまでなったんだ。それなのに……それなのにどうしてこんなことに……」

「水晶だと？」

ガエルさんの話では予知魔法って言っていたけど、何か道具を使っていたのか？

「ほ、欲しいか？　未来を見ることができる魔法具だ！　欲しいだろう？　俺の命を助けてくれるなら隠し場所を教えてやろう！　お前だって未来が不安だろう？」

「いや、別に……」

欲しいとは一言も言ってない。

「な、なんだと？　未来を見れば……」

「レオンス、そいつの持っている魔法具は、複製士が用意した物だ。触ったら操られるかもしれない」

教皇の言葉を遮るように、クーが思わぬ事実を教えてくれた。

「あ、そういうこと……」

王国の時と言い……複製士は本当に用意周到だな。一体、いつからこの国を操っていたんだ？

もしかしたら、気づかないうちに人間界は複製士一人の物になっていたかもしれないな。

「操られる？　俺が操られていたのか……？」

「はあ、もういいや。とりあえず、その水晶とやらの場所を教えろ。見つけ次第、ぶっ壊す」

それからすぐに水晶は発見され、ルーによって破壊された。

SIDE：ダミアン

「くそ……」

アレンにやられた傷を押さえながら、僕は倒れていた。

ランダム転移が起こった時、隠密を使っていた僕は転移されなかった。

つまり、最初の部屋に残されてしまったわけだ。

そしたら……アレンが姿を現した。

「よお。いるんだろ？　ここ最近、お前が教国で俺を嗅ぎ回っているのは知っている」

「なんだアレン、僕と話をするためにここで待っていたのか？」

僕も姿を現し、アレンに問い返した。

「まあな。八年も話してなかったんだ。少しぐらい良いだろう？」

「ふうん。随分と余裕だね」

牽制程度に、魔法一発飛ばした。

もちろん。アレンは難なく避けてしまう。

「まあな。実際、余裕だからな。お前、随分と弱くなったな。いや、俺が強くなり過ぎたのか」

「戦ってもいないのに、随分な物言いじゃないか」

アレンの挑発には乗らず、静かに剣を抜いて構えた。

「戦わなくてもわかる。お前、八年前から大して強くなってないな？」

「それは……」

「俺は、この八年間……魔界で随分と揉まれてきたぞ？」

気がついた時には、遅かった……。

背後に回ったアレンに背中を斬られていた。

「ライバル……俺はお前をそう思っていたんだがな……。俺が強くなれば、その分お前も強くなってくれる。そう思っていたが……お前には失望した」

「ぐ、ぐう……」

「お前が変わったことと言えば、その武器だけだな。それ以外……この八年で進歩が見られない。レオンスに守られすぎて……弱くなったな」

言い返したいけど、何も言い返せない。

この姿で何を言っても、恥の上塗りだ。

「今のお前は弱すぎだ。これ以上戦う価値もない」

「ま、待て……」

「じゃあな」


「くそ！」

かつて競い合っていた相手にここまで差を見せ付けられ、大切なものまで守りにいけないなんて……皇帝を守る立場として情けなさ過ぎる。

むしろ、こんな生かされ方をするなら、殺してほしかった。

「素質はあるのに～～～もったいないな～～～」

「お前は誰だ？」

聞き慣れない言葉に、俺はすぐに振り返った。

すると、ニヤリと笑った不気味な音が立っていた。

「さあて、誰でしょう～～～？　あなたと同じ血を引くもの～～～だと思ってくださ～～～い」

「同じ血を引くもの？」

「ええ。あなたと同じ影魔法使いで〜〜〜す。まあ、あなたは〜〜〜影魔法の使い方をよくわかっていないようですが〜〜〜」

影魔法使いだと？

「俺はまだ強く……なれるのか？」

「ええ。まだ三十六歳〜〜〜まだまだいけますよ〜〜〜」

「そうか。お前は、レオのところにいた騎士だったな」

話していて思い出した。いつかの公爵家で王国の情報を話していた奴だ。

あの時は確か、こんな話し方じゃなかったが……。

「なんだ〜〜〜。知っていてさっきは聞いたのですか〜〜〜？」

「あの時と印象が違いすぎる」

「そういうことですか〜〜〜。私はバルス〜〜〜。以後、お見知りおきを〜〜〜」

むかつく奴だが……私なんかよりよっぽど強そうだ。

バルスに教われば、間違いなく私は強くなれる。そんな気がした。

「そうか。よろしく頼むよ。それと悪いが、肩を貸してくれないか？」

「良いですよ〜〜〜」

アレン、待っていろよ……。

すぐにリベンジしてやるからな。

第八話　俺の役割

あれからバルスに肩を貸されたおじさんを発見し、すぐにリーナが治療を施した。

どうやら、本当にアレンにやられてしまったようだ。

城を出た後は、やることがあると言って帰ってしまったけど……おじさん、大丈夫なのだろうか？

新婚旅行が終わったら、帝都に確認しに行ってみるか。

そして今、俺たちはフォンテーヌ家の屋敷に戻ってきた。


「よくご無事で……」

帰ると、すぐにガエルさんが屋敷から出てきた。

顔色を窺うに、大聖堂で何があったのかはもう知っているようだ。

「ちょっと色々と二人だけで話したいのですが、良いですか？」

「もちろんです。こちらに」


応接室に案内されて、さっそく本題に入った。

「今回は、やはり教皇がレオンス殿たちを襲撃したということで……間違いないのでしょうか？」

「はい。今度は、堂々と僕たちを殺そうとしてきました」

「も、申し訳ございません……。教国は、いかなる賠償を請求されてもお支払いします。ですので

「……どうか、どうかお許しを」

普通、国のトップに立つやつはこうだよな……。

あいつ、一言も謝罪しなかったし、それどころか自分が助かる為に国を売ろうとしたからな。

「わかりました。要求は二つです。一つはあなたが教皇になってこの国をまともにすること。もう一つは他種族の差別をなくすこと。これができると言うなら、今日のことは次代の皇帝にまで責任を求めるようなことはしません」

「か、寛大な心に感謝いたします」

「頼みましたよ。教皇は今、大聖堂の牢獄にいます。早く迎えに行ってあげてください」

「わ、わかりました！　すぐに向かいます」

それからガエルさんを見送り、シェリーたちの待つ部屋に戻った。

「どんなお話を？」

「大したことじゃないよ。後処理を頼んだだけ」

「えー。責め立てて領土でも要求したらよかったじゃない？」

「それはいいよ。これからの教国とは仲良くしていきたいし」

それに、これ以上土地を貰っても俺には管理しきれない。

「そう。それで、今日はもう何もないのよね？」

「うん。そうだね」

後は、全てガエルさんの仕事だ。

「それじゃあ……すぐに魔力の回復を始めましょうか」

そう言って、ベルが俺の手を取った。

「皆も相当魔力を使ったんじゃないの？　移動中、エルシーにちょっと魔力を分けてもらえたし、そんなにすぐじゃなくても大丈夫だよ？」

「ふふふ。全員でやるのは久しぶりだね」

え？　無視ですか？

「旦那様、お疲れでしたらそのまま眠ってしまっても構いませんからね？」

そう言って、リーナが反対の手を引っ張って俺をベッドに誘導した。

「えい！　うふふ。私が一番乗り！」

最後はルーに押し倒され、そのまま俺の上にルーが馬乗りになって俺の胸の上に手を当てた。

「あ、ズルい！」

まあ、一番強敵だったのはルーだし、一番は譲っていいんじゃない？

などと思いながら、ルーの魔力を感じていた。

うん。温かくて気持ちいいな。

「ありがとう……。皆も無理しない程度にね？」

『ご心配なく（心配しないで）！』

皆を思っての一言だったんだけど、どうやら余計な一言だったようだ。

嫁さんたちが怖いので、しばらく黙ってよう……。

それからしばらくして、シェリーとリーナ、ルーが眠ってしまった。

そういえば、ルーは眠るのも一番だったな。

「なんだかんだで皆、疲れていたみたいだな」

三人の寝顔を眺めながら、俺はベルとエルシーを抱き寄せた。

「久しぶりの激戦でしたから」

「ですね」

「ベルとエルシーも寝ていいんだよ?」

「私は……ただ守ってもらっていただけなので……」

「私も、本気で戦ったわけでもないので」

そんなことないと思うんだけどな。

エルシーはずっと俺に魔力を補充してくれていたし、ベルは結構傷を負っていたじゃないか。

まあ、二人が起きていたいなら良いんだけど。

「はあ、今回は自分の無力さを感じたな……。魔力がなくなると、俺ってここまで弱くなるんだな」

元々、魔力のゴリ押しが俺の戦術だったのが良くなかったんだろうな……。

魔力に頼りすぎて、技を鍛えようとしなかったからこんな結果になってしまった。

「仕方ないですよ。今回の相手は、全力のレオ様でも勝てない相手だったのでしょう?」

「まあ、そうなんだけど……。複製士……あれでも、転生者の中では中の上くらいなんだもんな……」

こんな状態で破壊士と出会ってしまったらどうすれば良いのやら……。

「最近、色々な転生者の方たちの話や実際にお目にかかる機会が増えて、一つ思ったことがあるのです」

「思ったこと？」

「はい。旦那様は支援職ではないのでしょうか？」

「支援職？」

「はい。魔王様に破壊士、獣王、バルスさん……どれも戦うことに特化した能力を持っていると思うのですよね。それに比べて、旦那様の能力は魔法アイテムを創ることがメインじゃないですか？」

「言われてみれば……」

「そういえば、付与士もどちらかというとカイトさんの支援に回っていましたね」

「あ、確かに……」

付与士自身は強くなくても、付与士は十分脅威だったな。

そうか、俺も付与士みたいな立ち回りをすれば良いのか。

「そうです。だから別にこれからは、旦那様自身が強くなることにこだわる必要はないと思います」

「エルシーさんの言う通りです。それに、破壊士が襲ってくるのは、二十年後と言っていたじゃないですか？　もし、旦那様がこれから一生懸命鍛えたとしても、その頃には体のピークは終わっているはずです」

「確かに。それなら……新しい可能性に時間と魔力を投資していく方が可能性はあるか。二人とも、ありがとう。少し心のモヤモヤが晴れたよ」

俺は、感謝の意味も込めてぎゅっと二人を強めに抱きしめた。

「「旦那様……」」

「よし。こうなったら、才能のある子供たちを見つけ出さないといけないな」

二十年後にピークな若い世代を育てないと。

「あ、それなら大丈夫ですよ」

「え？　何で？」

ベル、もしかしてもう当てがあるのか？

「ここにいる女性たちと旦那様の間に生まれる子供たちは、きっと才能盛りだくさんですから」

そう言って、ベルがエルシー、シェリー、リーナ、ルーに目を向けた。

え？　あ、そういうこと？

「そうですよ。ベルさんと旦那様の子供は可愛いんだろうな～」

「エ、エルシーさんの子供だって負けませんから！」

まあまあ、どっちも可愛いから喧嘩しないで。

と言おうとしたら、背中から誰かに抱きつかれた。

「ふふふ。それなら、早く確かめないとね。それでしょう、レオ？」

なんだ。シェリーか。びっくりしたじゃないか。

「起こしちゃった？」

「あれだけ騒いでいたら流石に起きるわよ。まあ、ルーは爆睡(ばくすい)みたいだけど」

え？　リーナは？　と思ったら、リーナもぐーっと伸びをしながら起き上がった。

「ふふふ。ベルさんの赤ちゃんもエルシーさんの赤ちゃんも、きっと比べられないくらい可愛らしいと思いますよ？」

「「は、はい……」」

「それで、どうなの？　レオは確かめたくないの？」

「お、俺も……確かめたいです」

俺は何を言わされているんだ？

それから……俺は四人に押し倒され……ルーは全てが終わってから目を覚ましたとさ。

第九話　処刑

あれから、二ヶ月くらいが経った。

この二ヶ月間、俺たちの行動範囲は聖都に制限されていた。

教皇の断罪が終わるまでは、王国派の貴族たちが何をしでかすかわからないからせめて聖都に止まっていてほしいと言われてしまったからね。

いち早く、リーナにお母さんを会わせてあげたかったのだけど、これ以上の戦闘は無意味な気がしたから、大人しく従っておいた。

ただ、そのおかげで、随分と聖都に詳しくなってしまった。

もう、聖都は地図なしで歩き回れる自信がある。

とは言っても、別にこの二ヶ月を散歩だけに費やしたわけではなく……仕事らしい仕事も少しだけやった。

何をしていたのかというと、ジルやカロの他に生き残った人族以外の暗殺者たちの今後を決めていた。

聖都だけじゃなく、広い範囲で活動していたみたいで、全員の確認が終わるまで一ヶ月半もかかってしまった。

そして、その肝心な解答についてだが……。

獣人族はジルについて行くと解答した。

エルフは、教国に残る。ダークエルフは半分が残り、半分がカロについていくと答えた。

あともちろん、教皇のガエルさんに希望者を帝国に連れて行くことの許可は貰っている。

後で勝手に連れていかれたとか言われても嫌だからね。

こうして、我が家は即戦力を思いがけず手に入れることができた。

その数、獣人族が四十七人、ダークエルフが四人、合わせて五十一人だ。

なかなか悪くない数だ。

そして、今日は……死刑執行の日だ。

主犯の教皇、王国派、帝国派の貴族たちが縛られ、民衆の前に立たされていた。

まあ、もちろん今回の襲撃事件に関わっていない貴族も混じっている。この貴族たちは、ガエルさんがまっとうな教国をつくるのに邪魔な存在と判断された貴族たちだ。

一応レリアとクーに聞いたら、どれも屑で有名な貴族だけしか選ばれていないらしい。

だから、俺からは特に何も言わなかった。

教国がまともな国になってくれれば良いからね。

「二ヶ月前、帝国からの使者であるレオンス・ミュルディーン様の一行を狙った大規模な襲撃が起こった。これは、我が国全体の信用を著しく落とすようなとても下劣なものであり、平和を愛するガルム教徒としてあるまじき行為である。よって、この事件の首謀者とされているエジェオ、イーノック、ティムンド並びにその関係者の処刑を行う！」

聖都の広場に建てられた断頭台の横で、淡々と罪状と処刑宣告を行うと、広場に集まった国民たちが歓喜の声を上げた。

中には、これから処刑される貴族の罵声を浴びせる人までいた。

随分とこの国の貴族たちは国民に嫌われているんだな……。

「ティムンド前教皇……国民に謝罪する最後の機会ですぞ？　どうしますか？」

ガエルさんが一番目立つ所に立たされていた前教皇に目を向けた。

ああ、あれ教皇だったのか。顔がボコボコ過ぎて誰かわからなかった。

シェリーの魅了魔法が効いていたから、拷問なんてする必要なかったはずなんだけどな……。

まあ、因果応報だな。

「私は……己の利益の為に民を騙し、私の前任、そして客人までも襲ってしまった……。本来なら信者の模範とならなければならない我々がこのようなことを起こしてしまったこと、死して償わせてもらう」

どうやら、二ヶ月に及ぶ拷問という名の暴力にすっかり心が折れてしまったようだ。

素直に罪を認めて、国民に謝罪した。

そんな謝罪を聞いた国民たちの反応は……。

「え？　前任ってどういうこと？」

「スクリフって病死のはずだったわよね？　もしかして、ティムンド様が殺したというの？」

「信じられない……」

などと、教皇が前任の教皇を殺していたことに戸惑っているようだった。

この国の国民たちは本当に可哀想だな。まあ、これから改善されていくはずだから、もう少し我慢してほしい。

「今後、このようなことは教会において一切許さないこと……新たな教皇としてガエル・フォンテーヌがこの刑の執行を以て宣言する！」

『うおおおお！』

教皇の首が落とされ、広場に大きな雄叫びが響き渡った。

その中には、貴族の姿も混ざっていた。

国民から広く嫌われていた教皇だったんだな。

そんなことを思っていると、隣にいたリーナが俺に抱きついてきた。

「大丈夫？」

「はい。やっと……お父さんとおじいちゃんの仇が取れたのに……あまり実感ないですね。ただただ、悲しいだけです」

「そうだな……」

なんでだろうな？　あいつが思っていたよりも小物だったからかな？

「この国、これから良くなっていくと思います？」

「ガエルさんを信じられるかは……まだ正直わからないな。でもまあ、あの正義感の強いレリアが近くにいれば大丈夫だろう」

クーがいれば、ガエルさんもレリアには変なことはできないだろうし。

「そうですね。私もレリアとクーさんなら、この国をきっと良い方向に向けて引っ張って行ってくれる気がします」

「まあ、リーナの一番弟子だからな」

「そうですね。レリアは優秀な弟子です」

今の言葉を聞いたら、レリアはきっと大泣きするんだろうな……。

それから続々と貴族たちが処刑されていく中、俺たちは屋敷に戻った。

人が殺されているのを見ているのも、あまり気分が良くなるものじゃないからね。

「それにしても……帝国、王国、教国の革命に全て関わってしまったな。俺、世界平和の為に働き過ぎじゃない？」

帝国の不正を一掃して、カイトを国王にして、腐った教皇を失脚させた。

もう、歴史の教科書に載ることは確定だな。

「ふふふ。それじゃあ、後の人生はゆっくりとお休みください」

「い、いや、そういうわけにもいかないだろ。あの広い領地を開発していかないといけないんだし……」

それに、俺はまだ十六だぞ？　これからが働き盛りじゃないか。

「もう、体が働いていないといられない体になっているわね。リーナ、どうにか治療できない？　領地に帰ったら、絶対私たちとの時間を取ってくれなくなるわ」

「そうですね……。多少無理矢理……ベッドに縛りつけてでも休ませるのが一番効果的だと思います」

え？　俺、帰ったら嫁たちに縛られちゃうの？

「そう。それじゃあ、帰ったらエルシーに頑丈な縄でも創造してもらわないと」

「ふふ。任せてください。ミスリルを使ったものを創造してみせますから」

いやいや。エルシーが創造した縄なんて、絶対に洒落にならないって。

皆、最近大人しくしているから忘れちゃってるけど、エルシーの本性を思い出してくれ！

「えっと……皆さん本気？　一応俺、当主なんですけど……？」

「大丈夫ですわ。ベッドに縛られているレオ様が見られたとしても、私たちが一緒にいれば……そういう趣味だと思っていただけますから」

「いや、良くない！　まったく良くないって！」

勘違いでもそんな趣味を俺が持っているなんて思われたくない！

「どうせなら、魔法アイテムにしてみたいですね……。あ、ベルさん、この素材とか使えそうじゃないですか？」

「スライムですか……確かに、使えそうですね。良いと思います。あとはこれとか……」

おい！　そこの二人！　俺の大切な素材をそんな物の為に使うんじゃない！

俺は急いで暴走し始めた嫁たちから鞄を奪った。

「もう、そんな必死にならなくても大丈夫ですよ。冗談ですから。ねえ？　ベルさん？」

「え？　あ、はい。じょ、冗談に決まっています」

おいベル！　その反応、絶対に本気だっただろ？

ベルなら、俺を縛って私が全てお世話するから大丈夫です。とか、本気で言いそうだもんな。

これからベルと寝るときは気をつけよう……。

「まあ、縛るかどうかは置いておいて、仕事に夢中になり過ぎたらダメよ？」

ええ……。縛るかどうかは置いとかれちゃうの？

「わかったよ。程よく頑張る。これで良い？」

「はい。程よくでお願いします。約束ですよ？」

「うん。約束する」

「約束を破った時は、ベルにお願いしようかしら」

何を……？　とは、聞かない。

ただ、約束は守ろう。そう心に誓った。

第十話　母に会いに

無事教国内の面倒事がなくなり、ようやく明日から安全な旅を始められることになった。

聖都にいるのも今日が最後だ。

だから、今日は最後に皆で聖都を見て回ろうってことになったのだが……クーに止められてしまった。

どうやら、十年前のことをリーナに話しておきたいそうだ。

というわけで今日は聖都の散歩を諦め、クーの話を聞くことになった。

「元々、あの教皇は自分の為なら他の命など気にならない。そんな男だったが……十年前にあの命令が下されたときは流石に私も耳を疑った」

クーはそんな風に語り始めた。

「聖女がいれば、私は死ぬ。聖女とその家族を一人残らず殺せ。そう言ったんだ。最初、俺は教皇の気が狂ったのかと思った。この国の聖女は、王国の勇者のようなもの。言ってしまえばこの国の象徴であり、力そのものだ」

確かにな。複製士に操られてそんな無茶苦茶な命令を出したのか、本気で聖女が怖くて何も考えずに命令を出したのか……。

これは、複製士に聞いてみないとわからないな。

でも、俺的には複製士が教皇を操ってまで聖女を殺すメリットってあまりないと思うんだよな……。単純に、教皇を扱いやすくするために死の恐怖を見せたかっただけ、とかそんな意図だったんじゃないかな？

「とても無茶な命令だった。だが、俺には教皇に逆らえる力もない。黙って従った」

本当、呪いって怖いな。

これ以上にヤバい呪いを何個も受けながら、転生者を殺して回っている破壊士は本当におかしいよ。

「あの時の作戦で一番の邪魔になるのは、エルフの元王子であったオルヴァーだった。当時、魔導師にも劣らない魔法使いとしてこの国では有名だった。あの時の教皇の手では、どう頑張っても任務の成功は難しかっただろう」

へえ。リーナのおじいちゃんってただのエルフではなかったのか。

とすると、リーナも王族の血が流れているんだな……。

「だから、俺は教皇にフォンテーヌ家を抱き込むことを教皇に提案した。そしてその願いが通り、獣人族も引き連れて俺はアベラール家に襲撃した」

フォンテーヌ家を仲間にする作戦ってクーが考えたんだ。

まあ、あの教皇じゃあ、そんなことは思いつかないか。

「あの日の暗殺もすぐに終わるはずだった。だが、そうはいかなかった。最初の予定外は……息子のブライアンがオルヴァーにも劣らないほどの強さを持っていたことだろう」

まあ、聖女とエルフの元王子の息子が弱いはずないからな。

そりゃあ、クーが悪い。

「あの二人を前に、獣人族でも徐々にやられていった。ただ、流石にあいつらの魔法も無限ではない。数で押してやれば、少しずつ二人の勢いが弱まっていった。そして、負けを悟ったオルヴァーとブライアンは聖女と孫のリアーナを逃がす行動に出た。俺は好都合だと思った。聖女に単独行動をしてもらった方が、俺たちは殺しやすいからな」

まあ、そうだよな。目的は聖女なんだし。

「だが、あれは罠だった」

「罠だった？」

「ああ。襲撃した暗殺者は、全員聖魔法で眠らされてしまった。そして、主力を聖女の方に回したせいで、オルヴァーたちの方が押し返し始めていた」

なるほど。聖魔法唯一の攻撃方法か。

確かに、それなら聖女でもリーナを守って逃げることはできそうだ。

「二つ目の予想外、聖女は普通に戦えるということだな。俺が教皇の下で暗殺者をやるようになってから……聖女は、守られているものだった。だから、戦えるとは思いもしなかったんだ」

なるほどね。まあ、おじいちゃんと魔王討伐の旅をしていたわけだし、普通の聖女とは違うよな。

「俺は慌てて意識がある主力をオルヴァーのところに戻し、聖女は俺だけで殺すことにした」

ルーと良い勝負をしたクーなら、一人でも聖女を倒せただろう。

けど、二人とも生きている……。どうしてだ？

「途中までは順調だった。闇に隠れ、少しずつ聖女を削っていた。聖魔法は、俺にとって一番の弱点だったからな。慎重に立ち回った」

それを聞いていると、クーがどうして負けたのかわからないな。

一瞬の隙を衝かれて、聖魔法を浴びせられたか？

「だが、聖女の言葉に俺は攻撃できなくなってしまった」

「言葉？」

「そうだ。その言葉は『私たちに近づくな』という簡単な一言だった。特に変な魔法も使っていない。単純な俺に対しての命令だった」

もしかして、そこで呪いが発動したのか。

「これが最後の想定外、聖女の命令は教皇よりも優先度が高いということだった。俺は、聖女に逆らえず、近づくことができなくなってしまった」

……そんな理由で、二人は助かったのか。

これは、運が良かったとしか言いようがないな。

「そういうことだったのですか……。それで、私のお母さんを逃がした理由は？　教皇の命令では、家族全員皆殺しだったのではないのですか？」

「それは、お前の母親をアベラール家から追放するとお前の父が宣言したからこそできたことだな」

なるほど……。教皇の適当な命令の穴を衝いたわけか。

「俺が命令されたのは、聖女とその家族を殺せというものだった。家族じゃなければ、俺に殺す義務はない。というわけだな」

「教皇にそれを報告しなかったのは？」

「教皇に求められたのは、暗殺対象で誰が生き残ったのかだ。暗殺対象ではない人間のことを話す必要もないだろう？」

「ははは。確かにね」

教皇も馬鹿だな。もう少し頭を使った命令を出していれば、こんなことにならなかったのに。


次の日は朝から出発だ。

俺たちは今、その出発を前にガエルさんとレリアに別れの挨拶(あいさつ)をしていた。

「ぐす。うう……えぐ。皆さん、長い間お世話になりました。このご恩、一生忘れません！」

見送るレリアはもう、涙で顔がぐちゃぐちゃだ。

まあ、濃い半年を一緒に過ごしたからな。

そんなレリアをリーナが優しく抱きしめた。

「いえ。私たちもレリアには助けられました。これから、聖女としていろいろと大変なことがあると思いますけど頑張ってくださいね」

リーナもちょっと泣きそうになっていた。

愛弟子(まなでし)との別れだもんな。ああ、なんか俺までもらい泣きしてしまいそうだ。

「はい。私……リーナさんに教わったこと、決して忘れません。きっと、リーナさんたちにまで私の名前が轟くような素晴らしい聖女になってみせます」

「はい。応援していますよ」

「レオ様も……快く私を受け入れていただき、本当にありがとうございました。仕事に熱中するのはレオ様の美徳だとは思うのですが……健康第一でお願いします」

「ははは。わかってるよ。ちゃんと休むから」

休まないと何されるかわからないからね……。

そんなことを言っていると、隣から声が飛んできた。

「大丈夫。私たちがちゃんと制御するから」

「そうそう。縛るんでしょ?」

おい。今の声、ルーか？　あれは冗談だってことで落ち着いただろ！

「ふふふ。そうですね。シェリーさん、リーナさん、ベルさん、エルシーさん、ルーさんがいるのですから、私が心配する必要はありませんでした」

まあ、そうですね。俺としては、違う心配があるけど……。

「それじゃあ、ガエルさんもまたの機会に」

レリアとの別れの挨拶も終わり、俺はガエルさんに手を差し出した。

ガエルさんには、二ヶ月も家に泊めてもらったからな。

今度、何かしらのお礼はしたい。

「はい。と言っても、フランク殿とアリーンの結婚式ですぐに会えてしまいますけど」

俺の手を握りながら、ガエルさんがそう言って笑った。

あ、確かに、フランクの結婚式があったな。

「確かにそうでしたね。それじゃあ、別れの挨拶はこの辺にしておきましょうか」

「はい。あ、マーレットとモニカにこれを渡してください。これを読めば、彼女たちも事情を理解してくれるでしょう」

「はい」

モニカ？　などと思っていると、ガエルさんから手紙を渡された。

宛先はマーレット、リーナのお母さんだった。

「わかりました。しっかりと渡しておきます。それでは、また」

レリアとガエルさんに手を振って、俺たちは馬車に乗り込んだ。

手を振り返すレリアはわんわん泣き、リーナは馬車に乗ってから静かに涙を流していた。

そして、馬車からレリアたちが見えなくなった頃、俺は気になったことをリーナに聞いてみた。

「リーナ、モニカって誰か知ってる？」

「お母さんを守っている騎士か、侍女の名前なんじゃないでしょうか？　すみません。もう、十年も前のことなので……随分と人の名前を忘れてしまっているんです」

「いや、ただ少し気になって聞いただけだからそんな謝らないで」

俺も十年前にあった人の名前を今すぐ思い出せと言われても、困ってしまうからな。

「でも、確かに言われてみれば、モニカさんがどんな人なのか気になるわね。そうね……レオのヘルマンみたいに、リーナのお母さんの特別な騎士だったりして」

「その可能性はあるかもな」

もしかしたら、単にリーナのお母さんの世話をしているメイドの可能性だってあるかもね。

「まあ、実際に会ってからのお楽しみということでいいんじゃないですか？」

「そうだな」

また一つ、リーナの故郷に行く楽しみができた。

「ねえ、レオ〜。何か食べ物持ってない？　昨日、あの吸血鬼のせいで何も買えなかった〜」

この話の流れでそれを言う？　言うにしても、もう少し我慢できたでしょ……。

話の腰を折るように投げ込んできたルーのおねだりに、俺は思わず苦笑いを浮かべた。

「いや、俺の非常食を食われたら困るんだが」

これは、何かあったときの為に食う物だ！

俺は慌てて鞄を抱きかかえて、ルーから食べ物を守った。

「帰ったら補充できるんだからいいじゃん！　だから、ね？」

「ダメなものはダメだ」

「え〜。それじゃあ、これで許して」

俺が断固たる拒否をしていると……ルーが詰め寄ってきて、俺にキスをした。

「そ、そんなんで、この大事な食料は渡さないぞ！」

若干声を震わせながら、俺はなんとか食べ物を守った。

危なかった……不意を衝かれたせいで、一瞬腕の力が抜けてしまったじゃないか。

「そう？　それじゃあ、もっとしてあげる」

ちょっやめろ！　と言おうとしたときには、ルーのキス攻撃が始まってしまった。

そして……俺の大切な食料は奪われてしまった。

「くっ……。好きにしろ」

もう取られてしまったら仕方ない。帰ったら、補充してもらうか……。

「ありがとう！　レオ大好き！」

「まったく……」

可愛いから憎めないんだよな。

そんなことを思いながら、散々キスされた口に手を当てた。

第十一話　再会

聖都から出てから、もうすぐ一週間が経とうとしている。

予定通りに行けば、今日の夕方前にでもリーナの故郷に到着できるはずだ。

「もうすぐリーナの故郷だけど、どう？　この景色、見覚えある？」

「はい……この道、小さい頃に通った覚えがあります」

「自然豊かで、我が家の聖女が育つには十分な土地ね」

「そうだな。老後はこういう場所で余生を過ごすのも悪くないかもしれないな……」

「ちょっと！　まだ成人したばかりなのに、老後の話なんてしないでよ」

「ははは。ごめんごめん」

言われてみれば、俺はまだ成人したばかりだったな。

感覚的にはもう三十歳を過ぎていてもおかしくないんだけど……。

「旦那様は、もう少し今を楽しむことを意識した方が良いと思います」

「ベルさんの言う通りですね」

「ごめんって。でも、十分楽しんでいると思うぞ？　こんなに可愛い奥さんたちに囲まれてさ？」

そう言って、隣に座っていたベルとシェリーを抱き寄せた。

「もう。そんなこと言っても誤魔化されませんからね？」

などと言いながら、ベルは嬉しそうに口元を緩ませた。

ふふ。流石、俺が育てたチョロインなだけある。


そんなやり取りをしていれば時間が経つのは案外早く、目的地が見えてきた。

「あ、リーナが住んでいた家ってあの家？」

本当に、周りには何もないな。近くの村からも少し離れているし……。本当に、隠れるための場所って感じだ。

「え？　あ、はい！　あれです！」

「あ、人が見えるよ。女の子だ」

目をこらして見ていると、女の子が畑をせっせと耕していた。

偉いな。近くの村の子供かな？

「女の子？　あ、確かに女の子ね」

「あ、驚かせちゃった」

俺たちの馬車に気がついたのか、女の子は鍬を放り投げて急いで家に入っていった。

悪いことしちゃったな……。

SIDE：マーレット

「はあ、この土地に来て六年。流石に、この生活にはもうすっかり慣れてしまったね」

モニカの服を縫いながら、思わず大きなため息をついてしまった。

いつまでこの生活を続けていけばいいのだろうか？　そんな不安が常に私を襲ってくる。

これまで上手くやれていたけど……何があるかわからない。

いや、六年もこんな土地で生きていられたのは、奇跡と言っていいと思う。

それくらい、ここの生活は過酷だった……。

「リーナ……元気にしているかしら？　無事なら、もう成人しているはずよね。素敵な相手を見つけて、幸せになっていていてほしいわね……」

こういう時に思い出してしまうのは、十年前に離れ離れになってしまった長女リーナの顔。

あの、別れ際に見せた泣き顔だった。

あなたを守れなくてごめんなさい……。娘も守れない母でごめんなさい……。

リーナ、お願いだから生きていて……。

「お母さん！　お母さん！　大変だよ！」

「そ、そんな慌ててどうしたの？」

大きな声を出しながら入ってきたモニカを見て、私も慌てて立ち上がった。

「遠くから馬車がこっちに向かっているのが見えたの！　たぶん、前にお母さんが言っていた貴族よ！」

「馬車？　貴族？」

そ、そんな。もしかして、私たちの居場所が教皇に知られてしまったというの？

それとも、お兄様が私を売った？

「本当だから！　ねえ、お母さんどうする？」

モニカの声に、私はすぐ我に返った。

もし本当に貴族がこの家に向かっているのだとしたら、考えている時間はない。

「とりあえずモニカは奥の部屋で隠れていなさい！」

「お、お母さんは？」

「大丈夫。少し貴族様とお話しするだけだから」

私は、モニカを不安にさせないよう必死に震えるのを堪(こら)え、笑ってみせた。

ここで、モニカを不安にさせたらダメ。

「で、でも！　貴族は恐ろしい人だって」

「大丈夫。お母さんが強いのは知っているでしょ？」

コンコン。

「すみませ〜ん。マーレットさんいますか？」

「ひっ」

扉の向こうから男の人の声が聞こえて、モニカが頭を押さえて縮こまった。

そんな恐怖で震えるモニカを私は優しく抱きしめた。

「大丈夫……。とりあえず、奥の部屋に隠れていなさい。いい？　お母さんが呼ぶまで出たら絶対ダメだからね？」

「わ、わかった……」


モニカが奥の部屋に入ったのを確認してから、私は扉を開けた。

すると……思っていたよりも若い、成人したばかりのような男と……複数の女、その後ろに騎士らしき男と女が立っていた。

「出迎えが遅くなってしまって申し訳ございません」

私は訪問者が貴族であることを確認すると、すぐに謝罪した。

「いえ、こちらこそ、急な訪問で申し訳ございません」

あれ？　思っていたよりも丁寧な男ね。

そういえば、服装も教国の貴族じゃない気がする……。

そう思い、顔を上げてもう一度貴族様たちの顔を見渡した。

すると、一人だけじっと私の顔を見る人が……あれ？

「あなた……リーナ？」

「……はい。お母様」

「リーナ！」

私はすぐに抱きついた。

間違いない。リーナで間違いないわ！

「う、うう……お母さん……お母さん……会いたかったよ……」

「私もよ。リーナ……生きていてくれて本当に良かったわ……」

泣き始めたリーナの頭を撫でながら、釣られて私もすぐに涙があふれ出した。

生きていてくれて、本当に良かった……。


それからしばらく泣いて……私たちが落ち着いたのを見計らって最初に挨拶してきた男がリーナに話しかけた。

「えっと……リーナ、紹介してもらえる？」

「う、うん。帝国で公爵の爵位を持つレオくん……元皇女のシェリー、元獣人族のお姫様のベル、世界一大きな商会を持つエルシー、食いしん坊なルーよ。レオくんは私の旦那様で、他の女の子は私と同じお嫁さん」

「え？　も、もう一度言ってもらえる？」

あまりにも突拍子もなくて、情報量の多かったせいで、私の頭が追いつかなかった。

ど、どういうこと？　公爵に元皇女に、旦那様ですって？

「うん。私の旦那様で、公爵のレオくん」

「はじめまして」

「はじめまして……」

こ、この人がリーナの旦那？　しかも公爵だなんて……。

これは夢なのかしら？

「元皇女のシェリー」

「はじめまして。リーナとは、八歳からの頃から仲良くさせてもらっています」

「は、はじめまして……。小さい頃から、娘と仲良くしていただきありがとうございます」

元皇女様……ということは、アシュレイさんの娘さんね。

そういえば、リーナと同じ年に生まれたんでしたっけ。

「そんな畏まらないでください。さっきリーナが言った通り、今は同じレオの妻ですから」

「わ、わかりました……」

「じゃあ次ね。元獣人族のお姫様、ベル」

「はじめまして。これからよろしくお願いします」

「よ、よろしくお願いします」

こちらも王族……て、この子、ディルさんが探していた獣人族希望の姫様じゃない！

ディルさんが生きていたら喜んでいただろうな……。

「その隣が世界一の金持ち。エルシー」

「ふふ。だから、無駄遣いして、私自身はそこまでお金持ってないんですって。リーナのお母様、はじめまして。これからよろしくお願いします」

「は、はい。よろしくお願いします」

この人も凄そうね……。

「最後に、魔族で食いしん坊のルー」

「ふふ。リーナのお母さん、リーナにそっくりだね」

「よ、よく言われます」

どうしてだろう……魔族というだけで驚くべきなのだろうけど、前の人たちが凄すぎたせいで、そんなに驚けない。

というより、この子なんだか可愛らしいわね。

「どう？　誰が誰だかわかった？」

「う、うん……。あなた……随分と凄い家に嫁いだのね……。ちなみに、レオさんは帝国のどの家なの？　黒髪だからフォースター家かしら？」

確か、フォースター家にもリーナと同じ歳の男の子がいたはず。

お義母様がよく魔導師様との手紙の話をしていた時に言っていたわ。

「いえ、フォースター家は実家です。僕は、独立して今はミュルディーンと名乗っています」

「ミュルディーンというと、あの世界の中心で有名な？」

「はい。そうです。今は、フィリベール領とその周辺の土地も治めています」

「え？　ど、どういうこと？」

あの大きなフィリベール領がなくなってしまったというの？

「えっと……旦那様の説明をするには凄く時間が必要だから、後でゆっくり聞いて。それより、今の状況を知りたいでしょ？」

「そ、そうね」

今は、どうしてここにリーナがいるのかの方が大切だわ。

「ガエルさんから手紙を預かっています。これを読んでもらえれば、大体の事情がわかると」

そう言って、レオさんが私に一通の手紙を渡してくれた。

フォンテーヌ家の封蝋とお兄様の字で書かれた私の名前があった。

確かに、これはお兄様からの手紙だわ。

「ありがとうございます。えっと……全員が座るところもありませんが、どうぞ中にお入りください」

「ありがとうございます」


「モニカ！　出てきていいわよ！」

家にレオさんたちを招き入れ、奥の部屋に隠れているモニカを呼んだ。

もう、隠れている必要もないわ。

「お母さ～ん！」

呼ぶとすぐにモニカは出てきて、泣きながら私に抱きついた。

よしよし。怖がらせちゃったわね。

『お母さん？』

「え？……モニカがお母さんと言ったことがそんなに変だったでしょうか？」

それから、すぐに誤解は解けた。

どうやらお兄様、レオさんたちにモニカの説明を忘れていたみたい。

「なるほど……リーナには妹がいたのですね」

「リーナが知らなかったのは無理もありません。本当は、あのめでたい日に妊娠(にんしん)していることを報告しようと思っていましたから……」

リーナの六歳を祝う場で、家族全員に報告するつもりだった。

なのに……あんなことになって……。

「そうだったのですか」

「ね、ねえ。お母さん、この人たち……」

レオさんに目線を向けられ、モニカは助けを求めるように私の背中に隠れてしまった。

「怖がらなくて大丈夫よ。モニカ。ほら、お姉ちゃんよ」

そう言って、モニカをリーナの前まで引っ張って行った。

「え？　リーナお姉ちゃん？」

「え、えっと……私がリーナです。モニカちゃん、これからよろしくね？」

「ほ、本当にお姉ちゃん？」

「そうよ」

「うえ～～～ん。会いたかっだよ～～～」

本当にお姉ちゃんであることを確信したのか、モニカはリーナに抱きついて大声で泣き始めた。

「ふふ。やっと二人を会わせてあげることができた。

それから、リーナにモニカのことを任せて、その間に私はお兄様からの手紙を読んでしまった。

内容は随分と予想外のものだった。

お義母様とリーナが帝国に向かった後、フォースター家に二人が助けられたこと。

その後すぐ、リーナとレオさんが仲良くなり、シェリーさんと同じタイミングで婚約が決まったこと。

リーナが結婚したことで、教国に里帰りすることになったこと。

それを狙って、教皇の暴走が再開したこと。

全て、レオさんが解決し、お兄様が教皇になってしまったこと。

どれも現実には思えなかった。

「まず……レオンス様、リーナとお義母様を助けてくださったこと、心より感謝申し上げます」

「いえ。こちらこそ、リーナには数えきれないほど助けられていますから」

「そ、そんな。私が助けられた数の方が圧倒的に多いじゃないですか！」

「いやいや。リーナの方こそ」

「いえ。旦那様の方こそ」

「ふふ。夫婦仲も良さそうで、母としてはうれしい限りね」

微笑ましい二人のやり取りに、思わず笑ってしまった。

良かった。本当に嫌々結婚したわけではないのね。

「そうよ。凄く仲良しなんだから！」

「それは良かったわね。それで……話は変わりますけど、私たちはこれからレオンス様のもとに……」

「はい。是非、うちに来てください。もう、暗殺の心配もありませんし、不便な生活をする必要はないと思います。それと、一応これからは義理ですが僕の母なのですから、様なんてつけないでくださいよ。気軽にレオと呼んでください」

本当、丁寧な男ね。リーナが羨ましいわ。

「そ、それじゃあ、レオさんと呼ばせてもらいますね。それで……レオさんのところでお世話になるかについてですが……」

「はい」

「お言葉に甘えさせていただきます。モニカも、もうすぐ十歳……本来なら友達がいて、たくさん遊んでいる時期に、こんな寂しい思いをこれ以上させたくないんです」

娘の新婚生活を邪魔してしまいそうで悪いけど、それ以上にここでの生活を続けたくなかった。というのが本音だ。

リーナ、こんな母親でごめんなさい……。

「わかりました。モニカちゃんは、魔法学校に興味あったりする？」

「魔法学校？　魔法を教えてもらえるの？」

「そうだよ」

「行きたい！　私、魔法学校に行きたい！　お母さんみたいに魔法を使ってみたい！」

「そ、そんな、魔法学校なんて……」

「学費とかは心配しなくて大丈夫ですよ」

「そ、そういうわけには……」

生活費だけでも相当な額になるのに、魔法学校の学費なんて払ってもらうのは申し訳ないわ。

「お母さん、大丈夫。旦那様にとって、それくらい大した額じゃないから。まあ、旦那様の領地を見ればそれも理解できるわ」

「ミュルディーンが栄えていることは知っているけど……」

「もう、そんなレベルじゃないんだから」

「まあ、学校についてはまた後でゆっくりと話しましょう。それより、引っ越しの準備にどれくらい時間がかかりますか？　あちらに行けば大体の物は用意できるので、必要最低限で大丈夫なのですが……」

「そ、それじゃあ、すぐに……三十分ほど待っていただけないでしょうか？」

あれとあれをかき集めて……うん。三十分で終わる。

「急がなくて大丈夫ですよ。僕たちは、少し散歩でもしてきますので」

「わかりました」

さて、急いで戸締まりと荷造りをしてしまうわよ！

レオさんとリーナたちが家を出て行ったのを確認して、急いで作業に取りかかった。

第十二話　帰宅

現在、俺たちはリーナに案内されながら山を登っていた。

目的地は、リーナがずっと見たいと言っていた景色だ。

一体、どんな景色が見えるんだろうな……。これから楽しみだ。

「さっきのリーナ、なんだか子供に戻ったみたいだったね」

ルーが思い出したかのように呟いた。

「そ、そうですか？」

そんなルーの呟きに、顔を赤くしながらリーナが振り返った。

まあ、そんなに恥ずかしがることないと思うよ？

「お母さんの前ならあんなものじゃない？」

そうそう。

「久しぶりの再会ですからね。今まで甘えられなかった分、甘えたいですもんね」

「そ、そんな。皆してやめてくださいよ……。次、どんな顔してお母さんに会えばいいのかわからなくなってしまうじゃないですか」

「ははは。でも、お母さんとの再会が上手くいって良かったな」

ここに到着するまで、リーナはずっとお母さんが自分のことをどう思っているのか心配していた。

まあ、結果は会えて大喜びだったわけだけど。

「は、はい。私のことをずっと心配していてくれたみたいで……凄く嬉しかったです」

「そうか。それにしても、モニカちゃんってリーナの妹だったんだな。ガエルさん、説明してくれても良かったのに」

「ずっと忙しかったですからね。説明したつもりになっていたのかもしれません」

まあ、確かに二ヶ月間ほとんど寝ないで働いていたからな……。

あれなら、仕方ないか。

「あとは、単純にサプライズのつもりだったのかも」

「まあ、確かに驚いたな」

まさか、リーナに妹がいるとは思いもしなかったからな。

「あ、海が見えてきた！」

そう言ってルーが指さした先には、木と木の間から水色が見えた。

あれは確かに海だ。

「え？　あれが海？」

そういえば、シェリーとエルシーは海を見たことがなかったな。

まあ、俺も転生してからは見たことがなかったんだけど。

そんなことを考えている内に、山の頂上に到着した。

うお〜。綺麗に水平線が見える。これは凄いな。

「凄いですね……。見える限り、水でいっぱいです。これが海ですか」

「うん。海だね」

「それにしても……あのずっと先には魔界があるのですよね？」

「そうだね。まあ、船で凄く長い時間移動しないといけないだろうけど」

一体、何日かかるのだろうか？　試して帰って来た人が未だにいないからな……。

「それにしても……いい景色よね。これは、リーナが忘れられないのも納得だわ」

「はい……。また見ることができて、本当に良かったです」

「俺も無事リーナとの約束が果たせて良かったよ」

あのいつかの馬車で約束したことをやっと果たすことができた。

本当、長い間待たせてしまったな……。

「もう……また涙が出てきちゃいました。旦那様、責任取って少し胸を貸してください」

「え？　あ、うん」

「う、うう……ぐす。旦那様、あんな小さい頃の約束を守ってくれて……本当にありがとうございました」

「どういたしまして。リーナが喜んでくれただけで、俺は幸せいっぱいだよ」

「もう、また涙が止まらなくなっちゃったじゃないですか！」

ごめんって。でも、嬉し泣きだから思いっきり泣いていいと思うよ。

それから十分くらい皆で海を眺めていると、モニカちゃんの声が聞こえてきた。

「あ！　お姉ちゃんたち！」

「あ、モニカちゃんもこの景色を見に来たの？」

「うん！　私、ここから見る海が好きなの！」

「ははは。やっぱり姉妹だね」

「え？　お姉ちゃんもこの景色が好きなの？」

「そうよ。昔、ここに住んでいたときは雨の日以外毎日ここに来てたの」

「私と一緒だ！　へへへ。お姉ちゃんと一緒」

モニカちゃんはリーナと一緒だったのが嬉しかったのか、俺に抱きつくリーナに可愛らしく笑いながら抱きついた。


「マーレットさん、戻りました！　準備の方はどうですか？」

一時間くらい時間をかけて散歩から帰ってくると、家の前にいくつかの荷物とマーレットさん、ヘルマン、アルマが立っていた。

ちょっと遅かったかな？

「はい。この荷物だけで大丈夫です。騎士の方々にも助けてもらってしまって、本当にありがとうございます」

「いえいえ。それじゃあ、帰りますか」

「あ、お母さん。荷物、私の袋に入れておくね」

そう言って、リーナが収納袋にマーレットさんの荷物を入れていった。

「う、うん……え？」

「凄いでしょ？　旦那様が造ったのよ？」

「す、凄いわね……」

この程度の物なら、いつでも造ってあげられますよ。

「驚くのはまだ早いですよ。ちょっと手を貸してもらえますか？」

「は、はい？」

「モニカちゃんも」

「え？　うん」

右手にマーレットさん、左手にモニカちゃんの手を握った。

「皆も俺に触って」

『はい』

「それじゃあ、転移します」


転移した先は、もちろんミュルディーンの俺の部屋だ。

「え、ええ？　こ、ここはどこ？」

「僕の部屋ですよ。正確には、ミュルディーン城です」

「そ、そんな……一瞬で？」

「ふふふ。この反応、久しぶりね」

そうだね。最近は、転移ぐらいじゃ誰も驚かない。

「り、リーナ……あなた、随分凄い人と結婚したわね」

「うん。自慢の旦那様だよ」

そう言って、リーナが俺に抱きついてきた。

どうやら、リーナはお母さんに俺の自慢をしたくて仕方ないようだ。

「ねえ、お母さん見て見て！　外が凄いことになってる！」

ちょっと目を離した隙に、モニカちゃんが窓によじ登っていた。

「ちょっとモニカ、そんなところに乗ったら……え？」

「どうですか？　進化したミュルディーン領は？　地下市街もあるので、見た目以上に凄い発展を遂げていますよ」

外の景色に驚いている二人にそんな説明をしてみた。

まあ、実際に街を歩いてみないとこの街の凄さはわかりづらいかな。

「は、はい……。本当に二十年しか経っていないのかを疑ってしまうレベルです」

「レオお兄ちゃん、あっちにはどうやったら行けるの？」

「明日にでも街の紹介も兼ねて連れて行ってあげるよ」

「本当？　やったー」

そう喜ぶと、モニカちゃんが窓から俺に向かって飛び移ってきた。

「ちょっとモニカ、お行儀が悪いわよ」

「気にしなくて良いですよ。これから、ここがモニカちゃんの家になるのですから」

モニカちゃんを難なく受け止め、抱っこしてあげながらそう答えた。

「え？　ここが私のお家？」

「ああ。今日から、ここで一緒に暮らすんだよ」

「ここで暮らせるの？　やったー」

気に入ってもらえて良かった。

「あ、でも……」

あれ？　そうでもない？

「どうしたの？」

「もう、海は見られないんだよね……」

なんだそんなことか。

「大丈夫。毎日は無理だけど、暇な時はあの場所に連れて行ってあげるから」

一度行った場所なら、どこでも簡単に転移できるからね。

「ほ、本当？」

「うん。リーナもまた見たいだろうし」

そう言ってリーナに目を向けると、リーナがうんうんと首を縦に振っていた。

「やったー！　レオお兄ちゃん大好き！」

「もう、なんとお礼を言っていいのか……」

「気にしなくて大丈夫ですよ。さっきも言いましたが、もう僕たちは家族なのですから」

家族は大事にする。これは師匠との約束だ。

「ありがとうございます」

「いえいえ。遠慮なんて要りません。一応、この世界で一番お金を持っている自信はありますので」

エルシーと結婚したことで世界一の金持ちの称号は俺も含まれることになったから、嘘は言ってない。

「あ、そうだ。リーナ、お母さんと二人でお風呂に入ってきなさいよ」

「え？」

「そうだね。二人だけで話したいこともあるだろうし、行ってきなよ」

「モニカちゃん、これからお姉ちゃんたちとお城の探検しない？　ここ、凄く広いんだよ？」

「探検？　する!!」

ベル、ナイスフォロー。流石、孤児院で小さい子たちの世話をしていただけある。

「というわけで、二人でゆっくりしてきてください」

「あ、ありがとうございます」

ＳＩＤＥ：リアーナ

「お風呂はこっち」

シェリーの計らいによって、お母さんとお風呂に入ることになってしまった。

どうしよう。お風呂でどんな話をしよう。

「わ、私なんかがお風呂に入って大丈夫なのかしら……」

私の気持ちを知ってか知らずか、お母さんはまだ遠慮したようなことを言ってる。

「もう、気にしなくて大丈夫。基本的に、このお城のお風呂にお金は掛かってないから」

「え？　でも、お湯を出すには高価な魔法具が……」

確か、普通の家だとそうでしたね。

帝都の屋敷を改造するときに、その魔法具を見た気がします。

「えっと、説明が難しいんだけど……旦那様は、創造魔法という魔法が使えるの」

「へえ。聞いたことがないわね」

「うん。この世界で創造魔法を使えるのは、私の知っている限り三人しかいないから」

「レオさんは、その内の一人ってわけね」

「うん。ちなみに、もう一人はエルシー」

今気がつきましたけど、エルシーさんも意外と凄かったのですね。

いつも旦那様の人形ばかり造っているので、すっかり忘れていました。

「世界一の商会を持っている?」

「そう。あ、お風呂はここよ。服はここで脱いで」

エルシーさんの話をしていると、お風呂に到着した。

お母さんを脱衣所に案内して、私は服を脱ぎ始めた。

「う、うん」

頷くと、私を真似(まね)するようにお母さんも服を脱ぎ始めた。

「とは言っても、エルシーと旦那様では造れる物の幅は比べものにならないんだけどね」

「それだけレオさんが凄いってこと?」

「うん。例えばこれとか」

私は服を脱ぎ、首にかけている首飾りをお母さんに見せた。

「ず、随分と高そうな首飾りね……。ミスリルじゃない」

「これ、ただの首飾りじゃないの。これを着けている限り、状態異常には絶対にならないという凄い効果がつけられているの」

「そ、それって……ダンジョンとかでたまに採れる魔法アイテムより凄いじゃない！」

「だから凄いって言ったでしょ？」

ふふ。お母さんの驚く姿を見ていると嬉しくなってくるわね。


「本当……つい数時間前まであんな辺境で田舎暮らしをしていたとは思えないわね」

しばらく二人でお風呂に浸かっていると、お母さんがそんなことを言い始めた。

「ふふ。私も、こうしてお母さんとお風呂に入れるなんて夢にも思わなかった」

「私が生きていたことは、最近まで知らされなかったのよね？」

「うん。ずっと、殺されたんだと思ってた……」

「そう……。お兄さんのことは許してあげて。あの時は、ああするしかなかったのよ」

「うん……わかってる。本当に悪いのは教皇」

あの人だけは、絶対に許さない……。

今まであそこまで人を殺したいと思ったことはなかった。旦那様に止めてもらわなかったら、人生で初めて人を殺していたかもしれないですね……。

「その教皇も処刑されたって……？」

「うん。あっけなかった」

「そう……。お義母様は……生きてるの？」

そういえば、おばあちゃんの話はまだしてなかった。

「うん。帝都で魔導師様と仲良く暮らしてるよ」

「生きてたんだ……良かった」

「うん。おばあちゃんも、お母さんが生きているって知ったら喜ぶと思う」

絶対泣いて喜ぶはず。モニカちゃんもいるしね。

「そうね……。早く会いたいわ」

「大丈夫。旦那様に頼めばすぐに会えるから」

転移を使えば一瞬よ。

「そんなすぐになんて悪いわ。ただでさえ、これからお世話になるのだから」

まあ、そうかな？　とりあえず、おばあちゃんには後で手紙を書いておかないと。

「それより、レオさんとの馴れ初め（なそ）を聞かせて？　お母さん、娘がどうやってそこまでメロメロにされてしまったのか、凄く気になるの」

「な、長くなるよ……？」

「ご心配なく。このお風呂、いつまでも入っていられるくらい気持ちいいから」

「そ、それじゃあ……。初めて会った時から話すね……」

それから、本当に長々と旦那様について語ってしまった。

一時間以上はお風呂に浸かってしまったわ……。

でも……お母さんと楽しく話せて良かった。

第十三話　引退と親離れ

マーレットさんをうちに迎えてから、大体一週間が経った。

その間、俺たちはモニカちゃんやマーレットさんに領地を案内してあげたり、仕事を少しずつ再開し始めたりと充実した一週間を過ごしていた。

そして今日は、皇帝への報告とおじさんの様子を知るために帝都に来ていた。

「今回もまた……大変であったな」

「そうですね。ここまで大変な新婚旅行になるとは思いませんでした」

暗殺者に狙われることは知っていたけど、あそこまであからさまに襲われるとは思わなかったな。

それに加えて二ヶ月も聖都に拘束されていたせいで、俺の新婚旅行はほとんど行きたいところに行けなかった。

せっかく、教国の観光スポットを下調べしておいたというのに。

「父親としての立場だと、娘がそんな新婚旅行で可哀想だったとしか言えないな。まあ、皇帝としての立場から言わせてもらえば、感謝しかないがな。これで、帝国は隣国の心配をする必要がなくなった。本当、レオには感謝しかない」

「いえ。別に大したことはしてないですよ」

今回も本当にたまたまだ。教皇が勝手に暴走して、勝手に失脚していったって感じだもんな。

「そうか。それでは、本題に入るが……」

「本題……ですか？」

俺にとっては今のが本題だったんだけどな。

俺がいない間に帝国でなにかあったか？

「来年、皇帝の座をクリフィスに譲ることにした」

はい？　もう譲っちゃうの？

「え？　どこかお体が悪いのですか？」

見た目は……具合悪そうに見えないんだけどな。

「いいや。そういうわけではない。単純に、今が世代交代にふさわしい時期だと判断したからだ。今なら、世代交代に乗じて何かしでかそうとする馬鹿はいないだろう？」

「なるほど……」

確かに、もしかしたら今がベストタイミングかもしれない。

フィリベール家がいなくなった今、帝国内で反乱を起こそうとする貴族はいない。外を見ても、王国も教国も自分の国を立て直すのに精一杯という状況だ。

うん。ベストかも。

「まあ、きっかけはダミアンなのだがな」

「おじさん？」

おじさんに目を向けた。やっぱり、この前の敗北で自信を失っちゃったのかな……？

いや、おじさんに限って、そんなことはないと思うんだけど。

「心配しなくても大丈夫だよ。ちょっと。自分を鍛え直したくなったから引退させてもらうことにしたんだ」

いや、それは心配するのに十分なことなんじゃないかな？

ずっと仕事一筋だった男がいきなり引退するとか言い出すんだから。

でもそうか……おじさんはリベンジする気満々と……。なら、確かに心配する必要ないか。

「ということは、特殊部隊の隊長も代わるんですか？」

「ああ。イヴァンに任せる。ついでに、宰相も代わるぞ」

「え？」

今度は、エリーゼさんに目を向けた。

「私も、そろそろ子供を産まないといけませんので」

あ、そういえばおじさんたち、まだ子供が一人もいないな……。

「エリーゼには無理をさせてしまったな」

「いえ、そんなことありませんよ」

「エリーゼがいなくなってしまうのは、帝国にとって大きな痛手だが、後任の男も優秀なのだろう？」

「はい。大丈夫だと思います」

まあ、エリーゼさんが優秀と言うのなら大丈夫でしょう。フレアさんも凄く優秀だからね。

にしても、本当に急だな。

何かある度にこうやって報告に来て、皇帝やおじさん、エリーゼさんといろいろと話してきたけど、それも今年までか。

「そうですか……。皆さん、長い間お疲れ様でした」

俺は、三人に向かって深く頭を下げた。

めちゃくちゃお世話になったからな。感謝の言葉くらいは言っておかないと。

「こちらこそ、レオにはたくさん世話になった。お前がいなければ私の代で国が滅んでいたかもしれないな」

「何度、レオくんに助けられたことか」

「そんなことはないと思いますよ。僕がいなくても、帝国はとても強い国ですから」

「そう謙遜するな。少なくとも、私の娘はここまで幸せになることはできなかった。この事実に頭を下げられずにいられるか」

そう言って、今度は皇帝が頭を下げてきた。

「もう……やめてくださいよ。僕も好きなことはさせてもらいましたし」

「ハハハ。そうだな。これ以上はやめておこう。というわけで話は変わるが、私の可愛い孫とはいつ会えそうか？」

いや、急に話が変わりすぎでしょ。

「さ、さあ？　来年には……いるんじゃないですか？」

「そうか。それじゃあ、引退したらミュルディーンに離宮を建てるのも悪くないな。余生は孫と過ごせるなんて最高だろう」

はい？　うちに来るの？

「今からミュルディーンに城を建てるとなると……街の端になってしまうのですが」

「そんなのは気にせん。問題なのは、会いたいときに会える距離にいられるということだ」

随分と利己的な発言だな……。さっきまでの俺に頭を下げていた皇帝陛下はどこに行かれたのやら。

「そうですか……。わかりました」

仕方ない。訓練場の近くにまだ土地の余りがあるから、そこに離宮を建てよう。

「エリーゼさんはどうしますか？　おじさんが修行するなら、うちに来ますか？　少し賑やかですが、寂しくはないと思いますよ？」

どうせ、おじさんはバルスに何か教わるつもりなんだろうし、それならエリーゼさんもこっちに来ていた方がいいんじゃないかな？

「それは……」

「悪いけど、よろしく頼むよ」

「え？」

「これから、僕はバルスに鍛えてもらうつもりだからね。エリーゼもミュルディーンにいてくれた方が助かる」

やっぱりバルスか。あいつ……こういう大事なことは先に報告しておけよ。

「わかりました……」

というわけで、全員が我が領地に来ることになった。

SIDE：リアーナ
旦那様が皇帝陛下とお話しをされている頃、私とお母さん、モニカちゃんは魔導師様のお家に来ていた。

もちろん、お母さんとモニカちゃんをおばあちゃんに会わせるためです。

「いやあ。まさか、またマーレットと会えることになるとはね」

「本当よ！　それに、孫がもう一人いたなんて！」

ニコニコとした魔導師様と対照的に、おばあちゃんは涙で顔をびっしょりと濡らしながらモニカちゃんを抱きしめていた。

「えへへ。おばあちゃんだ！　私のおばあちゃん」

「そうだよ……。私がおばあちゃんだよ。う、うう……。本当に、本当に生きていてくれて良かった……」

「どうして、おばあちゃんは泣いてるの？」

「モニカと会えてうれしいのよ」

「そうなんだ。私も、おばあちゃんと会えてうれしい！」

「そうかい……。ああ。もう、私は死んでも悔いないね」

「何を言っているんだい。死ぬなら、せめてひ孫の顔を見てからにしな」

「そ、それもそうね……。リアーナ、早く私を死なせてくれ……」

「何を言っているんですか。おばあちゃん、まだまだ元気でしょ？」

ひ孫は見せてあげますけど、死ぬとか言わないでよ。

おばあちゃんたちには、まだまだ長生きしてほしいんだから。

「老いぼれというのは……いつ死んでもおかしくないんだよ？　カリーナみたいに、いつボケるかわからないし……」

「私のどこがボケだって？　マーレット、この老いぼれに何か言ってやんなさい！」

「誰が老いぼれだって？」

「今、自分で言っていたじゃないの！」

また二人の喧嘩が始まった。

本当、毎日一緒にいるのに二人は仲が良いわよね。

「ふ、ふふふ。お二人とも、昔と変わらず仲が良さそうで、何だか安心しました」

「そうかい？　まあ、あれだけ長い間一緒にいれば、急に仲良くなることも仲が悪くなることもないわね」

「そうね」

お母さんにそんなことを言いながら、二人は少し笑ってみせた。

喧嘩するほど仲が良い。魔導師様とおばあちゃんは本当にそのまんまだわ。

「ただいまー」

あ、旦那様が帰ってきました。

「おかえり。皇帝が何か言っていたかい？」

「うん。来年、世代交代するって言っていた」

え？　シェリーのお父様が皇帝をお辞めになってしまうのですか？

どこか……体が悪かったりするのでしょうか？

「もう？　まだ十年程度しかやってないじゃない。あんな元気な体で辞めるなんて、舐めているわね」

あ、体は大丈夫なんですね。

というかおばあちゃん……皇帝陛下にその言葉は流石にどうかと……。

「まあ、タイミング的には今が最良よ？」

「それでも……まだ早い気もするわ。もしかしたら、仕事のことは忘れて孫と余生を過ごしたいとか考えていたりして」

「ありえるわね。あいつも爺バカ確定ね」

そんなことが言えるのは、この国で魔導師様とおばあちゃんだけですね。

「それで、レオはいつひ孫を私に見せてくれるんだい？　もう、この老いぼれに残された楽しみはそれしかないんだから……」

「ら、来年には」

まあ、確かに来年にはできているかもしれませんね……。

「ひ孫って……おばあちゃんは、私じゃダメなの？」

「そ、そんなことない！　そんなことない！　私はモニカがいれば十分さ……」

モニカちゃんナイス！　ふふふ。おばあちゃんは少し反省しなさい。

「あ、そうだ。今日は二人に頼みたいことがあったんだ。二人とも、モニカちゃんに魔法を教えてあげてくれない？」

「「今、なんて言った？」」

凄い。二人の声が完璧に重なりました。

「これから、モニカが魔法学校で入学試験を受けないといけないんだけど……。魔法をそこまで練習できていなかったみたいなんだよね。どう？　引き受けてくれない」

「「もちろん引き受けるわ」」

孫が絡むと……二人とも、凄く単純になりますね……。

でも、少しは二人の楽しみができて良かったです。

「そう……。モニカちゃん、おばあちゃんに魔法を習いたい？」

「魔法？　おばあちゃんたちに魔法を教えてもらえるの？」

「ええ。任せてちょうだい」

「やったー!!　私、魔法を習いたい！　お母さんみたいに魔法を使ってみたい!!」

そういえば、お母さんの魔法を私は見せてもらったことがありませんね。

今度、見せてもらおうっと。

「お義母様、カリーナ様、モニカをよろしくお願いします」

「良いわ。魔法学校に首席で入れるくらいにはしておくから、心配しないで」

「そうよ。任せておきなさい」

首席って……どれだけモニカちゃんを鍛えるつもりなんでしょうか……？

モニカちゃん、魔法を嫌いにならないといいけど……。

「はい。よろしくお願いします」

「え？　お母さんも一緒じゃないの？」

モニカちゃんは、やっと自分がこれからお母さんと離れないといけないことを理解したみたい。

不安そうな顔をお母さんに向けていた。

「モニカ、魔法学校に入ったら、寮に入らないといけないの。その練習だと思いなさい」

「そ、そんな！　お母さんと離れ離れになるなんて！」

モニカちゃんが急いでお母さんの腰にしがみついた。

ずっとお母さんと一緒に生活していたのですからね……。当然、そう簡単にはお母さんと離れられないはずです。

けど、お母さんは心を鬼にしてモニカちゃんの手を引き剥がした。

「ダメよ。モニカ、強くなりなさい」

「い、いやだよ……。お母さんと離れるなんて……」

「リーナお姉ちゃんは、六歳の時にはもうお母さんと離れ離れだったわ」

「そ、そうなの……？」

「うん」

私が頷くと、モニカちゃんの力が自然と緩まった。

「そ、それじゃあ、私も頑張る。私もリーナお姉ちゃんみたいになるんだ」

「いい子ね」

最後にお母さんがぎゅっと抱きしめて、私たちは魔導師様の家を後にしました。

「う、うう……」

お城に戻ってくると、お母さんは口に手を当てて泣き始めてしまいました。

「お母さん……」

「モニカより私の方が重症かもしれないわね……。私、子離れできるかしら……」

「大丈夫。今度は、私が傍にいるから」

私はそう言って、お母さんの背中を摩ってあげた。

「そうね……。レオさん、今回はありがとうございました」

「いえ。僕もモニカちゃんの成長は楽しみです」

「そうですね……。強くなってくれると良いのですが」

大丈夫。きっと立派になってお母さんを驚かせてくれるわ。

それにしても、リーナお姉ちゃんみたいになるんだ、か……。私も頑張らないと。

第十四話　フランク結婚

新婚旅行から帰ってきてからしばらく経ち、フランクが結婚する日となった。

あれから、モニカちゃんは魔法の練習を頑張っているみたいだ。

マーレットさんも少しずつ子離れができてきたみたいだ。たまに涙を流しているみたいだけど、リーナがいろいろとフォローしてくれているみたいだ。

そして俺はというと、程ほど休みながら領地開発の仕事を進めていた。

あれだけ脅(おど)されて、仕事に熱中するわけにはいかないからね。

ちゃんと家族との時間を取るように心がけていた。

うん。最近、ちゃんと充実した生活を送れているな。

「フランクも結婚か。ジョゼとくっつけた時のことが懐かしいな」

パーティー会場に入り、フランクたちの入場を待ちながらシェリーとリーナ、ベルとそんな話をしていた。

エルシーとルーはそこまでフランクたちと接点が無かったということで、お留守番することになった。

「そうね。あの頃は、あんな初々(ういうい)しかったのに……」

「今では、私たちに負けないくらいラブラブですからね」

「そうだな。手紙から始まった恋がここまで花開くとは」

フランクの背中を押して本当に良かったな。

そういえば、あの時ベルの一声でジョゼを側室にすることになったんだよな。

最初はどうなるのか不安だったけど、案外上手くいったな。

「あ、レオさん、リーナさん！」

「お、レリア、クーはどうした？」

聞き慣れた声に振り向くと、レリアがこっちに向かって走ってきた。

聖女の仕事が忙しいって聞いたんだけど、変わらず元気そうで良かった。

「どこかに隠れているんじゃないですか？　こういう場所では、絶対に表に出て来ようとしませんので」

そう言って、レリアが頬(ほお)を膨(ふく)らませてみせた。

ハハハ。クーの奴、意外と恥ずかしがり屋なんだな。

「そうなんだ。まあ、少しずつ引っ張り出すと良いよ」

「はい。そうします」

そんなことを話していると、フランクたちが入場してきた。

おお。フランクは格好いいし、ジョゼとアリーさんも凄く綺麗だ。

「おお、いいね」

「ああ、エルシーにカメラを借りてくるんだった！」

そんなことを言うシェリーに即席でカメラを創造して渡した。

これを撮り逃すなんて一生後悔するからな。魔力は惜しまない。

「ありがとう！」

さっそく、シェリーがフランクたちを撮り始めた。

後で写真をアルバムにして三人に結婚祝いのプレゼントにしようかな。

「ふふ。お姉様、凄く綺麗です」


「おい待て！」

「ん？　なんだ？」

何かサプライズイベントか？

そんな楽観的なことを考えている内に、物騒な人たちが続々とパーティー会場に入ってきた。

これは……流石に想定外ってやつ？

「このパーティーは中止だ！」

「あいつ、誰だ……？」

俺が処理しちゃっていいのかな？　もしかしたら、フランクが用意したサプライズかもしれないし……。

「さあ？　私も初めて見る」

うん……誰かわからないのに、俺が手を出すのは不味いか……。

そんなことを思っていると、すぐに不審者が名乗ってくれた。

「ボードレール家の次期当主はフランクじゃなくて、長男であるこの俺、ローラント以外にあり得ないだろ！」

「あれがフランクの兄さんか……」

兄弟なのに、全然似てないな。

「どうする？　私の魔法で全員殺す？」

「いや……やめておこう。主役より目立つのは悪いだろう？」

そんなことを言っているうちに、フランクの兄さん以外の不審者たちがバタバタと倒れていった。

おお。的確に心臓を撃ち抜いてるぞ。フランク、腕を上げたな。

「折角良い雰囲気だったのに……邪魔しないでくれる？」

「う、嘘だろ……」

「で、わざわざ僕に殺されに来たわけ？」

フランクはそう言うと、一人残った自分の兄に掌(てのひら)を向けた。

「く、くそ！」

「逃がさないよ」

フランクの兄さんが逃げようとドアに向かって走り始めると同時に、フランクの兄さんの両足が吹っ飛んだ。

うわ……えげつねえ。あれなら、殺してやった方が楽だったんじゃない？

「ぐあああ！」

「早く運び出して！」

フランクの号令に、足を押さえて叫ぶ男と複数の死体はすぐに係の人に運び出されていった。

「皆さん、愚兄(ぐけい)が失礼しました。多少汚れてしまいましたが、パーティーを楽しんでいってください」

いや……それは無理があるだろう。

「まったく。リーナ、この部屋を綺麗にしてやりな」

「はい」

「あ、私にやらせてください！　私も成長したんですから！」

そう言って、レリアが聖魔法を部屋全体にかけた。

すると、みるみるうちに血の跡はなくなってしまった。

「おお。凄いじゃないか」

「ふふ。ありがとうございます」

「それじゃあ、恒例の挨拶に向かうか」

「さっきはありがとうね」

挨拶に行くなり、俺たちがおめでとうを言うより、フランクが先にお礼を言ってきた。

「礼ならレリアに言ってくれ」

「レリアさん、ありがとう」

「い、いいえ。あれくらい大したことありません！」

「それにしても、随分とわかっていたような手際の良さだったな」

「そりゃあわかっていたさ。あんなの、普通はパーティー会場に入るのも無理でしょ」

「やっぱりわざとだったんだな」

手を出さなくてよかった～。

せっかくの演出を台無しにしてしまうところだった。

「そうだね。あれを見たら、誰も俺がただレオの隣にいた奴とは思わないだろ？」

やっぱり、他の貴族に舐められないようにするための演技だったか。

まあ、公爵家なのに俺の取り巻きみたいな扱いをされるのは、ボードレール家にしてみれば心外もいいところだよな。

「私は反対したんですからね？　もしも旦那様に何かあったら嫌じゃないですか」

まあ、これが普通の意見だな。

前のシェリーやリーナで、ベルでも同じことを言っていただろうな。

ここ最近、戦争やら暗殺やらを経験して、ミュルディーン家の常識がおかしくなってしまった気がする。

「大丈夫だって。ちゃんと相手の戦力を把握(はあく)してからこの作戦を立てたって言っただろ？」

フランクも随分と俺に毒されたよな。

貴族学校に入ったばかりのフランクだったら、絶対にこんなこと言わなかった。

「むう。アリーも何か言ってやってください」

「え？　まあ、私はフランクなら大丈夫だと思っていたわよ」

「へえ〜。アリーさんまで私を裏切るんですか？　式が始まるまで、あんなにぷるぷる震えていたのに。強がらなくていいんですよ？」

「あれは人前に出る緊張で少し震えていただけだから！」

「嫁さんたち、仲よさそうで良かったな」

面白おかしい言い合いをする二人を見て、思わずそんなことをフランクに言ってしまった。

「まったくだよ。そういえば、ヘルマンはどうした？」

「アルマと端の方でパーティーを楽しんでいるよ。たぶん、挨拶も最後の方に来るんじゃないかな」

「まったく、気にしなくていいのにな」

「まあ、ヘルマンもアルマに忙しいから」

「それじゃあ、仕方ないな。そういえば、あれからヘルマンとアルマの勝率はどうなったんだ？」

「あまりにも決まらないから、来週にでも闘技場を貸し切って二人を一日戦わせることにしてみた。それでもヘルマンが三連勝できなかったらどうしようかな……」

この前二人に戦績を聞いてみたんだけど、勝敗と引き分けが偉い数になっていた。

それでも、勝った数と負けた数に差がないというのが凄いよな……。

むしろ、わざとやっているんじゃないのか？　と何度疑ったことか。

「へえ。それは是非とも見届けたいな。俺も招待してくれるよな？」

「もちろん」

「ヘルマンもレオに巻き込まれて散々大変な目にあってるからな。そろそろ幸せにさせてやらないと可哀想だ」

そんなことはわかっているんだよ。

「わかっているんだけど、俺にできることは舞台を用意してやるくらいなんだ」

「本当、真面目な奴だよな……。仕方ない、後で少し発破をかけておくか」

「程ほどにしてあげなよ」

SIDE：フランク

「「ご結婚おめでとうございます」」

まさかヘルマン、最後に来るとは。

アルマに夢中だとは言え、流石にそれは酷いんじゃないか？

「ありがとう。二人とも元気にしていたか？」

「はい。見ての通り、二人揃ってとても元気です」

「それは良かった。……レオから聞いたぞ。まだアルマと決着ついてないんだって？」

元気なのは見ればわかるから、さっそく発破をかけてみた。

「……はい。まだついてません。ですが、来週には絶対」

「ああ、お前なら大丈夫だ。来週、俺も応援しに行くから、しっかりと決めてくれよ？」

そう言って、ヘルマンの肩をポンポンと叩いた。

「もちろんです」

うん。その気持ちで頑張れよ。


「ふう。なんか疲れたな」

パーティーが終わって自分の部屋に戻ると、どっと疲れが襲ってきた。

はあ、このまま寝てしまいたい。

「フランク様、旦那様がお呼びです」

まあ、そうだよね。

「わかった。すぐ向かうよ」


父さんの部屋に入ると、父さんとその足下(あしもと)に転がっている兄さんがいた。

「フランク、改めておめでとう。そして、見事だったぞ」

「あ、ありがとう」

この状況で祝福されてもな……。

「はあ、兄弟でこうも差が出てしまうのはどうしてなんだろうか……?」

ため息をつきながら、父さんが床に転がる兄さんに目を向けた。

そんなことを言われても、兄さんは恐怖からか口をしっかりと閉じて、一言も話そうとしなかった。

「兄さん、どうしてわざわざこんなことをしたんですか？　大人しく生きていれば、こうはならなかったのに」

「……」

どうやら、俺の質問にも答えてくれないようだ。

はあ、本当にこの人は可哀想な人だな。ここで、少しでも謝罪でも弁解でもしていれば少なくとも殺されなくて済んだかもしれないのに。

「大方、教国の貴族たちに唆(そそのか)されたんだろうよ。あとは、庶民の生活に耐えられなかったかだな」

「……」

「はあ、兄さんをどうするの？」

「殺すしかないだろう。一度は見逃したんだ」

「や、やめてくれ！　殺さないでくれ！　お願いだ！」

やっと口を開いた。けど、それしか話せないのか。

「今日、兄さんは俺たちを殺そうとしたんだよな？」

「あ、ああ……」

「それなら、自分も殺される覚悟をしてから来るんだったな」

それだけ言って、俺は部屋を後にした。

「ま、待ってくれ！　殺さないでくれ！　頼む！　頼む！」

何を言われようと無視だ。

はあ、一回でも謝ってくれたら殺さないよう、父さんに頼んでやったのに。

「ただいま」

部屋に戻ると、着替え終わった二人が椅子に座っていた。

「お疲れ」

「お疲れ様です」

「二人とも、今日はごめん。あんな結婚パーティーなんて、嫌だったよね」

俺はすぐに二人に頭を下げた。

家の為に仕方なかったとは言っても、あれは酷いよな。

「何を言っているのよ。三人でちゃんと同意して決めたことじゃない」

「そうですよ。あれくらい平気です」

「「だから、そんな暗い顔をしないで（ください）」」

そう言って、二人に顔を持ち上げられた。

そして、視界に入った二人の顔はこれ以上ないくらいの笑顔だった。

「めでたい日なんですから、笑顔ですよ？」

「そうよ。台無しにしたくないなら、少しくらいは嬉しそうにしなさいよ。私たち、やっと結婚できたのよ？」

「ええ？　それをアリーが言います？　それ、絶対私のセリフです」

「ちょっと何を言っているのよ。今はそんな細かいことなんてどうでもいいでしょう？」

「ハハハ。確かに楽しくしないと損だな。二人とも、元気づけてくれてありがとう」

二人と一緒にいると、すごく簡単に笑顔にさせてもらえる。

俺は、そんな二人と結婚できて本当に幸せ者だな……。

そんなことを思いながら、俺はジョゼとアリーを抱きしめた。

第十五話　数年越しの結婚

SIDE：アルマ

ヘルマンに告白されたのはいつだったかな？

あの時、嬉しかったのは覚えている。

三連勝したらとか、妙な条件をつけるところも真面目なヘルマンらしいし、私の心をときめかせてくれた。

でも、私は負けず嫌いだから……結婚する為とは言え、負けたいとは思えなかった。

私だって、早くヘルマンと結婚したい。

ヘルマンのことは大好きだ。

真面目で強いし、ヘルマンは本当に尊敬している。

でも、私は負けたくなかった。

昔から……私は負けず嫌いで、よく孤児院のお姉ちゃんやお兄ちゃんを困らせていたっけ。

私が孤児院に入ったのは四歳の頃らしい、冒険者だった両親が死んでしまったことで、帝都の孤児院に引き取られた。

お父さんとお母さんのことはあまり覚えてない。記憶に残っているお父さんとお母さんは、笑顔で家から出て行く姿だけ。それ以外、何も思い出せない。

元々、二人はほとんど家にいなかったから、私はいつも家で独りぼっちだった。

だから孤児院に入って、家に家族がいっぱいいる状況というのがとても嬉しくて、安心した。

皆、優しかったしね。


孤児院のおばあちゃんは、たくさんのことを教えてくれた。

文字やこの世界のこと、魔法から剣術までなんでもおばあちゃんは教えてくれた。

私は……文字の勉強があまり好きじゃなかったけど、あの時教えてもらっていて良かったと何度おばあちゃんに感謝したか。

そんな私が一番好きだった時間は、もちろん剣術の時間だ。

おばあちゃんに剣の振り方を教わり、疲れて立てなくなるまで木剣での模擬戦をやらされたっけ。

私は剣術の才能があったみたいだったからすぐに上達し、同じ歳の子たちには負けなかった。

だから、私はいつもお兄ちゃんやお姉ちゃんたちに相手してもらっていた。

まあ、もちろん年上が相手では私でもコテンパンにやられてしまう。

子供の一歳や二歳の差は大人と比べものにならないくらい大きいから、仕方ないと言ったら仕方ない。

でも、私はそれが認められなかった。

どうやら、私の負けず嫌いはこの時から発症したらしい。

もう、毎日勝つまでお兄ちゃん、お姉ちゃんに挑んで、勝てないと大泣きした。

そして、それを見かねた優しいお兄ちゃんが手加減して負けようとしてくれると、手加減されていることに腹が立って更に大泣きした。

いやあ、思い出してみると、あの頃の私は随分と皆に迷惑かけてたな……。

そんな私の負けず嫌いは、孤児院を卒業してからは少し落ち着いた。

上には上があるってことを理解したからね。

特に、あの騎士団の入団試験ではそれを痛感させられた。

私を簡単に倒してみせたヘルマンよりも強いベルノルトさんは、レオ様にまったく歯が立たず完敗してしまった。

レオ様にはどう頑張っても勝てない。私はこのとき、初めて自分の負けを認めた。

ただ、このまま弱い自分というのを許しておけるような私でもなく、騎士団に入ってからはベルノルトさんにいろいろと教わりながら、どんどん強くなっていった。

それこそ、前はあんな簡単に負けたヘルマンと同等の力を手に入れた。

あの、初めてヘルマンに勝てたときは本当に嬉しかったな。

自分が凄く強くなったことを実感できたから。

でも、ヘルマンはすぐに私を負かしてきた。

一度勝てると、人というのはその人には勝たないといけないと思うもので、ヘルマンに再び負けた私は負けず嫌いが再発した。

もう、圧倒的な差をつけて勝ってやろうと毎日練習した。

だけど、そんな私と同様に、あっちも私に負けまいと練習を積んでいた。

そのせいで、私たちは一生決着がつかずにいた。

「もう、諦めてくれればいいのに……」

三連敗して、結婚するのも悪くないけど、どうせなら私が三連勝して、私から『結婚して』と言いたかった。

でも、お互いに勝てないし負けないから、どっちも何も言えない状況がずっと続いている。

本当、諦めてくれれば、私がすぐに結婚を申し込んであげるというのに。

「諦めないよ。今日、ここで君に三連勝してみせるから」

「逆に、私が三連勝してあげるわ」

そう言って、私たちは剣を抜いた。そして、すぐに攻撃を始める。

もうお互い、お互いのことを知り尽くしている。

様子見なんて必要ない。

あれから……どのくらいの時間が経ったのだろうか？

せっかくレオ様たちが来ているというのに、こんなに面白くない試合をするわけにはいかないのに……。

今日の戦績は、今のところ十六戦全て引き分けだ。

「ねえ……。ルールを変えない？　このままだと、レオ様たちも流石に退屈だわ」

このままだと不味いと思った私は、そんな提案をヘルマンにした。

今日が一回目ならその必要もないけど、もう何年この展開を見せているかわからない。

このままは絶対にダメでしょ。

「確かに……。でも、どんなルールに変えるんだ？」

「スキルの使用禁止なんてどう？」

透過のスキルがお互いに使えなくなれば、決着がつきやすくなるはず。

私自身、負けそうになったら透過頼みの道連れ攻撃をよくやるし。

「え？　良いのか？　それだと、アルマが……」

「なに？　私が弱くなるって？　舐めないでくれる？　そっちこそ、危ないときに何回もスキル使ってるじゃない」

ヘルマンには魔眼だってあるんだから、十分公平な試合になるはずだわ。

「そうだね。わかった。スキルなしで勝負しよう」

こうして、スキル使用禁止の戦いが始まった。

ＳＩＤＥ：レオンス
「急に二人が止まったけど、何の話をしていたんだ？」

ヘルマンとアルマが会話を始めたのを見て、ベルに会話の内容を聞いてみた。

獣人族だと、あれくらいの距離でも声が届くそうだ。

「ルールを変えることにしたそうです。このままだと、決着がつきそうにないので」

「へえ。それで、どんなルールに変えたの？」

確かに、このままだといつも通り引き分けだけで終わってしまいそうだからね。

良い判断だと思う。

「スキルの使用を禁止して、戦うそうです」

おお。思っていたよりも大胆なルール変更だな。

「へえ。それは確かに、勝敗がつきやすくなるかもね」

「え。でも、アルマの方が不利じゃない？　アルマって、透過を上手く使いながら戦うのが強いんでしょ？」

そうだね。相手の攻撃を透過しながらカウンターを入れたりするのは、アルマの得意戦術だ。

ヘルマンよりもアルマの方が透過を使う頻度は絶対に高い。

「それが、そんなことないんだな。ヘルマンだって、スキルが使えないと辛いと思うぞ。ほら、さっそくヘルマンが負けた」

シェリーに説明している間に、ヘルマンがアルマの毒にやられて死んでしまった。

「え？　あ、見てない間に！」

「魔眼が使えないと、アルマの動きについていけないんだよ」

これは、ヘルマンのピンチか？

SIDE：アルマ
「よし。まずは一勝」

この調子であと二勝よ。

そんなことを思いながら、私は復活したヘルマンに向かって行く。

一発目は剣で受け止められ、二発目は体をずらして避けられた。

でも、私の攻撃は三発目、四発目とまだまだ終わらない。

透過が使えない今、ヘルマンは私の剣をちゃんと回避しないといけない。

私の剣は、一発でも当たれば、それが掠り傷でも死んでしまうからね。

それに比べて、私は致命傷を避けられれば、多少ヘルマンの攻撃も受けられる。

ズルい？　いえ、戦略よ。

そうこうしているうちに、私の剣がヘルマンの足に刺さった。

「これで、私の二勝目」

あと一勝。やっと終わるんだ……。

ヘルマンが復活したのを見て、私は一勝目、二勝目と同じようにヘルマンに向かって走って行く。

また、同じように手数で押し切って私の三連勝で終わりよ。

そう思っていたのに、いつの間にか……私は真っ二つになっていた。

「そう同じ手は効かないよ。相変わらず、アルマは詰めが甘いね」

嘘？　どうして？　さっきまで私の攻撃を避けるのに精一杯だったのに。

どうして負けたのかわからなかった私は、とりあえず距離を取った。

負けた原因がわかるまでは、近づかない方がいいわね……。

そう思いながら斬撃を飛ばすと、ヘルマンは斬撃で斬撃を防御しながら私に向かって来た。

え？　嘘……。

さっきまでと攻防が逆転してしまった。

いけない。受けに回ったら透過を使えない今、私が凄く不利じゃない。

ああ、距離を取ろうとしたのは悪手だったわね……。

そんなことを思っている間に、ヘルマンが二勝目をあげた。

「あと一勝……」

私が復活すると、ヘルマンはそう言って剣を構えて私を待ち受けるような体勢になった。

これは……私の攻撃を全て受けきって勝つつもりでいるってこと？

「受けて立とうじゃない。また、振り出しに戻してやるんだから」

そう言って、私は無属性魔法を全力で使った。

この闘技場、傷は回復するけど、魔力は回復しない。

だから、本当はこんな魔力の使い方をしたらダメなんだけど……ヘルマンは、絶対ここで魔力を使い切るつもりでいるわよね。

いや、二つ前から全開か。

ヘルマンはこの三戦に全てをかけるつもりね。

「ここで勝った方が今日の勝者で間違いないわね」

そう呟きながら、私は地面を思いっきり蹴った。

正面から斬ると見せかけて、背後からの一撃。

やっぱり読まれてる。もう、完全に私の癖をわかり切っているって感じね。

いいわ。それでも、私は速さであなたを圧倒するから。

私は更に加速した。

前後左右揺さぶりながら、あらゆる攻撃を加えていく。

すると、少しずつ私の方が優勢になってきた。

やっぱり、私が攻撃し続ければ、私が有利だわ。

そう思っていると、すぐに決着のチャンスが訪れた。

ヘルマンが少し空振り、防御が間に合わない状態になった。

ふふ。貰ったわ。

私は、足に目掛けて剣を振るった。

しかし、振ってから気がついた。

これ、罠だ。と……。

そして、思っていた通り、気がついたらヘルマンの剣が私の首に向かって来ていた。

いつもならこれくらい透過で避けられるのに……。

結果、私の剣が足に届くよりも早く、ヘルマンの剣が私の首に当たった。

SIDE：ヘルマン
やっと勝てた。アルマに二連勝された時は本当に焦ったけど、なんとかあそこで踏ん張れて良かった。

そう思いながら、首が繋がっていくアルマの隣に倒れ込んだ。

三連勝をするのがこんなにも大変だったとは……。もう、これが通算で何戦目なのかわからないくらいアルマとは戦ったな。

本当、大変だった。何度自分の言葉に後悔したことか。

でも……この戦いがあったからこそ、僕はここまで強くなれた。

結果的には、これで良かったのかもしれないな。

「はあ、途中で罠って気がついたんだけどな……」

どうやら、アルマの回復が終わったみたいだ。

僕は立ち上がり、アルマに手を差し伸べた。

「アルマは詰めが甘いからね。それを利用させてもらったよ」

「あ〜。私の馬鹿！　あそこで我慢できていれば〜」

悔しそうにそう言いながら、アルマは俺の手を掴んで立ち上がった。

「はあ、三連勝おめでとう」

「ありがとう。えっと……」

あれ？　指輪はどこのポケットに入れていたっけ？

こっちじゃないし、ここじゃないし……。

「あ、あっと。アルマ、僕と結婚してください」

指輪を見つけ出した僕は、すぐアルマに差し出して、勝ったら言おうと思っていたことを言った。

やっと言えた……。もう、これだけで僕は泣きそうだ。

「こ、こんなの用意していたの？」

「実は……もうずっと前に師匠に造ってもらっていたんだ」

随分と前に、アルマに告白したことを知ったレオ様がこれを用意してくれたんだよね……。

なんでも、婚約指輪と言うらしい。

「そうだったんだ。ずっと隠し持っていたんだ」

「うん」

「あ〜。嬉しいんだけど悔しさもあって喜べない。ヘルマン、また明日も勝負よ！」

ハハハ。負けず嫌いなアルマらしいな。

これは、勝ったからと言って気を緩めることはできないな。明日からも頑張って強くならないと。

「うん。いつでも受けるよ。それで……答えを聞いてもいい？」

「もちろん、結婚していいわよ。本当は、私が勝って気持ちよく私が結婚を申し込むつもりだったんだから〜」

「そ、そうだったの？　それは負けなくて良かった」

負けた上に、アルマから結婚を申し込まれていたら、もうプライドがボロボロになっていただろうな……。

本当、勝てて良かった。

そんなことを思いながら、僕はアルマの左薬指に指輪を嵌めてあげた。

これも師匠に教わったこと。指輪は、左の薬指が一番良いらしい。

本当、師匠には教わってばかりだな……。

「ヘルマン、これからもよろしくね？」

「うん。よろしく」

指輪を嵌め終わり、僕たちは抱きしめ合った。

ああ、幸せだな……。この時間がずっと続けば良いのに。

そんなことを思っていると、アルマが僕の顔を両手で掴んだ。

「これは、勝利したヘルマンにご褒美」

そう言ってされたキスに、僕は顔が真っ赤になった。

その不意打ちはズルいって……。

閑話15　花嫁を探せ！

SIDE：グル
教国であの謎の女に負けてからしばらく経った。

あれから、しばらく鍛錬を積んでみたが、あの女に勝てるイメージは一向にわかない。

やはり、レオの言うとおり、あいつはどう頑張っても勝てない相手なのだろうか……？

「はあ。暇だ。キーよ。何か面白いことはないか？」

このままではダメだと思った俺は、気分転換をすることにした。

キーは、俺が唯一傍にいることを許している魔王の参謀的な存在だ。

まあ、本当は単なる幼なじみの腐れ縁で、傍に置いているだけなんだけど。

第一、こいつがまともに働いているところを見たことがない。いつも、俺の椅子に座って居眠りをしている。

幼なじみじゃなければ、ぶっ殺していたな。

「そうですね……。今、残されている面白いことは、先代の魔王に会いに行くか、婚約相手を探しに行くことですかね」

「あ、そうだ！　そんな重大なイベントを俺は忘れていたのか！　よし。先代のことはあと回しにして、急いで俺の花嫁を探しに行くぞ！」

俺はとんでもないことを忘れていた。レオに啖呵を切ってからもう何ヶ月経った？

これじゃあ、俺が逃げたみたいじゃないか。

「先代を後回しですか？」

「もちろんだ。どうせ死なないなら、遅かろうと早かろうと結果は変わらん。だが、花嫁との時間は有限だ！」

魔王に寿命はないが、人族は寿命があるんだからな。

俺をいつまでも待っていてくれる余裕は、人族にあるわけがないだろ！

「わ、わかりました……。お一人で向かわれるのですか？」

「もちろんだ。護衛がいないと外も歩けない弱いやつだと思われたら嫌だからな」

それに、花嫁を探すのに、女を連れていてどうするんだ？

「そうですか……。私は、人界にグル様と釣り合うような素晴らしい女性がいるとは思えませんけど」

「なんだ？　キーよ。嫉妬か？」

珍しいじゃないか。

「嫉妬もしますよ。本当は、私がこのまま魔王妃になって、魔王国を乗っ取るつもりだったのに……」

「ハハハ。残念だったな。俺にはその考えがお見通しなんだよ。それじゃあ、行ってくる」

キーには精々、その魔王の椅子で寝ているのがお似合いだな。

「さて、どうするか……。レオに手を借りるわけにもいかないし、まさかライバルであるカイトを頼るなんてこともできない」

レオの領地にやって来たのはいいが、肝心の花嫁をどう探すか悩んでいた。

手当たり次第は魔王らしくないし、気に入った女を無理矢理つれていくのは、レオとの約束を破ることになるし……。

どうしよう？

「とりあえず、歩いて探してみるか。ちょうど良い相手が見つかるかもしれない」

これだけ人がいるんだ。歩いていれば、いつか運命の相手と出くわすだろ。

そんなことを考えていると、すごい注目を集めていることに気がついた。

「お、おい。あれって……」

「魔族だな」

「魔族がいるぞ」

「も、もしかして魔王なんじゃないのか？」

おお。そういえば、魔王が急に現れたら、人族は恐怖に包まれるのが定番だったな……。

本来なら、魔王として正しいことをしているのだが、今回はただ花嫁を探しに来ただけだし……。

「やはり、魔王というものは、人々にとって恐怖の対象……。さて、どうやってこの状況を打開する？　一番手っ取り早いのは、変装してしまうことだが……変装する魔王なんてかっこ悪い。それは、俺が目指す理想の魔王像に反する。魔王というものは、如何（いか）なる時も堂々としていないといけないんだ」

うん……。どうする？　このまま人々に恐怖されていたら、いつになっても花嫁は見つからないぞ？

やはり、変なプライドは捨てて変装するべきか……。

「あの……」

「ん？　なんだ？」

「道の真ん中で魔王様が立っていたら、他の人の迷惑です。馬車が通れないので、とりあえず端に寄りませんか？」

そう言って、指さされた方向には、困ったように停まった馬車とその後ろに続く長い馬車の渋滞だった。

おっと。これはいけない。

俺は急いで道の端に寄った。

「……すまん。俺の配慮が足りなかった」

「いえ。人界のルールを知らない魔王様なら、仕方ないと思います」

なんだこの女は？　妙に優しすぎないか？

「そ、そうか……。それにしても、よく俺が魔王とわかるな。なにか、特殊な能力を持っているのか？」

「そんなことありませんよ。事前に、魔王様の顔写真をレオ様に見せてもらっていただけです」

ん？　もしかして、これはレオからの手助けか？

それとも、俺にこの女を惚れさせてみろ、という挑戦状か？

いいだろう。その挑戦、受けて立とうじゃないか。

「ああ、なるほど。お前は、レオの関係者なんだな。名前は何という？」

「エステラです」

「そうか。エステラは彼氏とかいるのか？」

「いませんけど……もしかして私を口説くつもりですか？」

「ああ。悪いか？」

その為に、レオから送り込まれてきたのだろう？　なら、遠慮するつもりはない。

「別にいいですけど……。私、当分結婚するつもりはありませんよ？」

「ど、どうしてだ？」

「私は、騎士として未熟ですから。もっと人に誇れる騎士になってからじゃないと、騎士を辞めたいとは思えません」

レオよ……。随分と強敵を用意してくれたじゃないか。

だが、見ていろよ？　俺は魔王だ。これくらい乗り越えてみせるぞ。

「なるほど……。エステラにとって、誇れる騎士とはなんだ？」

「強くて、誰に対しても手を差し伸べられるような優しい人でしょうか？」

なるほど。それをクリアすれば、俺と結婚してくれるのだな。

良いだろう。俺が全力でサポートしてやろう。

「まず、優しさという点では、もう十分だな」

「え？　私が優しい？」

「これまでの会話で、お前が優しいことはよくわかった」

俺が悪さしたというのに、こいつはすぐに許してくれた。

これは、優しすぎて心配になるくらいだ。

「え？　どこら辺が？」

「大丈夫だ。お前は自信を持て、優しい心の持ち主だ。この魔王が保証する」

「あ、ありがとうございます」

よし。認めた。これで、第一関門突破だ。

「それじゃあ、次は強さだな……」

「私、強さに関しては魔王様の足下にも及びませんよ？」

「そんなの当り前だ。俺を倒せる人族は、勇者とレオだけと決まっている」

まあ、倒せる可能性が高いというだけで、カイトとレオでも倒されるつもりはないけどな。

「す、すみません……」

「別に謝る必要はない。そうだな。とりあえず、お前の実力を知りたい。とりあえず、俺の城に来い」

「え、ええ？」


エステラを連れて魔王城に帰ってくると、キーが俺の椅子でまた居眠りしてやがった。

「あ、グル様……もしかして、一目惚れした女性を誘拐（ゆうかい）してしまったのですか？　別に、魔王ならそれくらいやっても良いと思うのですが……これから友好国となろうとしている国にそれをやってしまうのは、非常に不味いと思うのですが？」

「も、もちろん。同意の上に来てもらっている。な？　エステラ、そうだよな？」

「え、ええ……」

TOブックスNEWS

2021 5-6 MAY-JUNE

TO BOOKS NEWS 2021 MAY-JUNE

※2021年5月現在

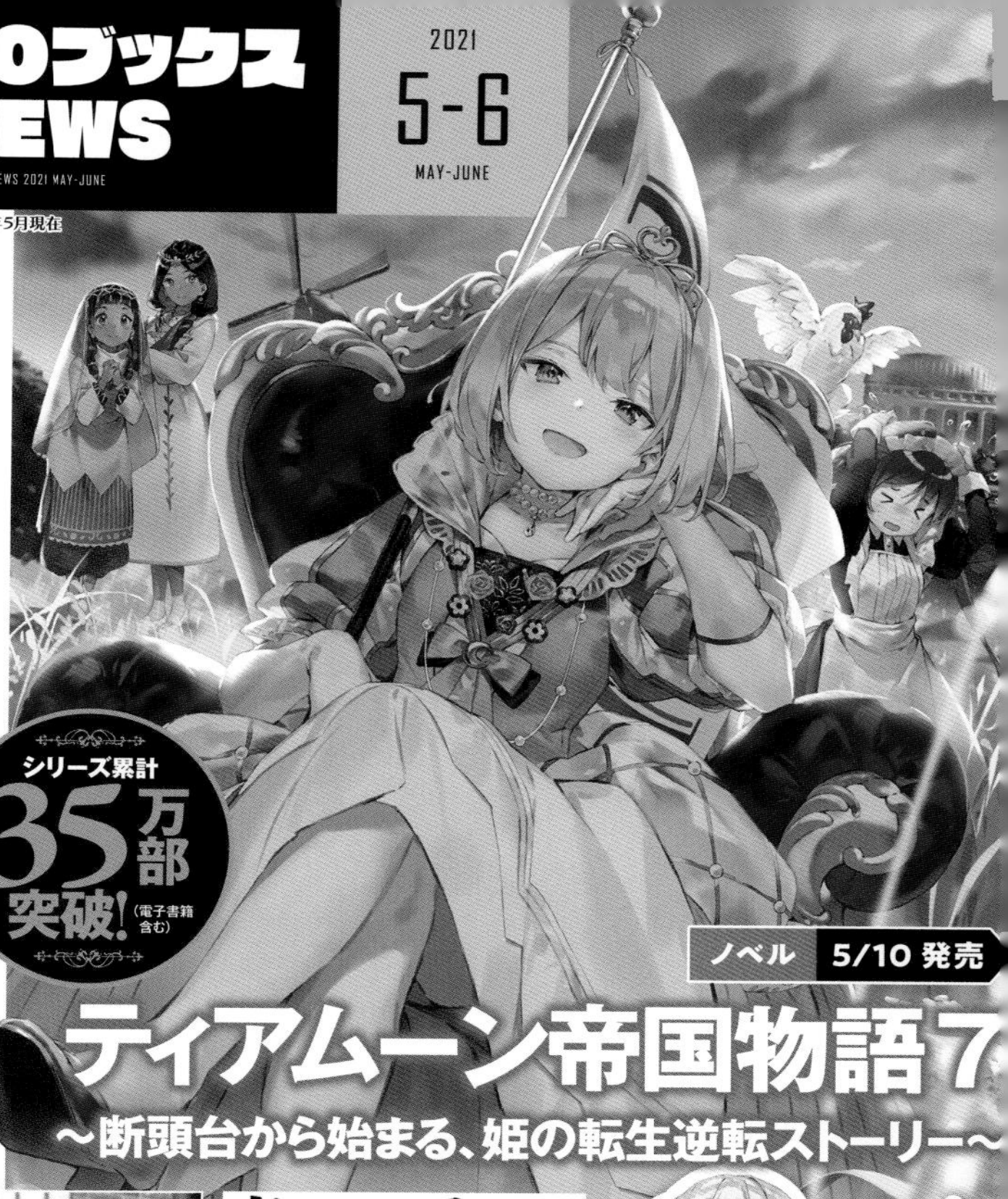

著 餅月望（もちつきのぞむ）
イラスト Gilse（ぎるせ）

シリーズ累計 35万部突破！（電子書籍含む）

ノベル 5/10 発売

ティアムーン帝国物語7
～断頭台から始まる、姫の転生逆転ストーリー～

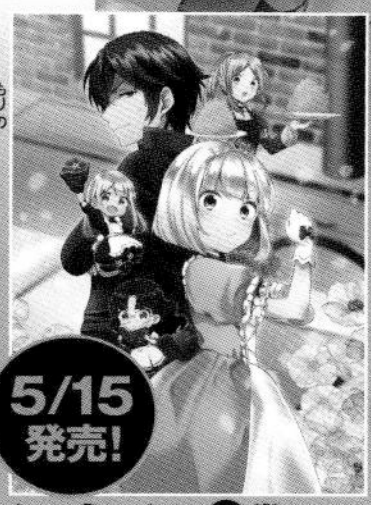

漫画：杜乃ミズ（もりのミズ）

5/15発売！

▶コミックス③巻

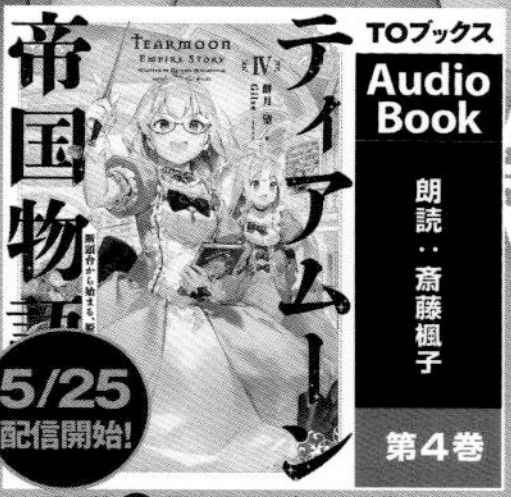

TOブックス Audio Book
朗読：斎藤楓子
第4巻

5/25 配信開始！

▶小説④巻オーディオブック

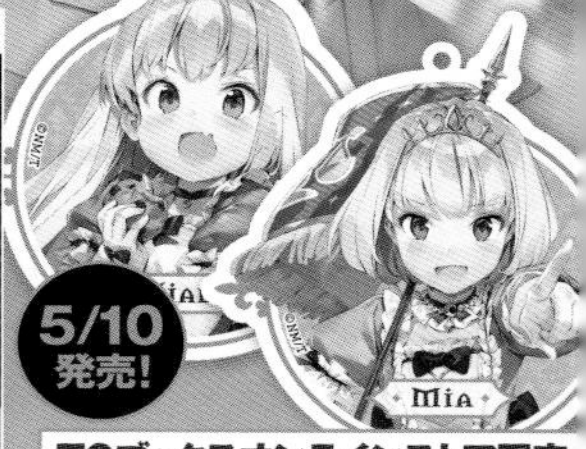

5/10 発売！

TOブックスオンラインストア限定

▶アクリルキーホルダー

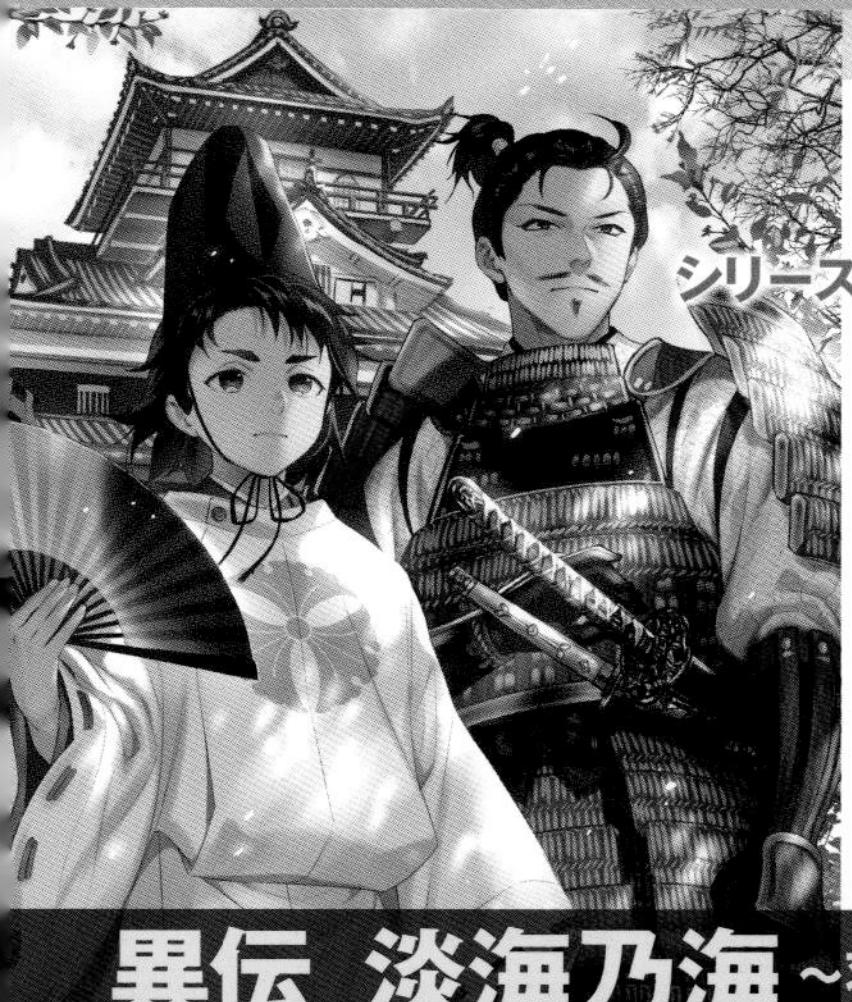

ノベル 5/20 発売

桶狭間の戦いへ、出陣！
シリーズ累計45万部突破！（電子書籍含む）

1559年。公家へと養子に出された元武家の後継ぎ・基綱は、新たな夢を得た。一度は諦めた天下布武の大願だったが、尾張の領主・織田信長と出会ったことで気持ちを再燃させる。関白の懐刀として力を振るう一方、故郷の朽木へ献策したり、六角と浅井の戦いを視察したり、暗躍を続けていた。そして、信長が今川家へ挑む桶狭間の戦いが訪れようとしていた。決して楽ではない戦況を推察する中、勝利の鍵は天気にあり……？

異伝 淡海乃海 ～羽林、乱世を翔る～2

著：イスラーフィール　イラスト：碧風羽（みどりふう）

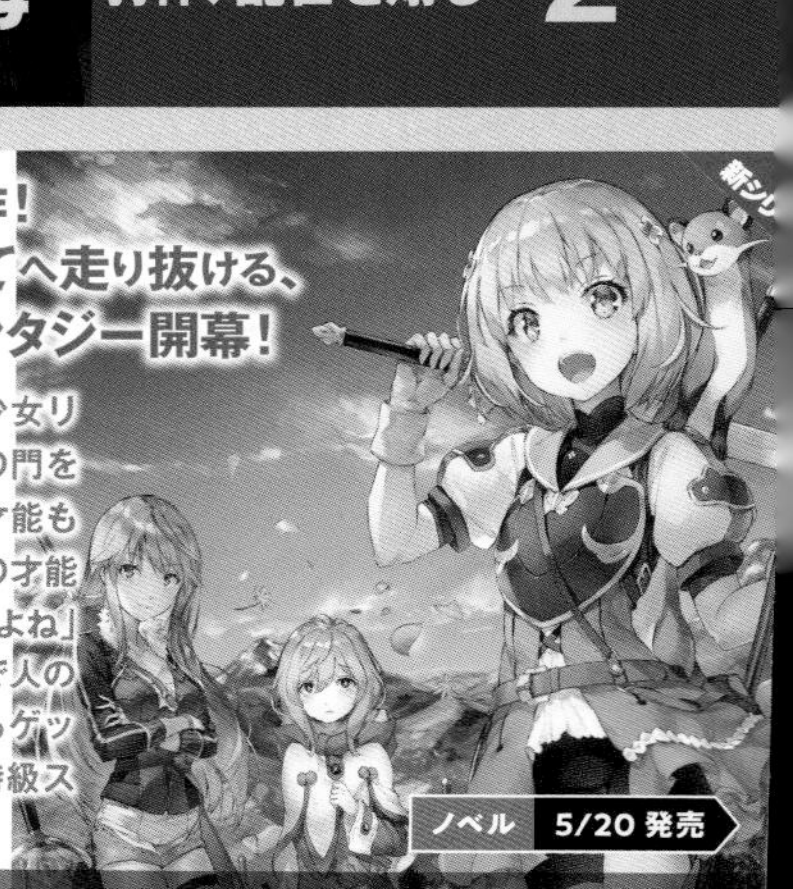

第8回ネット小説大賞受賞作！
無自覚天然少女が世界の果てへ走り抜ける、
ハイスピード成り上がりファンタジー開幕！

英雄パーティから理不尽に追放された少女リティが"超級"ランクを目指してギルドの門を叩く。彼女は小柄で不器用、剣も魔法も才能もない体力バカ。誰もがそう評する中、剣の才能が開花した！　彼女は「剣ってかっこいいよね」と素振りをしていただけ。無尽蔵の体力で人の何倍も修行した結果、早速ジョブスキルもゲットする。その勢いのまま、ランク昇格、特級スキル習得、更にはネームドボスも瞬殺!?

ノベル 5/20 発売

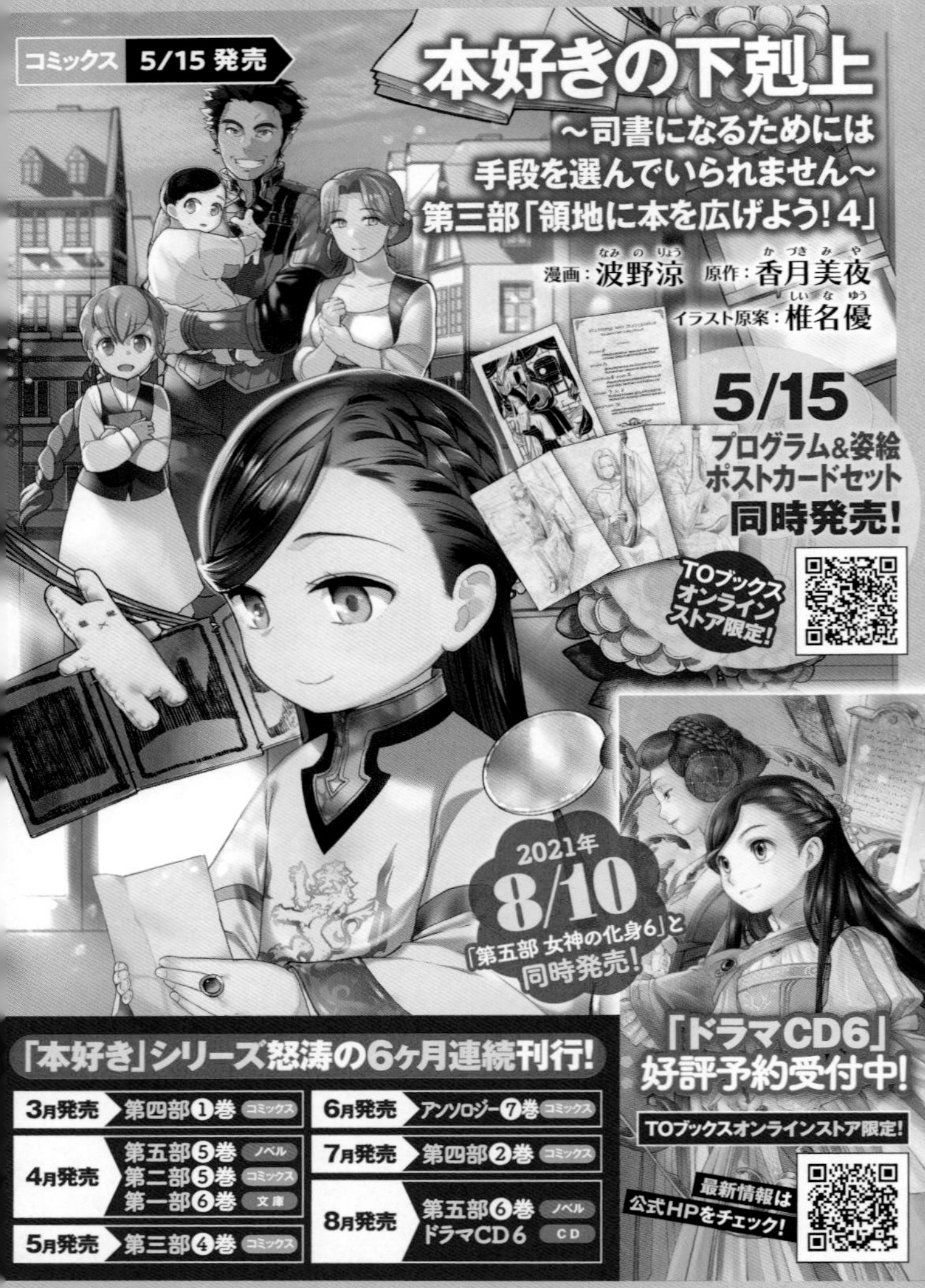

コミックス　5/15 発売

本好きの下剋上
～司書になるためには手段を選んでいられません～
第三部「領地に本を広げよう！4」

漫画：波野涼　原作：香月美夜
イラスト原案：椎名優

5/15
プログラム&姿絵ポストカードセット
同時発売！

TOブックスオンラインストア限定！

2021年8/10
「第五部 女神の化身6」と同時発売！

「ドラマCD6」好評予約受付中！
TOブックスオンラインストア限定！

最新情報は公式HPをチェック！

「本好き」シリーズ怒涛の6ヶ月連続刊行！

発売月	タイトル	種別
3月発売	第四部❶巻	コミックス
4月発売	第五部❺巻	ノベル
	第二部❺巻	コミックス
	第一部❻巻	文庫
5月発売	第三部❹巻	コミックス
6月発売	アンソロジー❼巻	コミックス
7月発売	第四部❷巻	コミックス
8月発売	第五部❻巻	ノベル
	ドラマCD6	CD

TOブックス6月の刊行予定（※発売日は変更になる場合があります。※一部地域で発売日が異なります。）

	発売日	タイトル
ライトノベル	6/10	『穏やか貴族の休暇のすすめ。短編集』著：岬／イラスト：さんど
		『白豚貴族ですが前世の記憶が生えたのでひよこな弟育てます５』著：やしろ／イラスト：keepout
		『自棄を起こした公爵令嬢は姿を晦まし自由を楽しむ』著：たつきめいこ／イラスト：仁藤あかね
	6/19	『氷の侯爵様に甘やかされたいっ！２ ～シリアス展開しかない幼女に転生してしまった私の奮闘記～』著：もちだもちこ／イラスト：双葉はづき
		『水属性の魔法使い 第一部 中央諸国編２』著：久宝 忠／イラスト：ノキト
		『ヒャッハーな幼馴染達と始めるVRMMO』著：地雷酒／イラスト：榎丸さく
	6/1	『穏やか貴族の休暇のすすめ。@COMIC 5』漫画：百地／原作：岬／キャラクター原案：さんど

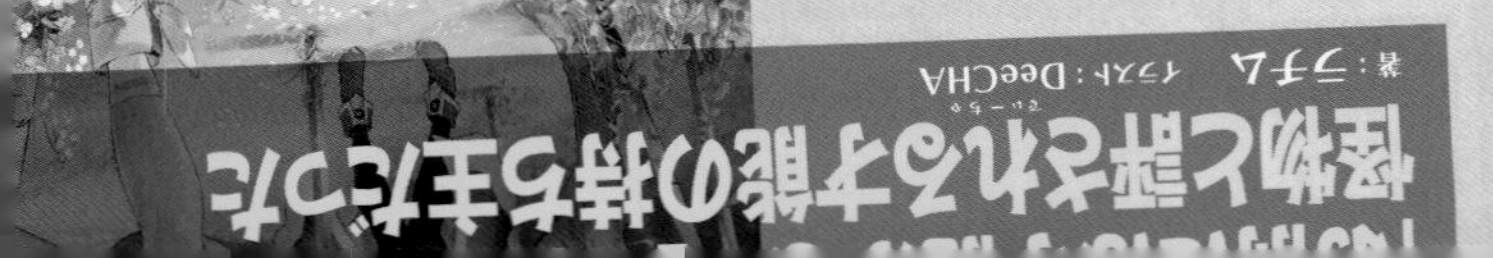

良かった。後からだけど、ちゃんと同意は貰えた。これで、キーに文句を言われる筋合いはなくなったな。

「本当ですか？　まあ、いいでしょう」

「よし。キーの許可も貰ったし、お前の強さを試すとするか。剣を抜け。俺を殺してみろ」

レオの騎士だから十分警戒しないといけないが、まさかエステラまでも聖剣を持っているということはないだろう。

そう思いながら、俺は腕を組みながら堂々とエステラの前に立った。

「魔王様は剣を抜かないんですか？」

「必要だったら抜く。俺に抜かせてみろ」

「……わかりました。そこまで言われたら、やらないなんて選択肢はないですね」

そう言って、エステラが好戦的な笑みを見せてくれた。

「おお。そんな顔もできるのか。お前は、本当に俺好みだ。今すぐ結婚したいくらいだ」

「お断りします。私にだって夢があるんですから」

「だから、その夢を早く叶えてやると言っているんだ」

素直に俺の命令に従わないのもなかなか良い。

従順な下僕は、魔物だけで十分だからな。

エステラが剣を抜くと、瞬時に俺の懐に入り込んできた。

思っていたよりも速い。やはり、レオの騎士だけあるな。

「ほお。謙遜する割には十分強いじゃないか」

エステラの剣を魔剣で受け止めながら、ニヤリと笑った。

これは、鍛え甲斐がありそうだ。

「この程度で褒められても嬉しくないです」

「そうか？　俺は剣を抜かないとヤバいと思ったぞ？」

「それは嬉しいですね」

それから、剣術だけの攻防が続いた。

やはり……エステラは動きに無駄がなくて、綺麗だ。


「お前の弱点がわかったぞ」

「なんですか？」

俺が止まったのを見て、エステラも動きを止めた。

決着をつけても良かったが、俺は敵でもない女を傷つける趣味はない。

「単純にレベルが低い。もっとレベルを上げるべきだな。せっかくいい技を持っていても、そのステータスでは話にならない」

エステラは、もう技は完成されていると言って良いだろう。

だが、ここはファンタジーだ。レベルの差はどう頑張っても技では埋められない。

だから、エステラはこれからレベル上げに専念させれば、良いだろう。

「なるほど……確かにそうですね。わかりました。これから、レベル上げを重点的に頑張ります」

「ああ、そうすると良い。それと、レベル上げはこの城で行え」

「え?」

「ここは、魔王城というだけあって、経験値をたくさん落とす魔物がたくさんんだ。どうだ? 短時間でレベルを上げるには持って来いだと思うが?」

ゲームで言う、最終章に出てくる魔物ばかりだからな。

レベル上げには、ここ以上に適した場所はないだろう。

「え～。酷～い。一応魔王なんだから、魔物も大事にしなさいよ!」

「ふん。エステラと結婚する為になら、魔物なんて安いものだ」

魔物なんていくらでも代えが利く。だが、エステラに代えはないからな。

「それ、惚れ込みすぎじゃな～い? まだ、会って数分でしょう?」

「ふん。運命の出会いに時間なんて関係ないさ」

「運命って……。絶対、人界で初めて会った女じゃない」

そうだな。だが、俺はエステラが運命の相手だと信じているさ。

SIDE:エステラ
今日一日で魔王と私が結婚する流れになってしまったことに困惑しながらも、今日あったことを報告しないわけにもいかず、とりあえず団長に報告した。
「なるほど……。そんなことがあったのか。災難だったな」
「ええ。でも、魔王様に鍛えてもらえることになったので、なんだかんだで良かったと思っています」

間違いなく強くなることが保証されていますからね。魔王城の魔物と戦わないといけないことが少し気掛かりだけど、レオ様のダンジョンに比べたら大したことないでしょう。

「そうか。それで、魔王と結婚するのか？」

「それは……そうですね。たぶん、私が一番適任ですから」

私なら、レオ様に逐一魔王様の様子を報告できますし、これから魔界と交易していこうというのなら、絶対になるべくレオ様に関わりがある人が魔王妃になった方が良いですから。

「お前が魔王と結婚してくれれば助かるが、別に無理強いするつもりはない。嫌なら断って良い」

「いえ。別に良いですよ。魔族とは言え、王様と結婚できるなんて普通は経験できないことですから」

帝国の女性なら、皇妃様の話を聞いて一度は憧れるものだからね。

騎士の家系に生まれたとは言え、貴族でもなかった私が急に王妃様になれるのよ？　普通にアリだと思うわ。

「そうか……」

「そうですね。来年の最強決定戦を以て、私は騎士を引退させてもらおうと思います」

「本当に良いのか？　もっと騎士として働きたいだろ？」

「ふふ。まあ、政略結婚も騎士の仕事の内ですから」

「お前がそう言うなら、止めはしないが……嫌だと思ったらすぐに断れよ？」

「大丈夫ですよ。意外と、魔王様は優しい方ですよ？　第一、レオ様のご友人なのですから、悪い人のはずがありません」

「それもそうか。それじゃあ、魔王様のことは……お前に頼んだ」

「はい。任せてください」

こうして、私が魔王様と結婚することは決まった。

あの人は、もちろんこんな前から決まっていたとは知らないだろうな～。

騎士団最強決定戦で、あれだけ私を頑張って応援していたのだから。

閑話16　親馬鹿勇者と世界の情勢

ＳＩＤＥ：エレメナーヌ
あの親馬鹿勇者！　また子供に夢中になって仕事を忘れて！

もう、何回怒られれば気が済むわけ？

「よしよし。マミ～。パパでちゅよ～」

子供部屋に入ると、一歳半になる娘に馬鹿みたいな言葉で話しかけている馬鹿がいた。

「パ～パ。ほら、パ～パって言ってみて」

「変な喋り方はやめてって言っているでしょ？　マミがそんな馬鹿みたいな話し方を覚えたらどうするのよ？　それに、もうとっくに仕事の時間なんだけど？」

娘に夢中になっている馬鹿勇者に拳骨(げんこつ)を一発お見舞いした。

「あ、ごめん。盛り上がってつい……」

「はあ、いいわ。とりあえず、仕事に戻るわよ」

「あと五分だけ！　五分だけでいいからマミといさせて！」

「そう言って五分で済んだ例がないでしょ。ほら、行くわよ」

というか、もうとっくに五分以上過ぎているのよ！

「そんな〜マミ〜。俺を助けてくれ〜」

「いい加減にしないと、一ヶ月出張を命じるわよ？」

プチンと怒りが爆発した私は、娘にしがみつこうとするカイトの襟首を思いっきり掴んで、そう脅した。

いっそ、本当に辺境まで出張させようかしら？

「す、すみませんでした。すぐに仕事へ向かいます！」

まったく、今日はただ報告を聞いていればいいだけの簡単な仕事だと言うのに……。


それから、カイトを執務室に連れ戻し、やっと報告会が始まった。

今日の報告会は、最近教皇が変わったばかりの教国について。この半年で、教国はもの凄く不安定な状況になってしまった。

もしかしたら、その影響が王国にまで及ぶかもしれない。だから、人を送って調べさせていた。

「それじゃあ、あれから教国がどうなったのか教えてもらえる？」

「はい。あれからフォンテーヌ家当主、ガエル・フォンテーヌがすぐに教皇に即位し、貴族に暗殺者を持つことを禁止しました。もし、持っていることが発覚すれば、その家は爵位が何であろうと取り潰すと宣言したのです」

「へえ。あの暗殺大国の教国から、遂に暗殺者が消えるのね」

「これで、少しはまともな国になるのか？」

「いえ、まだわかりません。教国は今、とても貴族の数が少ないのです。正直、ガエル・フォンテーヌは貴族を殺しすぎたとしか言いようがありません。もし時代が違えば、抵抗らしい抵抗も出来ず、帝国に滅ぼされていたでしょう」

「それは、王国(うち)も同じだわ。帝国がその気になっていたら、今の王国はなかったはずだもの」

国王から宰相、中心の貴族たちが皆まとめていなくなってしまったんだもん。

教国の方が全然マシ。

「そうだな。俺たちも教国も相手がレオだから助けてもらえたようなものだ」

いや、意外とレオも強(したた)かよ？　なんだかんだで私たちはレオに頭が上がらないし、教国は教国でレオに借りを作り過ぎちゃった。

帝国にかんしても、幼少期にはシェリーと婚約して、さっさと皇族の仲間入りすることに成功しているし……。

これじゃあ、ほとんどレオが世界を掌握していると言っても過言じゃないわ。

「それと、その帝国ですが……、少し動きがありました」

「え？　帝国で？」

今、帝国で何か事件が起こるようなことある？

「はい。皇帝陛下が今年を最後に、皇帝の座を息子のクリフィス皇太子に譲ることを決めたそうです」

「え？　嘘でしょ？　まだまだ元気だったじゃない。何か、病気なの？」

三国会議で会った時は、あんなに元気そうだったじゃない。

「違います。単に、タイミングを見ての決断だと思います」

「タイミングね……。もしかして、教国が弱まったから？」

「そうですね。教国も王国も自国のことに精一杯な今なら、多少皇帝の求心力が弱まっても問題ないということでしょう」

「そう……。相変わらず帝国は抜け目がないわね」

もう、本当にことごとく逆転の芽を潰されていっている感じだわ。

「これから皇帝になるクリフィス皇太子が少しでも扱いやすい男ならいいんだけどな……」

「いや。どちらかというと、今の皇帝よりも皇太子の方が頭は回ると思うぞ。条約を結ぶとき、皇帝じゃなくて皇太子が先頭に立って交渉してきた印象だった」

へえ。カイトにしては、役に立つじゃない。

でも、その情報を聞いたらとても喜べないわね……。はあ、この調子だと、当分王国は帝国の属国のままだわ。

「そう。それは、非常に面倒ね。他に、何か報告することは？」

「他には……まだ確証は得られていないのですが、魔王がレオンス様の騎士と結婚する可能性あり、という情報が入っています」

「え？　グルがレオの騎士と結婚⁉」

私が驚くよりも早く、カイトが驚きの声を上げた。

「はい。魔王と女騎士がミュルディーン領にて一緒に歩いている姿を目撃したという情報が何件も寄せられているので、ほぼ間違いないでしょう」

「なるほど……。これで、全員結婚できたな」

「友人として喜ぶのは構わないんだけど、少しは国のことも考えなさいよ？」

まったく、国王がそんな能天気だなんて笑えないわ。

もっと、自分の国を見なさいよ……。

「え？　レオの騎士とグルが結婚すると何かあるのか？」

「もちろんよ。帝国の魔界進出が見えてきたじゃない」

「ええ？　レオは魔界を支配しようと思っているのか？」

はあ……。そこから説明しないといけないのね。

「そういう意味じゃないわ。帝国が魔界で商売を始めるってことよ」

「はあ……。レオの領地がどうしてあれだけ潤っているかはわかる？」

「それって何か問題なの？」

「えっと……世界の中心だから？」

「世界の中心だと何があるの？」

「えっと……旅人や商人が集まる？」

「旅人や商人が集まると、何が起こるの？」

「え、えっと……」

「商業が発展するのよ。レオの領地は商業で成り立っている。そうでしょ？」

「う、うん」

ここまで説明しないとダメとは……。私がもしいなくなったら、この国は間違いなくカイトのせいで滅ぼされるわね。

「もし、帝国が魔界と王国と教国の中継地点になったとしたらどうする？」

「あ、帝国がレオの領地みたいになる？」

「そうよ。また、とんでもない国力の差ができてしまうの」

「で、でも……。俺たちにはどうすることもできなくない？」

そこは理解できているのね……。

「そうよ。だから、ため息しか出ないのよ。はあ」

「え、えっと……。他の話題ない？」

「はい。最後に一つ。これはお二人も少しはお喜びになられると思います」

「え？　なに？」

私が喜ぶ話なんてあるかしら？

「シェリア様がご懐妊(かいにん)されました」

「ええ!?　それ、間違いない？」

「はい。近々、正式に帝国から発表されると思います」

そうなんだ……。まあ、結婚してもう一年以上経っているわけだしね。流石に一人くらいできないとおかしいわね。

「確かに、これは良いニュースだ。やっとレオもお父さんになるのか」

「まあ、ここは友人として喜んでおくわ」

ミュルディーン家に跡継ぎが産まれてしまうことは、決して国にとって良いことではないんだけどね。

まあ、これは喜んでもいいかな。あとで、シェリーに手紙でも書こうかしら。

「ああ～。もう、我慢できない。レオに赤ちゃんが産まれるって聞いたら、またマミに会いたくなっちゃった」

「何を言っているのよ。魔王が結婚する話をしているときから、うずうずしていた癖に」

レオに子供ができるって聞いて、少しこっちに意識が戻っていたけど、どうせ他はまともに話の内容が頭に入ってないんでしょ？

「あ、会いに行っちゃダメ？」

「はあ、良いわよ。私も行く」


「あ～。マミ、会いたかったよ～」

子供部屋に入ると、カイトが慣れた手つきでマミを抱きかかえた。

流石、マミの次に子供部屋にいるだけあるわね。

「ほら、パ～パ。パ～パ。あっちにいるのは、マ～マ」

「マッマ？」

え？　いま……。

「しゃ、喋った？　喋ったよな？」

「ええ。初めての言葉は、ママみたいね」

あれだけ言い聞かせていたのに、残念だったわね。

「う、うう……。娘が話せたことの感動とエレーヌへの嫉妬で複雑な気持ち……」

そう言うカイトは、血まで流してしまいそうなくらい顔を歪ませて泣いていた。

どんだけパパって言わせたかったのよ……。

「もう、そんな怖い顔したらマミが泣いちゃうわ。ふふ。ほら、マミ、マ～マよ」

カイトからマミを取り上げ、マミに話しかけてみた。

ふふ。こうやって仕事の合間合間に言い聞かせていた甲斐があったわ。

「マッマ？」

「ふふ。流石私の娘、お父さんに似ないで良かったわ。間違いなく、マミは聡明(そうめい)な子よ」

「おいおい。まるで、俺に似ていたら馬鹿になっていたみたいじゃないか！」

「だからそう言っているんじゃない。もう、お父さんは馬鹿でちゅね～」

そう言いながら、チュッとマミの頬にキスをした。

うん。本当に私の娘は可愛いわ。

「ああ！　俺にはその話し方はダメって言ってたのに！」

「たまには良いのよ。ねえ？」

「あふう」

あら。返事までしてくれるなんて。

やっぱりうちの子は天才だわ。

番外編十三　新米騎士の恋

continuity is the father
of magical power

SIDE：ビル

この孤児院に来てからもう六年が経った。

俺は十三になり、キャシーは九歳になった。

孤児院は十四歳までだから、来年にはここを出ないといけない。

本当、時間が経つのは速いな。

そんなことを考えながら剣を振っていると、数人の男たちが俺の所にやってきた。

「エルドにアルスか……。何度来ても、無駄だぞ？」

「そう言わずにさ。なあ、ビル……本当に騎士になってしまうのか？」

「もったいないって。ビルが冒険者になればもっと大金を手に入れられるぞ？」

エルドもアルスも散々喧嘩した仲だが、ここ最近はどうにか俺と一緒に冒険者をやりたいみたいだ。

まあ、悪い奴じゃないし、別に一緒に冒険者をやってもいいんだけど、生憎俺には騎士になることが決まっているからな。

これればかりは仕方ない。

「何を言われても、俺は騎士になるよ。というかお前たち、本当に諦めが悪いな」

「そりゃあな。ここで一番強いお前を仲間にできれば、絶対に大成功できるはずだ」

「お前らだって十分強いだろ。この前だって、どこかの商会にスカウトされたって言っていたじゃないか？」

まあ、絶対嘘だろうけど。そもそも、孤児院にいる間は、そんな目立つような依頼を受けるのは禁止だ。

雑用しかしてないのに、どうやって商会にスカウトされるって言うんだ。

「そ、そうだけど。どうせなら夢を求めたいじゃないか！　男なら、一度は魔の森に挑戦してみたいだろ？」

「そうか？　俺は挑戦したいとは思えないな。俺は、必要最低限の金が貰えて、お世話になった人に恩返しができればそれで十分だ」

あとは、子供の頃にたくさん迷惑をかけた街に少しでも罪滅ぼしがしたい。

まあ、それは冒険者でもできるけど、どうせなら一番お世話になっているレオにいの力になりたい。

「騎士なんて冒険者を引退してからでもなれるじゃないか！　なあ？　だから……」

「ああ、またお兄ちゃんを冒険者に誘ってる！　絶対に許さないんだから！」

「げ。キャシーが来た」

必死に俺を誘っていた二人だが、キャシーがこっちに走ってきているのを見て退散していった。

キャシーを怒らせると、半日は魔法の的にされるからな。

「もう、諦めが悪いんだから……。お兄ちゃんも嫌ならはっきり断りなよ！」

「断ってるよ。まあ、あいつらも必死なのさ。だから、許してやってくれ」

冒険者も命懸けだからね。少しでも強い仲間がいた方が良いに決まっている。

俺が逆の立場でも、ギリギリまで誘うだろう。

「もう、そんなんだからいつになっても誘われるのよ！」

「ごめんって」

キャシーは、俺が冒険者になるのは大反対みたいだ。

何でも、冒険者になって世界中を旅されたら、俺と会える時間が減ってしまうから嫌らしい。

まあ、ミュルディーン家の騎士になれば、勤務地は絶対ミュルディーン領だろうからな。

「ねえ……。お兄ちゃんは孤児院を出ても私に会いに来てくれるよね？」

「もちろん。それも騎士になろうと思った理由の一つだしね」

「それは嘘。私じゃなくてアンヌさんでしょ？」

「な、なにを言っているんだ。どうしてアンヌさんが出てくる？」

急にアンヌさんの名前……図星を指されて、俺は柄にもなく動揺してしまった。

たく。誰がそのことをキャシーに教えたんだ？

「お兄ちゃんはアンヌさんが大好きだもんね」

「そ、そんなわけないだろ。俺なんてアンヌさんから見たら子供だし……」

「あ、アンヌさんだ！」

「え？　どこ？」

くそ……。妹の初歩的ないたずらに引っかかってしまった。

指された方向に誰もいないことを確認した俺は、恥ずかしさを誤魔化すように頭を掻きながらキャシーに向き直った。

「ふふ。お兄ちゃん、わかりやす～い」

「もういい」

俺は剣の練習を諦めて、魔法の練習をすることにした。

もう、こんな状態では集中して剣を振ることはできない。

「あ、待って。アンヌさんがお兄ちゃんを呼んでたよ！」

「そうやってまた……」

もう、騙されないぞ。

「これは本当！　嘘だったら今日の掃除当番、私が代わるから！」

「わかった……院長室に行ってくる」

「いってらっしゃ〜い」

嘘だったら、絶対に掃除させるからな……。


コンコン。

「は〜い。入っていいわよ」

ノックすると可愛いらしい声が返ってきた。はあ、妹に傷つけられた心が癒やされていく。

そんな馬鹿なことを考えながら、俺は院長室のドアを開けた。

「あ、ビルくん。急に呼んじゃって悪いわね。忙しくなかった？」

どうやら、キャシーは本当のことを言っていたらしい。疑って悪かったな。

「大丈夫です。剣の素振りをしていただけですから」

「本当、ビルくんは真面目ね。これなら、安心してレオ様の騎士団に送り出せそうだわ」

「そうですか？　ありがとうございます」

ああ。アンヌさんに褒めてもらえるなんて、今日はなんて良い日なんだ。

「ふふふ。それで、本題に入るんだけど、ビルくんに仮入団の誘いが来ているわよ」

そう言って、アンヌさんから一枚の手紙を渡された。

その手紙を受け取って内容を確認してみると、騎士団長からの騎士団で本格的に仕事を始める前に少しだけ騎士団を体験してみないか？　という内容だった。

「特別に、外泊許可を出してあげる。一週間だけだけど、どうする？」

「えっと……」

どうなんだろう？　凄く行ってみたいけど、一週間もいなくなるなってキャシーが怒りそうだな。

「私は、正式に入る前に体験しておいて損はないと思うな。それに、キャシーちゃんに兄離れをさせる予行練習になると思うの」

「兄離れ？」

「そう。キャシーちゃんがお兄ちゃん大好きなのは知っているでしょ？」

「はい」

そりゃあもう、否というほどね。

「このままビルくんがいなくなると、キャシーちゃんは耐えられないと思うの。だから、少しずつ慣らしておかないと」

確かに、今のキャシーだと耐えられないだろうな……。

「そうですね。わかりました。一週間、仮入団してきます」

「偉いわ。それじゃあ、そう手紙で伝えておくわ。詳しい日程とかは、決まり次第教えてあげる」

「ありがとうございます」

「良いわ。これが最後にビルくんにしてあげられることだもの」

あ、そうか。孤児院を出たら、もうアンヌさんのお世話にはなれないのか。

「……そうですね」

「そんな悲しい顔しないの。たまには会いに来てくれるのでしょう？」

「はい。休みの日は必ず会いに来ます」

「そこまでしなくていいわよ。疲れているのに無理したらダメ」

「でも……」

「気持ちだけで十分。本当、たまにでいいわ」

「……わかりました」

たぶん、耐えられなくて毎日来てしまうんだろうな……。

はあ、そう考えると騎士になりたくなってきた。いや、十四歳になるのが嫌になってきた。

「それにしても……本当、大きくなってしまったわね。あんなに小さかったのに」

「アンヌさんは昔から変わってないですけどね」

初めて会った時と変わらない。凄く綺麗だ。

「もう……。気にしているんだからやめてよ」

「気にしてるんですか？」

何を気にしているんだろう？　こんなに綺麗だというのに。

「私だけ歳を取れないなんて、なんか寂しいでしょ？」

「寂しい……ですか？」

「そう。まあ、いいわ。とりあえず、騎士団の仮入団頑張ってね」

「はい」

「ふう」

アンヌさんの部屋を出て、俺は大きく息を吐いてしまった。

ああ……やってしまった。アンヌさん、めちゃくちゃ暗くなっちゃった。歳のことはあまり話したらよくなかったのかな……。

「お兄ちゃん。アンヌさん、何だって？」

後悔しながら歩いていると、さっそくキャシーが話しかけてきた。

もう、アンヌさんのことで頭が一杯な俺は、適当に答えてしまった。

「一週間の仮入団の招待だって」

そう言ってから、俺はやってしまった。と思った。

アンヌさんも言っていたのに、慎重に教えてあげないといけなかったのに、俺はやってしまった。

急いでキャシーの方に目を向けると、キャシーは絶望に近い驚きの顔をしていた。

ああ、やってしまった……。

「え？　う、嘘だよね？　お兄ちゃん……一週間もいなくなっちゃうの？」

「う、うん。まあ、一週間だけだから」

「一週間だけ……」

「それに、明日からってわけじゃないから」

「そ、そうなの？」

良かった。少し、光が差してきた。この調子でいこう。

「ああ。いつかは決まってないけど、今すぐ騎士団に向かうってわけじゃないから」

「そ、そうなんだ……。それじゃあ、まあ、いいかな。急にいなくなったりしないでよ？」

「もちろん」

それから……ぎゅっと抱きついてきたキャシーを抱きしめながら、満足するまで頭を撫でてあげた。

やっぱり、アンヌさんの言う通り兄離れをさせないとダメだな……。


そして、それから二週間後。

俺はついに仮入団することになった。

「それじゃあ、行ってきます」

「いってらっしゃい。ほら、キャシーちゃんも」

「……いってらっしゃい」

笑顔で見送ってくれるアンヌさんに対して、キャシーは今にも泣きそうなほど悲しい顔をしていた。

まあ、泣いてないだけ偉いかな。

「アンヌさん、キャシーのこと頼みました」

「もちろんです。安心して訓練に励(はげ)んでください」

「もう……私はもうすぐ十歳になるのよ？　子供扱いしないで」

キャシーがそう言ってみせるが、その泣きそうな顔で言われても強がりにしか見えなかった。

もちろん、キャシーなりに俺を心配させないように頑張ってくれているってことなんだろうから、余計な指摘はしない。

俺は笑顔でキャシーの頭を撫でてあげた。

「ごめんって。それじゃあキャシー、一週間だけど留守番頼んだぞ？」

「うん。お兄ちゃんも頑張って」

「ありがとう。それじゃあ」


それからしばらく歩き、街の端にある騎士団の訓練場に到着した。

「ここが騎士団の訓練場か……。思っていたよりも大きいな」

そんなことを呟きながら、訓練場の敷地に入っていった。

到着したら、団長室に来るように言われていたけど、団長室はあの建物の中でいいんだよな？

そんな不安を抱えながら歩いていると、俺に気がついた一人の男が駆け寄ってきた。

「見ない顔だな。入隊希望なら、今月末に行われる入団試験まで待ちな」

「い、いえ。仮入団で来ました」

大丈夫かな？　この人、仮入団の話をちゃんと知っているかな？

「仮入団？　ああ、そういえばそんな話を団長がしていたな。名前はなんて言うんだ？」

「ビルです」

「そうか。俺はバンだ。せっかくだから団長のところまで案内してやるよ」

「あ、ありがとうございます！」

初めて会った騎士が優しい人で良かった。これで、俺の話も聞かないで追い出すような騎士だったら、俺は今頃どうしていたんだろう？

まあ、レオにいの騎士に限ってそんなことはないか。

「ビルはどうして騎士団に入りたいと思ったんだ？」

「レオにい……レオ様に恩返しをするためです」

あ、危ない。外でレオにいなんてダメって言われていたのに、さっそく出てしまった。

レオ様、レオ様、レオ様。レオ様って言わないとダメ。

「お前はレオンス様に助けられた口か。なるほど。それなら特別待遇なのも納得だ」

「特別待遇？」

「ああ。たぶん、入団試験を免除してミュルディーン家の騎士になれたのは、ヘルマン以来だな」

「ヘルマンさん？」

え？　コネで騎士団に入るのって、俺以外だとあの人だけなの？

嬉しいような。恐れ多いような。俺は、ヘルマンさんほど強くないからな……。

「お、ヘルマンのことを知っているか？」

「はい。アルマさんと何度か孤児院に教えに来てくれましたから」

シェリーねえたち程じゃないけど、レオにいの命令でたまに来てくれたからね。

二人にまた、剣を教わりたいな……。

「ん？　お前、あの孤児院出身なのか？」

「はい。そうですよ」

「そういうことか〜。なるほどなるほど。それなら全て納得だ。いや〜これから更に大変だな〜」

俺が孤児院出身と聞いて、バンさんは何故か全て理解したと言わんばかりの納得した表情をしていた。

孤児院出身だと何かあるんだろうか？

「どういうことですか？」

「いや。こっちの話だから気にしなくて大丈夫。ほら、初めて入る訓練場はどう？」

「立派ですね」

はぐらかされてしまったけど、訓練場が思っていたよりも凄かったから素直に感想を言ってしまった。

「だろ？　これ、全てレオ様が創造しちまったんだぜ？」

「全部ですか？」

まあ、レオにいなら出来るか……。孤児院もほとんどレオにいが造ったって言っていたしな。

「ああ。この建物からトレーニング器具やダンジョンまで、全てお一人だ」

「ダンジョン？」

「おっと。それに関しては聞かなかったことにしてくれ。後のお楽しみだった」

「は、はい……」

この建物の中にダンジョンがあったりするのか？　まあ、後で教えてもらえるならそこまで気にする必要もないか。

「そして、ここが団長の部屋。団長！　入っても大丈夫ですか？」

「ん？　その声はバンか？　入っていいぞ！」

「それじゃあ、入るか」

団長室に入ると、体格の良いおじさんが座っていた。

この人がミュルディーン騎士団の団長で、元Ｓ級冒険者のベルノルトさんか。

「ん？　ああ、ビルを連れてきてくれたのか」

「はい」

「はじめまして。孤児院から来たビルです。これからよろしくお願いします」

俺のことは知っているみたいだったけど、一応自己紹介しておいた。

アンヌさんに最初の挨拶が肝心だって言われていたからな。

「お前のことはよくレオ様たちから聞いている。これから、期待しているぞ？」

「はい。任せてください」

「バン。これも何かの縁だ。これから一週間、ビルをお前に任せる。新人がやる一日の流れを教えてやれ」

「わかりました。それじゃあ、行くぞ」

「は、はい」


「とりあえず、お前が寝るベッドを決めておくか。ほら、二階に行くぞ」

団長室を出ると、そう言ってすぐに二階へと案内された。

二階は、どうやら騎士たちが寝泊まりする場所らしい。

いくつもの部屋に、四つくらいベッドが入れられていた。

俺もここで寝るのかな？　などと思っていると、二人組に絡まれた。

「お？　バン！　随分と小さいのを連れているな？　新しい部下か？」

「いいや。昨日団長が言っていた仮入団のビルだ。一週間だけ俺が面倒みることになった」

「へえ〜。それは随分と好待遇だな」

「あの、孤児院出身だからな」

また孤児院を強調して……。あの孤児院に何があると言うのさ？

「おお。それは凄そうだな。それじゃあ、お手合わせ願おうかな」

「それは昼にビルの手が空いていたらにしろ。今日は教えることがたくさんある」

「そうか。邪魔して悪かったな！」

「ビル頑張れよ！」

「は、はい！」

どうやら、絡んできた二人も悪い人ではないようだ。まあ、悪い人が騎士になるわけがないんだけど。

「まあ、悪い奴らじゃないから、誘われたら適当に相手してやってくれ」

「はい」

もちろん喜んで相手させてもらう。せっかく騎士団に来たんだ。強い人と戦わないでどうする。

「たしか……こっちにベッドの空きがあったはず」

そう言って、入った部屋は随分と端の部屋だった。

ベッドの数、ギリギリなのかな？

「おい。ヨエル！　この部屋、まだベッドに空きがあったよな？」

「あ、バンさん！　はい。二つ空いてます！」

バンさんの質問に、ヨエルさんが誰にも使われていないであろう綺麗なベッドを指さした。

孤児院のベッドに似ているな……。あ、どっちもレオにいが造ったんだから当然か。

「そうか。なら、新人だ。一週間だけだが、仲良くしてやれ」

「一週間？」

「ああ。仮入団だ。正式に入隊するのはもうすぐ先だ」

「そうですか……。名前を聞いても？」

「ビルです。これから、よろしくお願いします」

「ああ。よろしく頼むよ。まあ、新人はいろいろと大変だけど、頑張ってね」

「はい。頑張ります」

「それじゃあ、荷物を置いたらすぐに訓練に向かうぞ。もう、新人の訓練は始まっている」

「は、はい」


寝る場所が決まり、俺は一階のとある部屋に案内された。

「ぐう……」

「ほら、まだ五回だぞ！」

「ぐあ！」

「もっと相手の剣を見て動け！」

中に入ると、新人らしき騎士たちが苦しそうに重りを持ち上げたり、動く人形相手に剣を振っていた。

「こ、ここは……？」

「新人を鍛える為の施設だよ。まあ、あっちの魔法具は新人じゃなくても使う人は使うんだけど」

「そうなんですか……」

「皆、どうして苦戦しているか不思議でしょ？」

「えっと……はい」

持っている重りはどう見ても、そこまで持ち上げるのに苦労しそうな物じゃないし、相手している人形の動きはそこまで速くない。

新人とは言え、入団試験に受かった人たちがここまで苦労するような物にはまったく見えなかった。

「それなら、試してみるのが早い。ロブさん！　ちょっとこの子も訓練に参加させてもいい？」

「ん？　新人か？　良いぞ。ほら、そこに立て」

「は、はい」

そう言って、俺は重りをつけられた棒が置いてある場所に立たされた。

「そしたら、それを持ち上げてみろ」

「わかりました……え？」

まったく持ち上がらなかった。

その事実が信じられなかった俺は、何度も持ち上げようと試みた。

だけど、現実は厳しく、一度も重りを浮かせることはできなかった。

「グハハハ。不思議だろ？」

「ぐう……」

くそ。絶対に持ち上げてやる！

「無理だからやめておけ。最初は、もっと軽い物からやっていかないと怪我をする」

「ど、どうしてこんなに重いんですか？」

「それは、ステータスを無効化する重りだからな」

「ステータスを無効化？　それじゃあ、これを持っている間は、素の力しか出せないということですか？」

ということは、今の俺は年相応な力しか出せないってことか。

それじゃあ、こんな物を持ち上げられないのも無理もない。

「筋力を鍛えるには合理的だろう？」

「なるほど。確かに、これは効率的に鍛えられそうです」

「おお。なかなか根性のある新人だな。それじゃあ、重さを変えて少しやってみるか」

そう言って、ロブさんが重りを一番小さい物に変えてくれた。

これなら、俺でも持ち上げられるはず……。

「ぐう……」

え？　これで一番軽いの？　嘘だろ……。

「持ち上げる姿勢はこうだ。間違えると、怪我するぞ」

そんなアドバイスを貰いながら、俺はなんとか持ち上げることができた。

「そうだ。今日は初めてだから十回で許してやる。ほら、あと九回だ」

あ、あと九回だって？

「ぐ、ぐう」

それから、気合いで十回持ち上げてやった。

「はあ……」

「キツかったか？」

「はい。もう、腕が上がりません」

「それはまだ早いな。ほら、次はあれだ」

そう言って、バンさんが指さした方向には、剣を持った人形が立っていた。

さっきの重りから、あれも単なる人形じゃないことはわかる。

「もしかして、あれもステータスが無効になるんですか？」

「そうだ。試しに最大レベルに挑戦してみるか？」

「あれ、レベルが違うんですか？」

「ああ。左から順番に強くなっていって、右が最強だ」

「そうなんですね。それじゃあ、一番右に挑んでみます」

あまり腕に力が入らないけど、剣術には自信がある。

俺ならきっと最大レベルでも勝てるはずだ。

「おお。随分と元気が良いな。これからが楽しみだ。木剣はそこに転がっているから、好きな物を選んでくれ」

「わかりました」

ロブさんに言われて、木剣の山から一本、長さと重さがちょうど良い物を選んで、人形の前に立った。

「確かに、体が思うように動かない。無属性魔法が使えないのか」

「いけそうか？　レベルを落としても良いんだぞ？」

「大丈夫です。やらせてください」

今更、レベルを下げるなんて格好が悪いじゃないか。

そんなことを思っていると、人形が動き始めた。

動きはそこまで速くない。けど、俺がいくら攻撃しようと綺麗に避けられてしまう。

なんだこいつ、まるで剣術の達人と戦っているみたいだ。

「でも、師匠やヘルマンさんたちに比べたらまだ戦える」

強いけど、圧倒的な差ではない。

そう思った瞬間、攻守が交代した。

「うぐ。こいつ、一回一回の攻撃が凄く鋭い」

俺が舐めた言葉に反応したかのように、人形が猛攻撃を仕掛けてきた。

くそ。やられっぱなしで終われるか！

俺は、人形の剣を急所から避けながら、相打ち狙いのカウンターを狙った。

しかし……。

「グハ」

俺の剣は人形を擦(かす)った程度で、人形の剣は俺の腹に思いっきり食い込んだ。

くそ。結局完敗か。

「おお。あいつ、やっぱりすげえな。腕もほとんど力が入らないだろうに、よくあそこまで動けるな」

「あいつは何者なんだ？」

「あの孤児院で育った少年ですよ。たぶん、噂のレオンス様が期待しているという少年」

「なるほど……。それは鍛え甲斐があるな」

俺が倒れていると、そんな会話が聞こえてきた。さっきから俺が孤児院出身であることを強調するのは、それだけレオにいが俺たちの活躍に期待しているからってことなのかな？

などと思いながら、俺は腹を押さえながら起き上がった。

「お疲れ。どうだった？」

「僕はまだまだですね。無属性魔法に頼っていたことがよくわかりました」

もっと剣術を磨かないといけないことを知れただけで、今回の仮入団に参加できて良かったと思う。

「そうか。まあ、ここで一ヶ月も鍛えればすぐに倒せるようになるさ」

「がんばります」

「ガハハハ。頼もしい新人だな。それじゃあ、昼飯を食いに行くぞ。ほら、お前らも昼休憩だ！」

『はい！』


昼休憩になり、俺はバンさんたちと食堂に向かった。

「おお。食堂も広いですね」

孤児院の倍はある。まあ、人数も倍以上だからそりゃあそうか。

「そうだろう。ここはおかわり自由だから、存分に食え」

「それは凄いですね。わかりました。たくさん食べます」

これだけの人数。しかもたくさん食うであろう騎士たちの食費を無料にするだけじゃなくて、おかわり自由にするなんて、レオにいはどれだけ太っ腹なんだろうか？

これは強くならないといけないな……。

「おい。あんな小さい奴、騎士団にいたか？」

「まだ入団試験の時期じゃないよな？」

飯をおばちゃんから受け取り、席に着くと、どこからかそんな声が聞こえてきた。

俺、そんなに小さいか？　まあ、まだ十三だし？　これから成長期だから、別に気にしてないぞ。

「ハハハ。注目の的だな」

「そうですね。自己紹介しておいた方がいいですか？」

「いいや、飯食ったら合同練習がある。その時、お前を紹介してやろう」

「あ、ありがとうございます」

「午後は大変だぞ。今のうちにいっぱい栄養を蓄えておけ」

「わかりました！」

合同練習……何をやるんだろう？　まあ、あと一時間もしないで練習が始まるし、その時に聞けばいいか。今は、飯を食べてしまおう。

飯の時間はあっという間に終わり、合同練習の時間になった。

総勢二百人くらいか？　凄い数の騎士が整列させられていた。

そして、俺はそんな大勢の前で団長の横に立たされていた。

「さて、今日の合同練習を始める前に、紹介したい男がいる。ミュルディーン家が運営する孤児院から来てくれたビルだ。来年入団する前に、騎士団の雰囲気を知るために仮入団することになった」

二百人の視線が俺に突き刺さる。皆、強そうだし、めちゃくちゃ凄い圧を感じる。

ふう。落ち着け。自己紹介をするだけだ。

「はじめまして。ビルです。これからよろしくお願いします」

「ちなみに、レオンス様からビシバシ鍛えてくれと頼まれている。ということで、お前ら遠慮せず稽古をつけてやれ。というか、本気で戦わないとやられると思え」

『はい！』

レオにい！　なに余計なことを言ってくれたんだ！

目の前の人たち、特に前列にいる人たちの目が獲物を狩る目になっているんだけど！

「それじゃあ、始めろ！」


団長から解放され、俺はすぐにバンさんのところに駆け寄った。

「これから、どんな練習を始めるんですか？」

「簡単だよ。ひたすら模擬戦をし続けるんだ。二時間くらいかな」

二時間も模擬戦？　この人たち、正気？

「そ、そうなんですか。相手はどうやって決めるんですか？」

「自由。やりたい相手に申し込んで、勝敗が決まったらまた次の相手に申し込む」

そういうこと……。だから、皆獲物を狩る目をしていたのか。

「なるほど。それじゃあ、バンさん相手をお願いしても良いですか？」

「お？　俺とやる？　良いよ」

まずは、知っている人とやって、勝手を掴ませてもらわないと。

「ありがとうございます」

「ほら、この木剣だろ？」

「はい。魔法は使っても良いんですか？」

「うん。無属性魔法だけね。ここで属性魔法なんて使ったら、流れ弾が周りに当たって危ないから」

確かに、無属性魔法だけか……。果たして、俺の力はどれだけ本物の騎士に通じるんだろうか？

「ふう。わかりました。それじゃあ、行きますね」

バンさんが構えたのを確認して、俺はすぐに攻撃をしかけた。無属性魔法を使った全速力だ。

孤児院でこの攻撃を避けられた人はいない。

しかし……、簡単に受け止められてしまった。

「おお。やっぱり速いな。これは、気を抜けない」

ここまで簡単に防御されてしまうのは誤算だけど、避けられるのはわかっていた。

そう自分に言い聞かせて、俺は攻撃の手を緩めなかった。

体の大きさに違いがありすぎるから、受けに回ったらすぐにやられてしまう。

だから、相手の懐に突っ込んで攻撃し続けるしかない。

「うん。これは将来が楽しみだ」

「ぐう……」

蹴り飛ばされ、首に剣を当てられた。

くそ。本気すら出してもらえなかった。

「ほら、休んでいる暇はないよ。次の相手を探しな」

「あ、はい！」

バンさんに差し伸べられた手を取りながら起き上がり、周りを見渡した。

誰か、終わってないかな？

すると、一人の女性が俺に向かって来ていた。

「私とやらない？」

「はい。よろしくお願いします」

「私はエステラ。それじゃあ、始めるわよ！」

そう宣言すると、エステラさんが一直線に向かって来た。

あ、後手に回ってしまった。

俺は慌ててエステラさんの攻撃を受け流しながら、なんとか攻撃を返していく。

防御に回ったらダメだ。エステラさんの攻撃も一撃一撃がまともに受ければ俺にはとても耐えられない。

なんとか俺が流れを作らないと。

「はあ、はあ、はあ」

結局、流れを持ってくることは出来ず、少しずつエステラさんの攻撃を避けられなくなり、やられてしまった。

「あなた、なかなか良い腕しているわね」

「ありがとうございます」

「こちらこそありがとうございました。また、相手してね」

「はい。もちろんです」

エステラさんの剣の使い方は凄く丁寧で、めちゃくちゃ参考になる。

こちらからお願いしたいくらいだ。

「次は僕とやらない？」

「あ、はい」

本当に休んでいる時間はないんだな。まだ二人だけしか戦ってないというのに、もうヘトヘトなんだけど……。

「僕はケル。見ての通り、獣人族さ。これからよろしくね」

「はい。よろしくお願いします」


完敗だった。この人の速さに一切ついていけなかった。

「凄いよ君」

いや、俺の何が凄かったんだ？

「いえ。手も足も出ませんでした」

「まあ、それは仕方ないよ。レベルの差があるからね」

そうだよな……。やっぱり、俺はまだまだだったんだな。

「次は……」

起き上がり、次の相手を探していると、見知った顔がこちらに近づいてきた。

アルマさん、いたんだ。

「私とやる？」

「はい。でも、僕じゃあ練習になりませんよ？」

「あなたがどれだけ成長したのか見に来たの。ちゃんと手加減してあげるから、思いっきり来なさい」

「は、はい……」

まあ、結果は言わなくてもわかると思うけど、ボコボコにされた。

ケルさんも凄かったけど、アルマさんはケルさん以上だったな……。

「強くなったと思うわ。これなら、一階層に耐えられそうね」

「一階層？」

「ええ。詳しい話は後でバンさんに聞いて」

「わかりました」

この後、また何か変わった訓練が待っているのだろうか？

昼の合同練習をなんとか乗り切った。

戦績は、二十一戦全敗だ。先輩騎士たちにボコボコにされ続けた。

後半、全力を出せれば勝てる相手は何人かいたけど、もう魔力も体力も尽きていた俺は、本当に無力だった。

前半で魔力を使い切ったのは馬鹿だったな……。

などと反省していると、バンさんが倒れている俺のところにやって来た。

「どうだった？」

「疲れました。もう、体が動きません」

「初日で二時間戦えるだけ凄いと思うぞ。まあ、とりあえず一時間休め」

「わかりました」


「それじゃあ、次の訓練に移ろう」

一時間が経ち、そう言うバンさんに無理矢理起こされた。

普通に考えて、一時間だけで疲労が回復するわけないじゃん！

ここの騎士団、本当におかしいよ。

「おいおい。大丈夫か？　ここからが今日の本番だぞ？」

「まあ、今日が初訓練だって言うんだし、仕方ないんじゃない？　俺たちの時も酷かったぞ？」

「そういえば、そうね」

そんな声が消えて振り向くと、男三人の女一人の四人組が立っていた。

「えっと……そちらの方々は？」

「ルイ、ポルト、ノーラ、ディートだ。一応、俺の部下だな」

バンさんの部下か。ということは、これからこの人たちと訓練をするのかな？

「ビル、よろしくな」

「よろしくお願いします」

「合同練習お疲れさん。これからよろしく頼むぞ」

「一緒にダンジョンに挑む仲間だ。よろしく頼むぜ」

四人に握手を求められ、俺はとりあえず順番に手を握った。

「は、はい。よろしくお願いします。それより、ダンジョンってなんですか？」

「おう。これから、二時間……いや、四時間のダンジョン訓練だ」

え？　これから四時間も訓練？　いや、重要なのはそこじゃない。

「ダンジョンなんてどこにあるんですか？」

朝もダンジョンのことに触れていたけど、まさか本当にこの建物の中にダンジョンがあるのか？

「くくく。こっちに来い」

どうやら、本当にあるみたいだ。


まっすぐダンジョンに向かうと思ったら、その前に武器庫に連れて来られた。

よくよく考えれば、ダンジョンに挑むのに武器を持っていなかったな。

「ダンジョンに挑む前に、ビルの装備を整える必要がある」

「戦い方的に、装備は軽い方が良いんじゃないですか？」

「そうだな。それじゃあ、この皮鎧(よろい)を着ろ」

そう言って渡された物は、ミュルディーン家の家紋が入った皮の鎧だった。

手に持ってみると、分厚くて硬いのに軽かった。

「これ、随分と高価だと思うんですが、良いんですか？」

何かの魔物の皮を使っているのは間違いなかった。こんな物、まだ入団もしていないような俺に渡しても良いの？

「気にするな。俺の経験上、装備をケチると碌なことにならない」

「わ、わかりました……」

バンさんの説得力ある言葉に、俺は素直に鎧を着た。

「剣はこっちだ」

そう言って連れて来られた部屋は、剣から斧や弓、様々な武器が保管されていた。

「この部屋で好きな剣を選べ」

「え？　良いんですか？」

「ああ。気にするな」

「それじゃあ……」

さっき、装備にケチったらダメって教わったばかりだし、素直に選んでおくか。

俺は、長さと振り感が良い剣を見つけ出し、それをバンさんに見せた。

「これが良いです」

「そうか。それじゃあ、ダンジョンに向かうか」

それから、バンさんたちについて行くと、地下の大きな扉の前に着いた。

「これがもしかして……」

「ああ、ダンジョンの入り口だ」

「どうしてこんなところに？」

「それは、レオンス様がここに創造してしまったからだな」

「え？　ダンジョンを？」

レオにぃ、ダンジョンも造れるの？

「そうだ。しかも、ただのダンジョンではない。とてつもなく高難易度なダンジョンだ」

「バンさんたちからしても？」

「もちろん。ヘルマンとアルマでもまだ十階層をやっと越えたぐらいだからな」

「え？　ヘルマンさんたちが？」

あんなに強い二人が十層？　このダンジョン……どれだけ攻略が難しいんだ？

「そうだ。だから、気を引き締めて挑めよ？　新人は、普通に一階層でも死ぬから」

え？　死人が出てるの？　訓練なのに、死人が出てもいいのか？

それとも、一階層で死ぬような奴は、必要無いってことなのか？

「わ、わかりました……」

気を引き締めた方がいいな。

ダンジョンの中は薄暗く、少しジメジメしていた。

それと、死人が出ていると言う割には、血の臭いはしなかった。

「今日は、ビルを魔物に慣れさせながら一階のボスを目指す。程よく、ビルを援護してやれ」

『了解』

「ビルは、魔力をなるべく使わないように戦え。これから四時間はダンジョンに潜る。わかったな？」

「はい！」

バンさんの言うとおり、昼の訓練みたいにならないようにしないと。ここで魔力切れなんて起こしたりしたら、死ぬと思ってないと……。

「さっそく来た。四体だ！」

ディートさんの言葉から少し遅れて、剣を持ったゴブリンが視界に入った。

背丈は俺と変わらない。なかなか面倒そうな相手だな。

「ノーラ、一体だけ倒せ」

「了解」

「残りはビルが倒してみろ」

え？　俺だけで三体も倒さないといけないの？

「わ、わかりました……」

くそ。これくらい倒せないと話にならないってことだろ？

わかったよ。魔力を使わないで倒してやるよ。

「ふん」

俺は、まず一番手前のゴブリンの首を急いで斬り飛ばした。

初めて肉を切った感覚に気持ち悪く感じながらも、すぐに残り二体に向かう。

ゴブリンたちは、一瞬で二体も仲間がやられてしまったことに動揺しているようだった。

これなら、いける。

俺は片方の腕を斬り、もう片方の腹に剣を突き刺し、引き抜く勢いで腕をなくしたゴブリンにとどめを刺した。

ふう。なんとか目標達成。

「お見事。これなら、二階層でもいけそうですね」

「そうだな。でも、今日は一階だけにしよう。とりあえず、ビルにレベルを上げてもらう」

バンさんとルイさんに合格を貰えた。

そういえば、アルマさんに一階層は大丈夫って言われていたな。

あれは、ここのことだったんだな……。


それから休憩を挟みながら進み、二時間が経過したくらいで大きな扉の前に到着した。

どうやら、ここがボスの部屋に繋がる扉みたいだ。

「どうだ？　少しは強くなった気がするか？」

「はい。随分と体が軽くなった気がします」

そうここまで来るのに俺はたくさんのゴブリンを倒して、レベルが二十も上がってしまった。

おかげで、もうゴブリンでは物足りないくらい強くなってしまった。

アンヌさんに教わっていたから、レベルという物がどれだけ凄いのかは知っていたけど、まさかここまでとは……。

「そうだろう。それじゃあ、ボスに挑むぞ」

「開けたら、すぐに攻撃を始めるんだぞ？　多少魔力を使ってしまっても構わない。とりあえず、相手の流れに押されるなよ？」

バンさんの号令に、ルイさんが扉に手をかけながらそんなことを俺に確認してきた。

え？　流れに押されないってどういうこと？

「この中にどんな相手がいるのですか？」

「大きなゴブリンと大量のゴブリンよ。とりあえず、ゴブリンの数に驚くと思うけど、それにビビったらダメだからね？」

「わかりました」

俺の質問にノーラさんが答えてくれた。説明を聞くに、大きいゴブリンよりも、大量のゴブリンの方が脅威なのかな？

よし。とりあえず、火魔法は解禁だな。

「それじゃあ、開けるぞ！」

「す、凄い数……」

先に言われていたのに、俺は想像以上のゴブリンの数に足が止まってしまった。

「さっさと攻撃を始めろ！」

「は、はい！」

バンさんの怒号（どごう）に、俺は慌てて火魔法を部屋の中に飛ばした。

広範囲に火が広がるタイプの魔法だ。火力は弱いけど、これで少しは火傷でゴブリンたちの動きが鈍るだろう。

「でかした。それじゃあ、斬って斬って斬りまくるぞ！」

『おう！』

それから、魔法を飛ばしながらゴブリンを斬り倒し続けた。

途中からは、数に体が追いつかないから、無属性魔法も解禁した。


そうして、やっと残るはボスだけになった。

大きさは、俺が二人か三人分ってところだな。

「あとはボス。ビル、お前が倒せ！」

「わかりました！」

こんな大きな相手と戦うのは初めてだけど、大丈夫だろうか？

とりあえず、火で目でも潰すか。

『グギャア〜』

「上手くいった。今がチャンスだ」

目を押さえて暴れるボスの首に、俺は剣を突き刺した。

そして、思いっきりゴブリンの首を抉り、すぐに離脱した。

それから、ボスは声にならない叫び声を上げながら、首から血を吹き出して死んでいった。

「お疲れ様。どう？　初めてボスを倒した感想は？」

「達成感が凄いですね」

自分の何倍もの大きさの魔物を倒すのは、ここまで気持ちがいいんだな。

これは、また挑戦してみたくなってしまう。

「俺も初めて倒したときはそうだった」

「まあ、俺たちはあそこまで手際よくなかったけどな」

「よし。ボスも倒したし、帰るぞ。もうあと一時間半だ。帰るまでがダンジョンの攻略だ」

『はい』


それから、予定通り一時間半かけてダンジョンから出ることができた。

行きと違って、帰りは俺も大分レベルが上がっていたから、三十分だけ早く帰ってこれた。

「ふう。予定通り四時間で帰ってこれたな」

「ビル、初めてのダンジョンはどうだった？」

「なんというか……良い経験を得られたと思います」

「そうか。それは良かった」

「それじゃあ、とりあえず汗でも流しに行こうぜ」

「風呂に直行だ！」

へえ。ここにも風呂があるんだ。

そんなことを思いながら、階段を登って地上に戻ってくると……夕日が射し込んできた。

「……あれ？　まだ明るい」

確かに、四時間は潜っていたよな？

四時間も経っていたら、絶対に日が沈んでいるはずなのに……。

「ははは。やっぱり驚くよな」

「そりゃあそうよ。私も最初は驚いたもの」

「え？　これってどういうことですか？　確かに、ダンジョンの中に四時間はいましたよね？」

「ああ。確かにいたぞ」

「それなのに、どうして？」

「ダンジョンの効果だよ。ダンジョンの中での時間が半分になってしまうわけわからない能力だ」

ダンジョンにいた時間が半分だって？

「そ、そんなのがありなんですか……？」

「それはレオンス様に言ってくれ」

「まったくだ」

レオにい……。


それから風呂に入り、晩飯を目一杯食べた。

体も温まって、お腹もいっぱいになったからもう眠くてしかたない。

「ふう。食った食った。本当、これだけ食っても金を払う必要が無いなんて、本当にどうかしてるぜ」

「まったくだ。レオンス様には一生かけて恩返ししないといけないな」

本当、そうだな。レオにいにはお世話になりっぱなしだ。

「皆さんは……どうして騎士になろうと思ったのですか？」

「そうね……。私は、冒険者をやっているよりも安定して稼げるからかな？　あとは、勇者の血筋に仕えることができるのは、名誉なことだしね」

「結構その理由のやつ多いよな。アルマも冒険者として稼げていたのに、勇者様の騎士に憧れて騎士になったんだろ？」

そうなんだ。ヘルマンさんと仲いいし、アルマさんも元々貴族出身だと思ってた。

「へえ。バンさんは？」

「俺？　俺は腕試しだ」

「腕試し？」

「俺の代は、入団試験がめちゃくちゃ厳しかったんだ。それこそ、一ヶ月に一人か二人しか受からなかったんだぞ？　受けたくなるだろ？」

一ヶ月に一人か二人って……そんなに厳しかったんだ。それは確かに、挑戦したくなってしまうかも。

「なるほど。それに受かったバンさんは凄いですね」

「まあ、バンさんは本戦出場者だからな」

「本戦出場者？」

「ああ。ミュルディーン家の騎士は、年に一回地下の闘技場で騎士団最強決定戦を行うんだ。その本戦に勝ち上がれた十六人を本戦出場者と言っているんだ」

「え？　ということは、バンさんは騎士団の中で十六位以内に入るってことですか？」

あれだけ強い人がいる中で、十六番以内に入るなんて俺が想像しているよりも大変なんじゃないか？

「そうだ。まあ、本戦ではまだ一度も勝ったことはないんだけどな」

「いやいや。本戦に勝ち残るだけでもどれだけ大変だと思っているんですか？　俺なんて、去年は予選で秒殺ですよ？」

ディートさんが秒殺か……。だとすると、今の俺が参加しても秒殺だな。

「今年は一分耐えられるように頑張るんだな」

「わ、わかってますよ」

一分耐えるのも大変なんだろうな……。

俺も、なるべく良い成績を残せるように今から頑張らないとな。

「ふあ～。そろそろ俺帰ります。明日は城勤務なので」

そう言って立ち上がったのは、ポルトさん。

へえ。城勤務なんてあるんだ。

「あ、そういえばそうだったな。それじゃあ、解散にするか。ビルも早く寝たいだろうしな」

「あ、俺は大丈夫ですよ？」

「無理するな。新人は早朝練があるんだから」

早朝練？　朝早くから練習があるってことか？

「そうだな。明日は朝早いから、さっさと寝るんだな」

「わかりました」

「寝る場所はもう大丈夫だな？」

「あ、はい」

二階の奥側の部屋だ。

「そうか。それじゃあ、自分たちの宿に帰る」

「ビル、また明日ね」

「悪い先輩に誘われて夜更かしするなよ～」

「はい。早く寝ます」


先輩を見送り、俺は自分の寝床に向かった。

もう、凄く疲れた。早くベッドに入って寝てしまいたい。

ベッドがある部屋に入ると、昼にあったヨエルさんともう一人知らない男がベッドに寝転がっていた。

「あ、お疲れさん。こいつは、ギルク。入団してまだ一ヶ月だ。仲良くしてやってくれ」

「はじめまして。一週間だけですが、よろしくお願いします」

「うん。よろしく。ビルは凄いね。初めてなのに、平気そうで。俺なんて……一ヶ月もいるのに、疲れて起き上がれないんだから」

平気そうに見えるか？　もう、今すぐ寝たくて仕方ないのに。

「相変わらずお前は体力ないな。騎士科でしっかり訓練を積んできたんだろ？」

「そうですけど……。学校ではこんな朝から晩まで訓練なんてしませんでしたから」

へえ。ギルクさんは、隣の学校出身なんだ。

「まあ、それもそうか。とすると……早朝訓練を受けてはいないとは言え、初の一日訓練が終わっても平気な顔をしているビルは化け物だな。お前、本当に十三か？」

「平気な顔に見えますか？　もう、すぐにでも寝たいくらい疲れてますよ？」

「本当に疲れている奴はギルクみたいになっているんだよ。昼はあんなに本戦出場者たちを相手にしていたのに、すげえな」

「バンさんやアルマさんのことですか？」

「それだけじゃない。エステラやケルとか、お前が前半に戦った奴は皆本戦出場者だ」

エステラさんとケルさんも本戦出場者なんだ。確かに、あの人たちは異次元に強かったもんな……。

「なるほど。道理で強いわけだ」

「そう言うお前も、本当に強いけどな。お前が育った孤児院は、皆お前みたいに強いのか？」

「いや……俺は師匠に、レオ様のお姉様に鍛えてもらっていたので、僕が頭一つ飛び抜けていると思います」

「え？　あのヘレナ様が師匠だと？」

「師匠を知っているんですか？」

師匠は確か、北の貴族に嫁いでしまったはず。

それとも、師匠は貴族の界隈（かいわい）では有名なのだろうか？　確かに、あれだけ強いもんな……。

「いや。俺が入団する前なんだが、ヘレナ様が騎士団全員を相手にして勝ってしまったことがあるらしいんだ」

「師匠が？」

「ああ。先輩たちからたまに聞くが、とんでもなく強くて美しかったらしいぞ」

「へえ……。師匠らしいな」

確かに、師匠の戦い方は無駄がなくて美しかったからな……。

「それにしても、師匠があのヘレナ様なら、納得だな。これは敵いそうにないな」

「俺とは大違いだ」

「そんなの当り前だろ。そういうことは、俺たちと同じだけの訓練を積んでから言え」

「ぐえ」

ヨエルさんの拳骨がギルクさんの頭に落ちた。

「ふん。とりあえず今日はもう寝るぞ」

こうして、仮入団一日目が終わった。

本当に疲れた。これからあと六日も俺は耐えられるのだろうか？


「おい。起きろ」

「ん、んん……え？」

起きてすぐにヨエルさんの顔があった俺は、びっくりしてすぐに目が覚めた。

「朝練の時間だ。急いで着替えて、早く外の運動場に向かえ」

「は、はい」

そうだった……仮入団しているんだったな。

それから、眠い目を擦りながら外に向かった。

昔は、これよりも早く起きていたというのに、すっかり孤児院の生活に慣れてしまったな。

「お、来た来た。寝坊しなかったか？」

運動場に到着すると、バンさんが俺を待っていた。

バンさん、ここに住んでいるわけじゃないのに、凄いな……。

「はい。ヨエルさんに起こしてもらったおかげで、なんとか」

「そうか。さて、これから新人の早朝訓練だが、何をやると思う？」

「体力作りですか？」

「惜しい。無属性魔法の習得だな」

そう言って、外に向かっていく新人騎士たちを指さした。

「ああ。無属性魔法を使って走るやつですね？　孤児院でもよくやらされました」

無属性魔法を習得するには、走って身につけるのが一番手っ取り早いんだよね。

「そうか。それじゃあ、俺と競争をしよう」

「え？　僕とバンさんで？」

「そうだ。普通に走っていてもお前もつまらないだろ？　お前は、もう無属性魔法が使えるんだからな」

「そうですね。それじゃあ、勝負しましょう」

絶対に勝てないけど、バンさんを追いかけていれば自分の限界には挑戦できそうだもんな。

「よし。コースは、学園区の外周を一周だ。まだ暗いから、転ばないように気をつけろよ？」

「はい」

学園区一周か……なかなか距離あるぞ。まあ、騎士はそれくらい体力が必要ってことかな。

昨日、俺は持久力が弱いことを否というほど思い知らされたから、頑張って鍛えないと。

そうして始まったバンさんとの競争だが、思っていた通りバンさんは無茶苦茶速かった。

「やっぱり速いな。気を抜いたら抜かされてしまいそうだ」

「……」

俺を煽（あお）る余裕を見せるバンさんに対して、俺は話すことすらできないくらい余裕がなかった。


「はあ、朝から良い運動になったな」

「バンさん……速すぎます」

平気な顔をしているバンさんに対して、俺は息を切らしながら地面に寝転んでいた。

もう、全力で走ったというのに……。

「そりゃあな。俺が新人だった頃は、これを二周は走っていたからな」

「に、二周ですか……」

「そうだ。それくらいしないと、俺には勝てないぞ？」

「わ、わかりました……」

「そしたら、朝食を食って筋肉を鍛えに行くぞ」

はあ、今日は昨日以上に疲れそうだ。

ＳＩＤＥ：アンヌ
ビルくんの仮入団が始まって二日目。

やはり……キャシーちゃんの元気がない。

たぶん、昨日は眠れなかったようね。

「キャシーちゃん、大丈夫？」

「うん。大丈夫……」

「昨日、寝られなかったの？」

「そんなことない……」

「私の前では強がらなくていいのよ？　ビルくんにも言わないし」

そう言って、キャシーちゃんを優しく抱きしめてあげた。

すると、キャシーちゃんが私にしがみつきながら静かに泣き始めた。

「昨日、怖くて寝れなかったの。お母さんのときみたいに、寝ている間に捨てられるんじゃないかって……」

そんなことがあったの……。それは、確かにビルくんに依存しちゃうわね。

「大丈夫。ビルくんはキャシーちゃんを捨てたりしないから」

「ううん。お兄ちゃん、最近私のことなんてどうでもよくなってるのよ。もう、騎士になることか、アンヌさんのことしか考えてないんだもん。私のことなんてどうでもいいんだわ！」

え？　私？　どうして私の名前が出てきたのかな？

「え、えっと……。それは、キャシーちゃんが成長したからじゃないかな？」

とりあえず、私のことは聞かなかったことにして話を進めることにした。

だって、反応に困るじゃない。

「私が成長したから？」

「ええ。だって、キャシーちゃんはもう、お兄ちゃんに守ってもらう必要がないじゃない」

「そ、そんなことない……そんなことないもん！」

「あ、待って！」

私を突き放して、逃げて行ってしまった。

「もう少し言葉を選んで話すべきだったわね。はあ、私もまだまだね」

孤児院の院長にはなったものの。子供たちへの理解がまだまだ足りないわ。


「ここにいた」

しばらく探して、庭の隅で丸くなっていたキャシーちゃんを見つけた。

もう、こんなところに隠れて……。

「こっちに来ないで！」

「最後まで話を聞いてくれない？　怒るのは、その後でもいいでしょ？」

「なに？　私がお兄ちゃんに必要無くなったんでしょ？」

やっぱり、誤解させちゃっていたのね。

「そんなことを言いたかったんじゃないわ。ただ、キャシーちゃんがビルくんを楽にしてあげただけ」

「私がお兄ちゃんを楽にしてあげた？」

あ、少しキャシーちゃんの顔が明るくなった。この調子よ。

「うん。ビルくんは、キャシーちゃんが強くなったことで、自分の夢に向かって頑張れるようになっったり。ビルくんにだって騎士になりたいって夢があるの」

「そう。誰にだってなりたい物はあるでしょ？　冒険者だったり、メイドさんだったり、魔法使いだったの」

「自分の夢？」


「そ、そうだね……」

「キャシーちゃんはその後押しをしただけ」

「私がお兄ちゃんを後押し？」

「そう。今度は、キャシーちゃんがビルくんを助ける番じゃないかな？」

「私がお兄ちゃんを助ける番？」

「そう。今度はキャシーちゃんの番だわ」

「私の番……。私が助けてもらった分、今度は私がお兄ちゃんの夢を叶えてあげればいいってこと？」

うん。キャシーちゃんの目に希望が戻ってきた。

思いつきで言った言葉だけど、上手くいって良かった……。

「そうそう。それで良いわ。それに、ビルくんがキャシーちゃんを捨てることはないわよ？　仮入団が決まったとき、すぐにキャシーちゃんの心配をしていたんだから」

「そ、そうなの？」

うん。キャシーちゃんを思って、受けるかどうか悩んでいたわ。

「そうよ。せっかくの優しいお兄ちゃんなんだから、信じてあげて？」

「わかった……。お兄ちゃんを信じる」

「ふふ。偉いわ」

キャシーちゃんの力強い言葉に、思わず頭を撫でてしまった。

もう、本当に偉いわ。

「そうよ。キャシーちゃんは、私みたいな失敗をしたらダメよ？」

「アンヌさんが失敗？　アンヌさんはどんな失敗をしたの？」

「昔、家族と喧嘩して、家を飛び出して来ちゃったの」

本当、あの時の私は馬鹿だったわ。

「え？　アンヌさんのお父さんとお母さんも酷い人だったの？」

そんな質問をされると……本当に心が痛むわね。

「ううん。凄く良いお母さんとお父さんだったわ」

「それじゃあ、どうして？」

本当、どうして私はあんなことをしたんだろうね……。

「私、小さい頃から世界を自由気ままに旅するのが夢だったの。だけど、お父さんとお母さんは外の世界は危ないから出たらダメだって……それで、喧嘩になっちゃったの」

「喧嘩しちゃったんだ……」

「まあ、実際はお父さんとお母さんの言っていることが正しかったわ。私は、悪い人に騙されて奴隷にされちゃった」

「……そうだったんだ」

本当、私って馬鹿よね。お父さんとお母さんの話をもっとちゃんと聞いていれば……。

何度そう思ったことか。

「アンヌさんは、お父さんたちと仲直りしたい？」

「したいわ。でも、もうできないわ」

「そ、そうだよね……」

死んでしまったとか思われているのかな？　まあ、あの特殊な外の事情を説明すると長くなるから、そのままでいいかな。

「だから、キャシーちゃんもビルくんと喧嘩別れしないでほしいな。ビルくんだって、キャシーちゃんが嫌いで騎士になろうとしているわけじゃないんだから」

「う、うん……。わかった。私、お兄ちゃんの夢を認めてあげる」

「偉いわ」

思いっきり頭を撫でてあげた。

「ふふ。あと、お兄ちゃんを助けてあげるんだ」

「そう。それはビルくんも喜ぶわ」

もう、すっかり元気になってくれたわね。

逃げられた時はどうしようか悩んだけど、結果上手くいって良かったわ。

「本当？　それじゃあ私、頑張ってお兄ちゃんにアンヌさんと結婚させてあげる！」

「え？」

私とビルくんが結婚？

ＳＩＤＥ：ビル

仮入団をしてからあっという間に一週間が経ってしまった。

起きたら訓練をして、限界まで疲れたら寝て……起きたらまた訓練が始まる。その繰り返しだった。

ただ、そのおかげでこの一週間だけでも俺は随分と強くなったと思う。

そして今、団長に最後の挨拶をしていた。

「一週間、お疲れさん。仮入団はどうだった？」

「とても為になりました。この一週間だけでも、凄い強くなれた気がします」

「そうか。真面目に訓練に励んでいたみたいだしな。入団を楽しみにしているぞ」

「はい。その時は、またよろしくお願いします」

あと、まだ八ヶ月も先だけど、今から正式に入団するのが楽しみだな。


団長室を出ると、バンさんたちが待っていてくれた。

「それじゃあ、またな」

「ビルくん。出来る範囲で良いから、毎日鍛えるのよ？」

「そうだ。体ってのは、使ってないとすぐに鈍(なま)るからな」

「わかりました。皆さん、この一週間ありがとうございました」

そう言ってバンさんたちに頭を下げてから、俺は訓練場を後にした。

本当、たった一週間なのに、一ヶ月くらいいたような濃い時間を過ごせたな。

「ただいまー」

「お兄ちゃん！」

孤児院に帰ってくると、すぐにキャシーが飛びついてきた。

「キャシー、元気にしていたか？」

「うん。元気にしてた。お兄ちゃんは？　騎士団でいじめられたりしなかった？」

「そんなこと騎士がするわけないじゃん。皆、いい人だったよ」

訓練はいじめみたいな内容だったけど、人柄は皆百点満点だったよな。

あんな人たちと仕事をできたら、どんなに幸せなのだろうか。

「そうなんだ。良かった〜」

「ビルくん、お帰りなさい。仮入団はどうだった？」

あ、アンヌさん！

「はい。とても大変だったけど、凄く為になりました」

「そう。入団したいという気持ちは強くなった？」

「なりました。もう、すぐにでも入団したいです」

とても、あと八ヶ月も待てる気がしない。

そんなことを考えていると、胸元からキャシーの悲しげな声が聞こえてきた。

「お兄ちゃん……」

おっと。ちょっと考えが足りなかった。今のは、まるで早く孤児院から出たいと言っているみたいじゃないか。

「大丈夫。ちゃんと十四歳ぎりぎりまでここにいるから」

「ふふ。それじゃあ、私はこの辺で。ビルくん、後で私の部屋に来てくれる？」

「はい」

どうやら、アンヌさんが俺とキャシーを二人にしようと気を遣わせてしまったようだ。


「キャシー、寂しかったか？」

「アンヌさんが傍にいてくれたから、大丈夫だった」

お、意外な回答だな。もっと素直に寂しかったって言うのかと思った。

でも、もしかしたら本当にアンヌさんが頑張ってくれたのかもしれないな。

「そうか。アンヌさんには後でお礼を言わないと」

「ねえ、お兄ちゃん」

「なんだ？」

「お兄ちゃんはアンヌさんと結婚したい？」

「きゅ、急にどうしたんだ？」

寂しくなり過ぎて、頭がおかしくなったか？

俺は慌てて、キャシーの頭に手を当てた。良かった。熱はない。

「誤魔化さないで早く答えて」

「え、いや……。俺なんかが」

「そんなことはどうでも良いから！　本音を言って！」

な、なんか、今日のキャシー、一段と怖いぞ。

「わ、わかったよ。俺はアンヌさんと結婚したい。これで良いか？　てか、お前ならそんなこと確認しなくても前から知ってるだろ……」

散々、アンヌさんを使って俺をからかってきたんだから。

「お兄ちゃんの口からちゃんと聞いておきたかったの」

「そ、そうか……」

ヤバい。一週間ぶりだからか？　妹の考えていることがまったくわからん。

キャシー、何を企んでいる？

「ふふ。お兄ちゃん、私に任せて」

「な、何を？」

そして、結局キャシーが何を企んでいるのかは教えてもらえず、さっさとアンヌさんのところに行くように言われてしまった。

まったく、この一週間で何があったんだ？　前のキャシーはもっと甘えん坊だったぞ？

はっ！　そうか。これがアンヌさんの言っていた兄離れというやつか……。

「アンヌさん、入ります」

「はーい」

中に入ると、アンヌさんがにっこり笑顔で迎えてくれた。

良かった。アンヌさんは相変わらず綺麗だ。

「どう？　キャシーちゃんも一週間で随分と成長していたでしょ？」

「え？　あ、はい。あまり寂しがっていなくてびっくりしました」

あれを成長したと言っていいのかはわからないけど、とりあえず目標の兄離れができたってことで良いのかな？

「そう。本当、この一週間でキャシーちゃんも成長したわ。まさか……あんなことまで言い出すなんて……」

「あんなこと？」

「いえ。あ、えっと……。一つ、ビルくんに頼み事をしてもいい？」

「もちろん。アンヌさんの頼み事なら、何でも喜んで頼まれますよ」

「ありがとう」

「それで……頼み事って何ですか？」

アンヌさんの頼み事ってなんだろうか？　チビ共を風呂に入れてくれとかか？

「実は私、もう何年も外に出たことがないの」

ん？　思っていたのと何か話の雰囲気が違うな……。

「はい。知っています。奴隷だったときの影響でしたよね？」

「そうなの。外に出ると、また連れ去られてしまいそうで……外に出られないの。けど、最近……ビルくんやキャシーちゃんたちが成長しているのを見て、私もいつまでも怖がっていたらいけないなって」

つまり、アンヌさんは外に出たいってことか？

そりゃあ、ずっと家に引きこもっているのも辛いもんな……。

「それで……俺は何をすれば？」

「悪いんだけど……外に出るとき、一緒にいてくれない？」

「え？」

そんな、願ったり叶ったりな頼み事があって良いのだろうか？

これは何か夢か？　もしかして、あまりの訓練のキツさに、気を失った俺が見ている夢とかないよな？

起きたら、まだ仮入団は終わってない。とかだったら、もうおかしくなってしまいそうだ。

「外に出ている間、私を守ってほしいの。大丈夫？」

「もちろん大丈夫です」

断る理由なんて一つもない。

「ありがとう。それじゃあ、明日のお昼にでも外に出てみようか？」

「はい」


「俺とアンヌさんで外に……？」

アンヌさんの部屋を出て、俺はさっきまでの出来事が信じられなくて、思いっきり頬を抓ってみた。

うん。大丈夫。これは現実だ。

「お兄ちゃん、ほっぺたを抓ったりしてどうしたの？　アンヌさんに何か言われたの？」

「い、いや。大したことじゃないよ」

「え～。気になる。何の話してきたの？」

「外に出るのに護衛をしてほしいって……」

「ええ～。お兄ちゃん、デートに誘われたの？　やったじゃん！」

俺の言葉に被せるように飛んできた爆弾発言に、俺は思わず足を止めてしまった。

「デ、デートって……そんな、ただアンヌさんが外に出るのを克服するために……」

もう、自分でも顔が赤くなっているのがわかる。

妹の前で何という醜態。俺は、顔を見られまいと早歩きになった。

「でも、お兄ちゃんと二人で外に出るんでしょ？　それなら、デートよ！」

「そ、そうなのかな……？」

「ふふ。お兄ちゃん夢が叶って良かったね」

「ま、まあ。そうなのかな？」

「ふふふ。作戦成功……」

「ん？　作戦？」

「うんん。何でもな～い」

「何だったんだ？」

今日のキャシー、なんか変だな……。一週間いなかったのがよっぽど精神的に辛かったのかもしれない。

今日から八ヶ月、精一杯可愛がってあげないといけないな。

何かを誤魔化すように逃げていったキャシーの後ろ姿に、思わずそんなことを思ってしまった。

SIDE：アンヌ
はあ、本当に誘っちゃいました。
これで良かったのですかね？　ビルくん、迷惑になってないといいんですけど……。
もう、一週間前にキャシーちゃんがあんなことを言い出さなければ……。

「え？　私をビルくんのことが好きにさせる？」

「そう。お兄ちゃんはアンヌさんのことが大好きだからね。私がお兄ちゃんを助けてあげるの」

「それは……ちょっと違うと思うな。仮にビルくんが私を好きだったとしても、それはビルくんが頑張らないといけないいんじゃやない？」

まあ、たぶんビルくんが私を好きというのは、半分はキャシーちゃんの妄想なんだろうけど。

「うん。わかってる。だから、アンヌさんはお兄ちゃんにチャンスをあげて」

「チャンス？」

「そう。お兄ちゃんとデートに行ってあげて」

「え？　デート？」

「それくらいならいいでしょ？」

「う、うん……。でも、私……外に出られないわよ？」

自慢じゃないけど、もう六年も外に出てないのよ？

「それも知ってる」

「それじゃあ、どうやってデートすればいいのかしら？」

「アンヌさんは外にまた出たいと思う？」

「え？」

「正直に答えて。出たい？」

「まあ、出られるなら……出たいわ」

出たいに決まっている。また、外を歩いてみたい。そう思っているに決まっているじゃない。

「私がその夢を後押ししてあげる」

「それで、私とビルくんが外に出るって話になるわけか……」

この子なりに、ちゃんと考えられた作戦なのね。

「どう？　悪くないでしょ？　お兄ちゃんが一緒にいれば、外も怖くないから」

「そう……かな？」

「うん。絶対に大丈夫！」

そこまで自信満々に言われたら、行ける気がしてきちゃうじゃないですか……。

「はあ、一回だけよ？」

「やったー!!」

こうして、私はビルくんとデートすることになってしまった。

あの時のキャシーちゃんは、有無を言わせない圧があったわね……。

そして今、私は孤児院の門の前に立っている。

あと一歩踏み出せば外。外を意識すると、自然と体が震え始めてしまった。

怖くない。怖くないはずなのに……。

「大丈夫。俺が一緒にいますから」

「あ、ありがとう……」

私が震えていることに気がついたビルくんが笑顔で私に手を差し伸べてくれた。

その手を、私は両手で握ってしまった。もう、私の方が子供みたいね……。

「それじゃあ、まず一歩出てみましょう」

そう言って、ビルくんが門から一歩踏み出した。

そして、私も勇気を振り絞って一歩踏み出してみた。

あ、外に出られた。そう歓喜したのは一瞬、気がついたら強い吐き気に襲われた。

「う、うう……」

「大丈夫ですか?」

「だ、だめ……。これ以上進めない」

「わかりました。今日はこのくらいにしておきましょう」

そう言うと、ひょいっとビルくんが私を抱きかかえてくれた。

え、ええ? ビルくん、私を持ち上げられるの!?

あ、でもそうか……。ビルくんも、もう子供じゃないんだもんね。

あと三年もしたら成人。はあ、人の成長って本当に早いな……。

「ごめんね。せっかく時間を割いてもらったのに」

ベッドに寝かされた私は、吐き気も治まり、すぐにビルくんに謝った。

まさか、一歩しか歩けないなんて流石に思わなかったから……。

「いえ。そんなこと言わないでくださいよ。それに、一歩出られただけでも十分な成果じゃないですか。明日は、二歩を目指してみません？」

「二歩……」

「はい。いきなり外を歩き回るのは無理でも、毎日少しずつ歩く距離を伸ばしていけば、いつかは外に出るのも平気になると思うんです。それこそ、一歩、二歩、三歩って増やしていく感じで」

「た、確かに、それならいけるかも……」

「そうです。焦らず少しずつ頑張りましょう？」

「そうね……わかったわ。一歩一歩ね」

「そうです。少しずつで良いんですよ」

「ありがとう。少し勇気が出たわ」

もう、これじゃあどっちが先生なのかわからないじゃない。

でも……。ビルくんが少し、ほんの少しだけかっこよく見えてきちゃったかも……。


そして、次の日。

「まずは一歩」

「うん」

ビルくんと手を繋ぎながら、私は一歩を踏み出した。

「大丈夫ですか？」

「だ、大丈夫……あともう一歩。う、うう……」

吐き気を気合いで押さえて、無理矢理二歩目を踏み出すことに成功した。

「頑張りました。それじゃあ、今日は戻りましょうか」

そして、またビルくんに運ばれてしまった。

わ、私、重くないかな……？

「今日は頑張って三歩行ってみましょう」

「今日は四歩」

「今日は五歩」

・

・

・

「今日は商業区まで行ってみましょうか」

あれから四ヶ月経ち、私の行動可能な範囲が今日で住宅区を越えようとしていた。

これも全て、四ヶ月間も毎日欠かさず付き添ってくれたビルくんのおかげ。本当に、ビルくんには感謝の気持ちで一杯だわ。

「ここら辺だったら随分と平気になりましたね」

「そ、そんなことないわ。まだ、少し足が震えてるもの」

「それでも、自分の足でしっかりと歩けているじゃないですか。十分成長していますよ」

「そ、そうかしら……」

もう、なんだかこの四ヶ月で私とビルくんの立場が逆転してしまったわね。

「はい。あ、もうすぐ商業区ですよ」

そう言って、指さした方向に目を向けると、たくさんの人が行き来している商業区が見えてきた。

「ひ、人が多いわね……」

昨日もこの景色を見たというのに、私は震えが止まらなかった。

「無理そうですか？」

「い、一歩だけ……」

それでも、進歩しないのが嫌な私は、無理矢理商業区に踏み出した。

う、うう……。吐き気が……。

「も、もう一歩……」

「今日はもう頑張りました。また明日挑戦しましょう」

「あ、ああ……」

本当に吐きそうになりながらもう一歩挑戦しようとすると、ビルくんに抱きかかえられて止められてしまった。

抱きかかえられていることに慣れちゃった私、ちょっと不味いかな……？

ＳＩＤＥ：キャシー

「最近、お兄ちゃんがまったく相手してくれな〜い」

そう文句を言いながら、私は特大の魔法を的に向かって放った。

こうやって大声を上げながら、全力で魔法を撃っていると気持ちがすっきりする。

だから、いつもイライラした時はこうしているんだけど……最近、これも効かなくなってきちゃった。

「自分でアンヌさんとくっつけといてそれ言う？　嫌なら、あんなことしなければよかったのに」

そう言うのは、最近新しく私たちの先生になったセディー。

大体、いつも魔法練習場にいて、こうして私の愚痴(ぐち)を聞いてくれる。

「別に嫌じゃないもん。私がお兄ちゃんを後押ししているんだもん」

「そうかもしれないけど……。別に、そこまで遠慮する必要もないいんじゃない？　たまには、三人で外に出てみるとか」

「それだと邪魔になっちゃうじゃない……」

だって、私が後押ししたのに、邪魔したら意味ないでしょ？

「別に、一日くらい大丈夫でしょ。恥ずかしいなら、私が頼んであげようか？」

「た、頼まないで！　わ、私が……」

「無理そうね。あ、もうすぐビルが帰って来そうな時間だわ」

「え？」

「ほら、行くわよ」

「あ！　待って！　待ちなさいよ！」

セディーが悪い顔をして、外に出て行くのを見て、私も急いで追いかけた。

もう、セディーは何を考えているの？　お兄ちゃんたちを邪魔したらダメなんだから！


セディーを追いかけて門に到着すると、ちょうどお兄ちゃんが帰ってきていた。

「ビル、アンヌさんお帰り」

「うん？　セディーさんにキャシーまで、どうしたんですか？」

「明日。この子も一緒に連れて行ってあげて？　お兄ちゃんに放っておかれて寂しいみたいなの」

あ、本当に言った！

「そうだったのか……。気がついてやれなくて悪かったな」

「別に寂しくなんてないんだから」

寂しくなんかないもん。私は、二人を応援しているんだから。

「なに拗ねているのよ。ここは素直に甘えなさい」

「キャシーちゃん、ごめんね……。私がビルくんを独り占めしちゃって……」

「う、ううん。大丈夫……」

辛そうなアンヌさんの声に、いつもみたいに強い口調で言い返すことはできなかった。

「明日は、三人で外に出ましょう？　キャシーちゃんが一緒なら、いつもより遠くに行けそうな気がするの」

「う、うん……。それじゃあ、一緒に行く」

これは、アンヌさんが必要って言うから、仕方なくついて行くだけなんだから。決して、私が寂しいからついて行くわけじゃないの。

私はそう自分に言い聞かせた。

「まったく、素直じゃないんだから……」

次の日。

本当に私もつれて行ってもらえることになった。

アンヌさんを中心に、右にお兄ちゃん、左に私という感じで手を繋いで並んでいた。

「それじゃあ、いってらっしゃい。馬車に轢かれないように気をつけるのよ！」

「はい。それじゃあ、二人とも、行こうか？」

「「うん」」

外に出ると、わずかにアンヌさんの手が震えていることがわかった。

「アンヌさん、大丈夫？」

「うん。今日はキャシーちゃんがいるおかげで、凄く調子がいいわ。この調子で商業区に入れるかもしれないわ」

「本当？　何かあっても私が助けてあげるから任せてね？」

「ふふふ。頼もしいわね」

頼もしいなんて……。全ての原因は私なのに、私がお兄ちゃんとデートしてなんて言わなければ、こんなことにならなかったのに……。

そして、すぐに目標の商業区が見えてきた。

いつ来ても、人が多いわね……。

そんなことを考えていると、アンヌさんの震えが更に強くなったのを感じた。

「商業区が見えてきましたけど、大丈夫ですか？」

「うん。今のところ大丈夫。やっぱり、キャシーちゃんがいるからかしら？」

そんな嘘つかなくていいのに……。全然大丈夫じゃないじゃない。

「まずは一歩」

「大丈夫？」

「う、うん。大丈夫よ。ほら、二歩目……」

私が心配して声をかけると、アンヌさんがニッコリと笑って足を前に出した。

「まだ行けそうですか？」

「うん。まだ行けそう」

手がぷるぷる震えているのに、そう強がってまた前に進んだ。

そんなに無理しなくていいのに、どうしてそこまでするの？

最初は、一回試すだけって言ったじゃない。それなのに、どうして……？

「無理そうなら言ってくださいね？」

「うん」

「おい。あのエルフ、めちゃくちゃ美人じゃないか？」

「本当だ。ナンパしに行くか？」

アンヌさんがあともう一歩踏み出そうとした時、気持ち悪い男の人たちの声が聞こえてきた。

そんな声がアンヌさんにも聞こえたのか、アンヌさんの震えが更に大きくなった。

こ、これ、流石に不味いんじゃない？

「お、お兄ちゃん？」

「大丈夫。何があっても俺が助けてあげますから」

「いや、だめだ。あの餓鬼、ミュルディーン家の騎士みたいだ。鎧に紋章がついている」

「ほ、本当だ。あぶねえ。と、とりあえず逃げるぞ」

男二人組がお兄ちゃんの鎧を見て、逃げていった。

お兄ちゃんの鎧には、何か特別な力が宿っているのかしら？

「大丈夫ですか？　落ち着いて。僕がいますから」

「私もいるわ。あ、そうだ。こういう時に使える聖魔法を知っているわ」

ずっと前に、リーナねえが教えてくれたのを忘れてたわ。

たしか、こうして……心を温めるイメージをするの。

「あ、ありがとう。少し落ち着いたわ」

良かった。上手く魔法が効いたみたい。

「歩けますか？」

「うん。キャシーちゃんのおかげでなんとか」

「キャシー、ありがとう」

「ど、どういたしまして。ほら、さっさと帰ろう？」

「そうだな」

や、やった……。私の魔法が役に立った。

ずっと練習してきた魔法が役に立ったんだ……。


それからは何もなく、無事に孤児院に帰ってくることができた。

アンヌさんの震えも、もうほとんど収まってしまった。

「二人ともありがとう」

「さっきの男の人たち、なんだか気持ち悪かったわ」

「まあ、冒険者なんてあんなもんだよ。昔、スラムにいた大人の方がもっと怖かったぞ？」

「そ、そうだったんだ……」

そんな場所で、お兄ちゃんたちは毎日私たちの為にご飯を探してきてくれていたんだもんね。

ああ、本当にお兄ちゃんって凄い人だったんだな……。

「ビルくんはまだ子供なのに、本当に強いわね。どうしたらそんなに強くなれるの？」

「慣れじゃないですか？　スラムにいた頃の俺は弱かったけど、あの環境でどうにか生きていくしかなかった。怖がっている暇がなかった。だから、すぐにあの環境に慣れてしまったんだと思います」

私はお兄ちゃんが弱いなんて思わないけど、慣れか……。

「慣れでどうにかなるものなのかしら？」

「はい。アンヌさんも少しずつ外に出ることに慣れてきたでしょう？」

「そうね。でも、これはビルくんとキャシーちゃんのおかげだわ」

「わ、私は今日しか助けてないから……」

「ううん。ビルくんを誘うように言ってくれたのはキャシーちゃんじゃない」

「そうなのか？」

「う、うん……」

「キャシーちゃんのおかげで私の夢が叶えられているわ。ありがとう」

「ど、どういたしまして」

私のおかげで、アンヌさんの夢が叶えられているんだ。良かった……私、余計なことをしたわけじゃないんだ……。

良かった。

SIDE：ビル
アンヌさんと外に出るようになってから半年が経った。

「もう、随分と平気になりましたね」

「そうね。商業区はもう大丈夫そうだわ」

そう。アンヌさんは遂に、人が一番多い商業区を克服できたんだ。

この二ヶ月、本当によく頑張ったと思う。何度、引き返したことか……。

「それは良かった。人の目とかも大丈夫ですか？」

「うん……正直、まだ気になるかな。でも、ビルくんと一緒にいれば耐えられるようにはなったわ」

そう言って、ぎゅうっと俺の左手を握っている手の力を強めてきた。

「それじゃあ、今日はどの屋台にしてみます？」

今いる場所は、ミュルディーンの中央区、城の前にある広場だ。

ここには、いくつか手軽に食べ物を買える屋台があって、こうしてアンヌさんが外で買い物の練習をするにはちょうど良いのだ。

「えっと……あれを食べてみましょう？」

そう言って、指さした屋台には、ソフトクリームと書かれていた。

ああ。確か、凄く冷たくて、甘い食べ物だったかな？

「美味しそうですね。それじゃあ、あれにしましょうか」


「す、すみません……」

「ん？　おお。可愛い姉ちゃんじゃねえか。騎士様の弟とデートか？」

「そ、そんな感じです」

ちょっと前のアンヌさんなら、この程度の冗談でもダメだったはずなのに……凄い成長だ。

「そうか。それで、二つか？」

「い、いえ……。一つで大丈夫です」

「え？」

一つで良いの？

「了解。ほれ、勇者様が発明して、レオンス様の魔法具が安価にしてくれたソフトクリームだ。姉ちやんが可愛いから、少し多めにしてやった」

「あ、ありがとうございます」

「溶けないうちにさっさと食べちゃうんだな！」

「は、はい……」


屋台のおじさんからソフトクリームを受け取り、俺たちは広場の椅子に二人で腰掛けた。

「随分と普通に話せるようになりましたね」

「そ、そうかな？　まだ緊張して、思うように言葉が出ないの」

「でも、自然でしたよ」

「そうなら良かったんだけど……。溶けないうちに食べてしまいましょう？」

「そういえば、どうして一つだけにしたんですか？」

「ふふ。一つのソフトクリームをカップルでこうして舐め合うのが、若者の間で流行っているらしいわ」

え？　カップル？　い、いや、これはアンヌさんなりの冗談なんだ。うん。きっとそう。

「……それ、誰に聞いたんですか？」

「セディーだったかしら？」

ああ、あの人か……。確かに、セディーさんは若者文化に詳しそうだな。

「なるほど。それで、僕たちはカップルじゃないですけどいいんですか？」

「何を今更。これだけ私をビルくんなしでは生きていけない体にしておいて、ビルくんは私を見捨てるの？　やっぱり、こんなおばさんは嫌？」

「お、おばさんなんて……」

「でも、もう私は五十歳を超えているわ」

「大丈夫です。アンヌさんは綺麗ですから」

見た目は十八くらいなんですから、関係ありませんよ。

「ふふふ。なんだか私が言わせたみたいね」

「そんなことないです。アンヌさんは綺麗ですよ」

「そう。あ、溶けてきちゃった」

「ビルくんもどう？」

ペロッと舐めたソフトクリームをアンヌさんが差し出してきた。

え？　本気なの？　本当にカップルみたいなことをして良いの？

「え、えっと……いただきます」

しばらく悩んだ後、結局俺は舐めさせてもらった。

うん。甘い。


それからまた一ヶ月して、孤児院を出るまであと一ヶ月となってしまった。

そして騎士団入団を一ヶ月前にして、仮入団の話がまたやってきた。

今度は、孤児院から通う形で、一ヶ月間仮入団することになった。

早朝の練習を免除してもらえているだけで、もう普通の入団と一緒な気がする。

まあ、本格的に始まる前に、体を慣らす期間を設けてもらえるのはありがたいことなのかな。

「それじゃあ、行ってきます」

「行ってらっしゃい。怪我しないように気をつけてね？」

「はい」

「お兄ちゃん、頑張って！」

「おう」


「お、やっと出てきた」

アンヌさんとキャシーに見送られながら門を出ると、バンさんが立っていた。

「バンさん。迎えに来てくれたんですか？」

「まあ、そうだな。俺の家と意外と近いからな。ほら、走るぞ。俺について来い」

「え？」

もしかして……？

「寝ぼけている暇はないぞ。もう、訓練は始まっているからな！」

「は、はい！」

やっぱり！　この人が早朝訓練を免除するはずがないと思ったんだ！

そんなことを心の中で愚痴っていると、バンさんが商業区に入ると同時に建物の屋根に飛び乗ってしまった。

「ちょっとバンさん！　屋根の上は流石にまずいですよ！」

慌てて俺も屋根に飛び乗りながら、抗議した。

屋根の上とは言っても、ここは人の家ですよ？

「いや、壊さなければ大丈夫。とにかく、障害物を避ける練習だと思って走れ」

「わ、わかりました」


「はあ、はあ、はあ」

もう、バンさんはよくあんなにぴょんぴょん屋根と屋根を飛び移れるよ……。

通勤だけで今日の体力を使い切ってしまった。

「まあ、初日にしては上出来かな」

「こ、これなら、早朝訓練の方が楽です……」

「何を言っているんだ。当り前だろ？　お前には期待しているんだから、当然厳しい訓練を課すに決まっているだろ」

「あ、ありがとう……ございます」

くそ……。めっちゃ文句言いたい。

「休憩が終わったら筋力トレーニングだ。ほら、行くぞ」

「は、はい……」


「おい。ビル、大丈夫か？」

ん？　ああ……俺、寝ていたのか。ここが食堂ってことは、昼を食べて寝ていたってことか。

「ヨエルさん……。バンさんの訓練が厳しすぎます。俺、死にそうです」

「ハハハ。それは災難だったな。だが、それを乗り越えればきっとお前はもっともっと強くなれると思うぞ」

笑い事じゃないんだけどな……。まあ、でも確かにこれを乗り越えられれば、俺はもっともっと強くなれるのか。

「……そうですね。少し元気が出てきました」

「まあ、もう昼休憩は終わりだけどな。ほら、昼の合同練習に向かうぞ～」

「そ、そんな……」

もう少し、ほんの少しだけでいいから休ませてくれ……。

「お、バン。その子が新しく入ったっていう新人か？」

心の中で駄々(だだ)をこねていると、初めて見る先輩がバンさんに話しかけてきた。

バンさんと仲が良いのかな？

「ん？　ああ。そうだ。ビルって言うんだ」

「はじめまして」

「おう。俺はミックだ。一応、バンとはライバル関係だ。な？」

「まあ、入団時期も同じで、何かと競うことが多いな」

へえ。それじゃあ、二人は同期なんだ。

ライバルってことは、ミックさんも強いのかな？

「というわけだ。よかったら、後で相手してくれ」

「こちらこそ、よろしくお願いします」

「わかった。期待の新人と戦えるのを楽しみにしているぞ」

楽しみにされてしまったよ。俺、ミックさんの期待に応えられるかな？

「ヨエルさん、ミックさんって強いんですか？」

「当り前だろ？　さっき、バンさんとライバルって言っていただろ？　つまり、そういうことだ」

ミックさんの強さが気になって聞いてみたけど、思っていた通りの解答が返ってきた。

そうだよな……。ライバルだもん、バンさんと同じくらいの強さだよな……。

俺、またボコボコにされる未来しか見えないな……。


そして、遂に合同練習の時間となった。

もちろん、最初の相手はバンさんだ。

「よし。お前がどれだけ強くなったから見てやる。少しでも弱くなったと感じたら、明日からもっとキツい訓練を積ませるから、そのつもりでかかってこい」

え？　本気で言ってるの？　いや、バンさんは本気でやりかねない人だ……。

「は、はい」

くそ！　こうなったら、全力で挑むぞ！

無属性魔法をフル活用して、全速力でバンさんに近づいた。

いつもだったらここで剣を振るけど、今回はそれをフェイントに使って横からの一撃に……。

やっぱり避けられるか。

まあ、わかっていたことだ。大事なのは、ここで足を止めたら負けってことだ。

常に、バンさんの正面にはいないように意識して、攻撃したら逃げるを繰り返す。

これが、まだ体が成長しきっていない俺の最善な戦い方だろう。

とは言ったものの、こうしてバンさんに全て捌かれてしまうと、自信がなくなってくるな。

「強くなったことは認めてやろう。だが、まだまだだな」

そう言って、バンさんは容赦なく俺の腹に剣を振り下ろした。

「グハ」

うう……。いつになったら、俺はバンさんに敵うようになるのだろうか？

そんなことを思いながら立ち上がろうとすると、目の前に手を差し伸べられた。

「ありがとうございま……え？　ミックさん？」

手を握って立ち上がると、目の前にミックさんがいた。

「おう。バンとの戦いは終わったろ？　ビル、今度は俺とやろうぜ？」


まあ、結果は言わなくてもわかるだろう。

バンさんの時同様、あっけなくやられてしまった。

けど、その後は結構勝てた。どうやらあの二人が異常なだけで、俺はちゃんと成長していたらしい。

それを知れて、今日は少し気持ちが楽になった。

ダンジョン攻略を終え、今日の訓練が無事終了した。

いや、このぼろぼろな体で無事と言っていいのかわからないんだけど。

「ふう。今日がやっと終わった～」

訓練が終わった達成感に、思わず夕日に向かって伸びをしてしまった。

「いや、まだ終わらないぞ」

「……え？」

「訓練は帰るまで訓練だ？」

「ちょっと……何を言っているかわからないです」

この人、何を言っているの？　俺をまだ苛め足りないというのか？

「わかるように説明してやる」

「い、いや、結構です」

説明を求めているわけじゃないんです。ただ、その現実を受け止めたくなかっただけなんです。

「遠慮するな。まあ、大体想像ついていると思うが、これからお前の家まで朝と同様に競争だ」

「えっと……もう、走る体力なんて残ってないんですけど？」

「ほら、もう行くぞ。少しペースを落としてやるから。頑張ってついて来い」

「無視ですか……」

何を言っても走らされると思ったら俺は、諦めて走ることにした。

「た、ただいま……」

バンさんとの競争が終わり、俺はもう歩くのもやっとなぐらいヘトヘトになってしまった。

「お疲れさま。あら、凄い汗ね。とりあえず、お風呂に入ってきなさい。ちょうど今、キャシーちゃんたちも入っているから」

「は～い」

ああ、アンヌさんを見たら少し元気が戻ってきた。

これで、風呂に入って飯を食べられるくらいの体力が回復したぞ……。


風呂に入ると、チビ共が風呂で泳いでいるところだった。

「こら、風呂で泳ぐなって言ってるだろう」

『は～い』

悪ガキ共は、俺を見ると急に大人しく風呂に浸かり始めた。

もう、このやり取りをやるのは何回目だろうか？

まったく。もう十歳になったやつもいるというのに……。

そんなことを思いながら、体を洗い始めた。

「あ、お兄ちゃん！　私が洗ってあげる！」

「別にいいよ。いくら疲れてると言っても、自分で洗えるから」

「え～。じゃあ、背中だけ」

「そんなに洗いたいなら、頼もうかな」

「やった～」


それから体を洗い終わり、俺も風呂に浸かった。

はあ、疲れた体に染みる～。

「お兄ちゃん、随分と疲れてるね。お兄ちゃんでもそんなに疲れることがあるんだ」

「そりゃあな。騎士団には俺よりも強い人がたくさんいるから」

「え⁉　ビルにいより強い人がいるの？」

「そんなの当たりまえだろ？　俺は少し皆より大きいと言っても、まだまだ子供だ。そう簡単に大人には敵わないさ」

「そうなんだ……」

というか、お前らは俺が師匠やヘルマンさんたちにこてんぱんにされているのを覚えてないのか？

「まあ、今は勝てなくても、これからもっと強くなって騎士団で最強になってみせるさ」

「うん。ビルにいなら絶対最強になれるよ！」

「「そうだそうだ！」」

たく。こういう時だけ仲良くなりやがって。

「ありがとう。俺も皆にかっこいいところを見せられるように頑張るさ」

ポンポンポンとチビたちの頭を撫でてやった。

こうやってチビたちの世話ができるのも、一ヶ月しかないのか……。

そう思うと、なんだか寂しくなってくるな。

「うん。俺たちもいつか絶対ビルにいと同じ騎士になるんだ！」

「俺も！」

「お、俺は冒険者になりたいかな……」

「そうか。騎士も冒険者も強くないとお話にならないから、今のうちから精一杯剣の練習と勉強を頑張るんだな」

「え？　勉強も？」

「そうだ。頭が良くないと、外では生きていけないぞ？　ここにいる皆は優しいけど、外に出れば悪い人たちがお前達を騙そうとしてくる」

　スラムにいたときは、そんな大人ばかりだった。

　きっと、警戒心の欠片もないチビたちなら、簡単に騙されてしまうだろうな……。

「そんな奴らに騙されていたら、男としてかっこ悪いだろう？」

「う、うん」

「確かに……」

「だから、今のうちに勉強しておくんだ。知識があれば、嘘を言われても気がつけるからな」

「そうなんだ。わかった。俺、頑張って勉強するよ」

「俺も」

「そうか。偉い偉い」

　また頭を撫でてやった。

　すると、キャシーがぷくーと頬を膨らませて近づいてきた。

「私だって頑張って勉強しているんだから……」

「もちろんキャシーも偉いさ。よく頑張っているな」

　脹れっ面のキャシーを他のチビたちと同様に頭を撫でてやると、少しずつキャシーの頬の緊張は解けていった。

「えへへ」

「よし。腹が減ったから俺はもう風呂を出るぞ！」

「あ、俺も出る！」

「私も！」


それから一週間と少し経ち、ようやく初めての休暇が貰えた。

はあ、よく俺は一週間以上もあの地獄を耐えられたと思うよ。

そして今日は、久しぶりにアンヌさんと外に出歩いていた。

「ふふふ。やっとこうして二人で歩けるわね」

「大体一週間ぶりですね。どうですか？　一週間休んで、何か変な感じがしたりしませんか？」

ずっと毎日外に出ていたからな。一週間も休んで、体が元に戻っていたりしないかな？

「大丈夫。今は、久しぶりに二人で外に出られたことに対しての喜びの方が強いから」

「そ、そうですか……。それじゃあ、今日は地下市街に行ってみます？」

俺たちがこの街でまだ行ったことがないのは、あと地下市街だけ。

地下市街は、アンヌさんの嫌な記憶が蘇ってしまいそうという理由で、なかなか行けずにいた。

まあ、久しぶりに外を出る今日に行くのも良くない気がするけど、この一週間ずっとアンヌさんが地下市街に行きたいって言っていたからな……。

「うん。行ってみましょう！」

そして、地下市街の入り口にすぐ到着した。

うん。たぶん、一週間休んだ影響は、今のところないかな。

「これが地下市街への入り口か……」

「大きいですよね。どうです？　入れそうですか？」

「うん。行けると思う」

いや、今日のアンヌさんは凄いな。

下手すると、一週間前よりも余裕を感じられるぞ。


「あら、思っていたより明るいのね。私が連れて来られた時はもっと暗くて寒い場所だったわ」

「平気そうですね」

地下に入ったというのに、アンヌさんは変わらず元気だった。

あれ？　本当にトラウマがあったんだよね？

「うん。まったく雰囲気が変わっているからかな？　怖くないわ」

そうなんだ……。だとすると、これは地下市街を改装したレオにいのおかげなのかな？

はあ、またレオにいに返さないといけない恩が増えてしまった。

「キツくなったらすぐに言ってくださいね？」

「もちろん。それじゃあ、見て回りましょうか？」

「はい」

「あれが魔法具工場か……。レオ様は凄い物を造るわね」

入ってすぐに見えた建物は、この世界で唯一の魔法具工場だ。

この建物のおかげで、俺たちのような一般市民でも魔法具が手に入るようになったと言われている。

「そうですね。ここで、世界中の魔法具が作られていると思うと信じられないです」

「確かに……。今も、ここでたくさんの魔法具が作られているんだもんね」

「まだ奥に行っても大丈夫そうですか？」

「うん。闘技場まで行ってみる？」

「闘技場？　一番奥じゃないですか！　本当に……大丈夫なんですか？」

「本当に大丈夫。商業区ほど人が多いわけじゃないし、平気よ」

そう言うアンヌさんの手は、まったく震えていなかった。強がりじゃなくて、本当に平気なんだ。

「そうですか……。無理そうならすぐに言ってくださいね？」

「はいはい。それじゃあ、行きましょう？」


それから、地下市街の街を眺めて回りながら、本当に最奥地まで来てしまった。

「まさか、本当に闘技場まで来てしまうとは」

今までで、一番長く歩いたのは間違いないな。

「うん。私も驚いているわ。本当に何も起こらなかったわね」

「もしかしたら、もう外を克服できたのかもしれませんね」

「そうかしら？　でも、たぶんビルくんが一緒じゃないと外にも出られないわよ？」

「流石に、孤児院の周りくらいは、もう大丈夫なんじゃないですか？」

「無理だと思うよ。なんか、ビルくんが隣にいると安心感が半端ないんだよね……。本当、ビルくんなしでは生きていけない体にされてしまったわ。責任取ってよね？」

「で、出来る限り……取らせてもらいます」

「ふふふ。それじゃあ、少し闘技場の中に入ってみない？」

「え？　血とか見ても大丈夫なんですか？」

流石に、そこまで過激な物を見たらダメな気がするんだけど？

「血にはそこまでトラウマはないから大丈夫よ。ほら、入るわよ！」

「ちょっ、待ってくださいよ」


「へえ。中に入るともっと広く感じるわね」

「そうですね。人、少し多いと思いますけど、大丈夫なんですか？」

「大丈夫よ。ほら、あそこに座りましょう？」

うん……。本当に大丈夫そうだ。今日のアンヌさんは、なんか凄いな。

若干、いつもと立場が逆転している気さえする。

そして、ちょうど始まったのは、大きなオークと女性を戦わせるというものだった。

これこそアンヌさんのトラウマに引っかかりそうな気がするんだけど、大丈夫なのだろうか……？

「わあ。大きい魔物。どこから出てきたのかしら？」

うん。まったく問題なさそうだった。

「どこかから連れて来たんじゃないですか？」

「ん？　お前さんたち、ここに来るのは初めてか？」

俺たちの会話が聞こえていたのか、斜め前のおっさんが振り返ってきた。

どうやら、魔物がどこから来ているのか教えてくれるみたいだ。

「はい。あの魔物はどういう仕組みで出てきたんですか？」

「なんでも、この闘技場はダンジョンになっているみたいだぞ。だから、こうして自由に魔物を生み出せるわけだ」

「へえ。教えてくれてありがとうございます」

魔物は、連れてきているんじゃなくて、ここで生み出しているのか。

まあ、レオにいなら可能だな。

「アンヌさん、大丈夫ですか？」

男の人に話しかけられて、アンヌさんの手がちょっと震えていた。

やっぱり、まだ男の人と話すのは難しいみたいだな。

「う、うん。大丈夫」

「帰りますか？」

「ううん。一試合は見てから帰りたいわ」

「そうですか。無理はしないでくださいね？」

「わかっているわ。あ、始まった」

指さされて、闘技場の中心に目を向けると、剣を一本だけ持たされた女性がオークに殴り飛ばされていた。

「あの女の人……わざとやっているのかな？」

「どうしたの？」

「いや、あの人、盛り上げるために、わざと魔物の攻撃を受けている気がするんだよね」

殴り飛ばされるときも、ダメージを最小限に抑えるために自分で後ろに飛んでいたし、致命傷は避けてオークの攻撃を受けている。

おかげで、ハラハラする戦いに観客は大盛り上がりだ。

「へえ。そうなんだ。道理で、攻撃を受けている割に、大怪我してないんだ」

「そうなんですよね。あの人、本気を出したらあんなオークなんて瞬殺できるはずですから」

「そうなんだ。わざと攻撃を受けてお客さんを盛り上げるなんて、凄いわね」

「そうですね。それにしても、凄い熱狂だな……。戦っている人はさぞかし気持ちいいだろうな」

これだけの声援を浴びたら、普段の倍くらいは力が発揮できてしまいそうだ。

「ビルくんも憧れる？」

「うん……。そうですね。いつか、一対一で戦ってみたいです」

目標は、本戦に出場することだな。

「一対一？　どういうこと？」

「ミュルディーン騎士団は、年に一回ここで騎士団最強決定戦を行うんです。それで、一対一で戦えるのは上位十六人だけなんです」

「へえ。そんなことをやっているんだ。それは、随分と盛り上がりそうね。どう？　来年には十六位内に入れそう？」

「むりむり。今のところ、本戦出場者には一回も勝てていないんだから」

「そう。でも、次の騎士団最強決定戦まではまだ時間があるのよね？」

「う、うん」

「それなら、まだ可能性はあるじゃない」

え？　本気で言っているの？　あと数ヶ月で、バンさんたちに勝てと？

「可能性はゼロじゃないけど……」

ほぼゼロだ。

「私もそれまでには、キャシーちゃんと応援に行けるくらいにはなっておくから」

ええ。そこまで言われたら、頑張るしかないじゃないですか。

「わかりました。見ていてください。絶対に本戦出場してみせますから」

「うん。楽しみにしておく」

アンヌさんが楽しみにしてくれているんだ。絶対にかっこ悪い姿は見せられない。

よし。明日からもっと気合い入れて練習に励むぞ……。

書き下ろし短編

第四回ミュルディーン騎士団最強決定戦

continuity is the father of magical power

「年を追うごとに参加者が増えていたけど、今回は二年も間が空いたから、前回とは人数が違いすぎるな」

闘技場に並ぶたくさんの騎士たちを眺めながら、俺は思わずそんなことを呟いてしまった。

観客席に座っている奴らも合わせたら、前回の倍くらいになっているんじゃないか？

「予選の予選を行わないといけないくらいですからね」

「本当、最初は三人しかいなかったのが信じられないわね」

「そうだな。ちなみにシェリーは今回、誰に注目しているの？」

今回は、ジルやカロたちも参加するし、結構な大混戦となるだろうな。

予選を突破できただけでも、相当の猛者だと思う。

「今回が初参加のビルも気になるけど、一番はエステラね」

エステラね……。グルと結婚すると聞かされた時には、何か忖度して無理して結婚したんじゃないかって心配したな。

まあ、今もまだ心配なんだけど。

「グル、本当に無理矢理結婚を迫ったわけじゃないんだよな？」

「ん？　当たり前じゃないか。というか、エステラはお前が用意したんじゃないのか？」

「俺が？　まさか、俺は何もしていないぞ？」

結婚の話も半分冗談だと思っていたしな。

「何もしていない？　そんなはずはないだろ。俺がお前の領地に来たらすぐに話しかけられたんだぞ？」

「そりゃあ、魔王が堂々と人間界に来たら騎士が警戒するのも当然だろ。たまたま、その騎士がエステラだっただけだ。あと少し時間が違えばおっさんに話しかけられていたかもしれないな」
一応、グルが領地で出没するかもしれないから、トラブルが起きないように警戒しておくよう伝えていただけ。

魔王の恋を手伝うようには言った覚えはない。

「へぇ～。良かったじゃない。エステラはちゃんと運命の相手だったのね」

そうグルを茶化すのは、グルの幼なじみというキーさん。

「べ、別に、俺は運命の相手だということを疑っていたわけじゃないぞ？」

「ふうん。まあ、私としては、本当に出会ってすぐにエステラさんを誘拐したんじゃないか？　って今も疑っているんだけどね」

「だから！　あれはエステラの同意もあって……」

なんかこの二人、随分とお似合いじゃないか？　わざわざエステラと結婚する必要あったのか？

まあ、二人奥さんがいても問題ないことはフランクが証明しているから、大丈夫だとは思うんだけど。

そんなことを思いながら、もうすぐ予選が始まる闘技場の中心へと目を向けた。

もう、第一グループが始まるみたいだ。ビルが念入りに準備運動をしている。

ほかにも、エステラ……カロ……あれ？　ここ、激戦区じゃ？

「あちゃー。ビルとエステラ、カロが同じグループか」

「本戦常連のロブさんもいるし、これは初戦から大変な戦いになりそうね」

ああ。言われてみれば、斧使いのロブもいたな。ジルの部下だった獣人族も数人いるし、これは一年目のビルが予選を突破するのは難しいか？

「いくら激戦になろうと、俺が鍛えたエステラなら問題ないだろう。俺は、このくらいでは心配しないぞ」

「まあ、エステラは前回、前々回と本戦には出場しているから、大丈夫だと思うよ」

エステラの強さなら、カロに敵わなくてもこの中で二位か三位くらいの実力はあるから、問題ないだろう。

まあ、勝負に絶対はないから、どうなるかは終わってみないとわからないんだけど。

そんなことを思いながら、それぞれ準備を進めていく騎士たちを眺めていた。

SIDE：ビル

「ロブさんにエステラさん、カロさんが強敵なのは当然として……ディートさんにノーラさんまでいる。こんな中で毎回本戦に勝ち残っているバンさんやケルさんたちって、本当に凄かったんだな」

同じグループになった強敵を一人一人確認しながら、俺は軽く体を伸ばしていた。

五人とも、まだ昼の訓練で一度も勝ったことがない相手だ。

普段使えない魔法が使えると言っても、それは相手も同じ、俺が勝ち抜くには普段以上の力を発揮しないといけないだろうな……。

そんなことを思いながら、観客席へと目を向けた。

目線が合ったキャシーとアンヌさんが頑張ってとジェスチャーで応援してくれた。

「はあ、ここでかっこ悪いところは見せられないな。奇跡を起こしてでも、絶対に勝ち残らないと」

「彼女に見られているというのは辛いもんだよな。俺も二年前、盛大にかっこ悪い姿を見せてしまった」

「ディートさん……」

「ちなみに、俺の今回の目標はとりあえず最後の五人までは残ることだ。獣人族の二人もいるし、これくらいの目標が妥当だろ？」

「そんなこと言っていると、バンさんに怒られますよ？」

「ははは。もちろん。できるなら予選突破したいさ。まあ、お互い目標に向けて頑張ろうぜ、もし当たった時は恨みっこなしだぞ？」

「もちろんです。ディートさんと戦えるまで生き残ってみますから！」

かっこよく俺から離れていくディートさんの背中に力強くそう返すと、ディートさんは手をひらひら振りながら俺とは反対側に向かっていった。

距離的に、ディートさんと戦うのは最後の方だろうな……。


それから諸々の準備が終わり、ついに騎士団最強決定戦が開幕した。

「始め！」

レオにいの合図と共に、騎士たちが一斉に剣を抜く。

俺も剣を抜きながら、いち早く広範囲に火魔法を放った。

まあ、ここにいる人たちがこの程度の魔法で倒せるとは思っていないけど、少しでも火傷を負ってくれれば儲けものだ。

そんなことを考えていたら、反対側で風魔法が発動された。

「これは、ノーラさんの魔法だ」

俺の魔法と違ってノーラさんの魔法は確実に数人脱落させた。

俺も、あと少し火魔法での防御が間に合わなかったら退場になっていただろう。

やっぱり、予定通り魔法は防御主体に使った方がよさそうだな。

そんなことを思いながら、横から振り下ろされた剣を避けた。

「ビル、悪く思うなよ！」

「それは俺の台詞です」

どうやら、俺の最初の相手はヨエルさんのようだ。

普段の訓練では五分五分の相手だ。

でも、ここで苦戦しているようでは、絶対に勝つことはできないだろう。

そんなことを考えながら、俺はヨエルさんの顔に向かって炎を飛ばした。

「お、魔法か」

普段は使わない俺の魔法に驚き、避けるのに手間取ったのを見逃さず、すぐヨエルさんに向かって剣を振り下ろした。

「ぐ……。くそ、今回こそ一分はいきたかった……」

「やっと一人か……」

不意の魔法で上手く倒せたけど、次からそうはいかないだろう。

ヨエルさんを斬り倒して辺りを見渡すと、倒れている人が少しずつ増えてきたけど、まだまだ三人にはほど遠い人数が残っていた。

ＳＩＤＥ：エステラ

始まってすぐ、私は通り道にいた騎士たちを斬り倒しながら、ある人のところに向かっていた。

今回、始まる前に、私では勝てないと言っていた相手だ。

「カロさん、お相手よろしいですか？」

「わざわざどうして私に挑むのかしら？　別に、ここじゃなくて本戦で戦ってもいいんじゃないの？」

「ただ勝ち残っても強さを証明することはできませんからね。どうせなら、圧倒的な戦績を残して上に行きたいんです」

今回の私は、ただ勝ち上がることだけが目標ではないですからね。

強さを証明する。それだけです。

「そう。私はシェリーの命令で参加しただけだから、別に本戦とか興味ないけど……なんか負けるのも嫌なのよね。最後のチャンスをふいにしても恨まないでよね？」

「もちろんです」

負けるつもりなんてありませんから！

「そう。それじゃあ、相手してあげる」

ＳＩＤＥ：レオンス

「おいおい。もうこれ、ほとんどエステラとカロの戦いじゃないか。ついでに倒されていく騎士たちが不憫（ふびん）だな」

カロが召喚した悪魔が無差別に騎士たちを殺戮していき、それを倒しながらエステラも近くにいるたな。

騎士たちを倒していっている。

ただでさえカオスな大人数の乱闘形式なのに、悪魔が加わったことでもっとカオスになってしまっ

「あんなに悪魔を召喚するなんて……カロ、本戦はどうするのかしら？」

「本当にどうでもいいと思っているのかもしれませんね」

「まあ、最近は騎士じゃなくてシェリーの専属メイドみたいになっていたからな」

あんな黒魔法とかおっかない魔法を使うくせに、ベルも褒めるくらいテキパキメイドの仕事をこなしていた姿を初めて見た時は驚いたものだ。

「貴族の暗殺でよくメイドとして屋敷に潜入していたから、あまりメイドに抵抗ないんだって。あと、元々人を殺すのはあまり好きじゃないみたい」

「人を殺すのが好きじゃないって……。あれ、そんな人の動きじゃないぞ？」

今も騎士が一人悪魔の餌食になったぞ。

「まあ、嫌いでもないんじゃない？　じゃなきゃ、何か理由があったとしても長く暗殺者なんてしないでしょ」

「確かにな……」

好きでもないし、嫌いでもない。メイドの仕事の方が魅力的。そんなところか？

「おい……。エステラは大丈夫なのか？　あのダークエルフ、禁術の使い手じゃないか……。人が勝てる相手なのか？」

随分と静かだと思ったら、エステラの心配で言葉が出なかったのか。

始まる前の強がりはどこ行ったんだ？

「まあ、正直エステラにとっては格上の相手だな。シェリーが勝てなかった相手だし、相性もエステラの方が悪い」

「そ、そんな……」

「まったく……あなたが不安になってどうするのよ。魔王はいついかなる時も堂々としていないといけないんじゃないの？　魔王なら、自分の妻になる女くらい堂々と信じていなさいよ」

「そ、そうだな。エステラならきっと勝ってくれるだろう。俺はただそれを眺めているだけだ」

グルは否定していたけど、やっぱりグルはキーさんに支えられて魔王をやってこられたのかもな……。

グルはもっとキーさんを大切にしてあげた方が良いと思うな。

SIDE：ビル
「あと十人……。十人だけど……悪魔のことを忘れそうだから、十人だけとは思わないようにしておかないと」

悪魔とエステラさんに殺されないよう必死に戦っていたら、いつの間にか人の数が随分と減っていた。

まあ、悪魔も人数に加えると、まだ三十以上いるんだけど。

そんなことを考えながら五体目の悪魔を倒すと、ロブさんも目の前で悪魔を切り倒していた。

「お？　次の相手はビルか」

「……そうみたいですね」

ここに来て、ロブさんと戦わないといけないのか。

まあ、もう人数も少ない。これは仕方ないことだな。

俺は覚悟を決めて、ロブさんに挑んだ。


とは言っても、馬鹿正直に真正面から挑んだりしない。

悪魔に気をつけながら、ロブさんと一定の距離を保ちながら魔法を放ち続ける。

もちろん当たらないけど、これでいい。

俺は当たらない魔法をひたすら撃ち続けた。

そして、ついにその時が来た。

「お、あ……やべ」

俺の魔法に気を取られ、悪魔による背後からの攻撃にやられてしまった。

卑怯(ひきょう)な気もするけど、こうでもしないと俺にはまだ勝てない相手だからな……。

「ははは。良い作戦じゃねえか」

悪魔の攻撃を受け、よろけるロブさんは笑っていた。

あれだけ血が流れていれば、もう俺でも勝てるだろ。

そう思った俺は、すぐに弱ったロブさんに追撃をしようと近づいた。

すると……。

「だが、俺はこれくらいじゃあ倒れないぞ?」

ロブさんが待っていたかのように、斧を振り下ろしてきた。

は、速い、これは避けられない。

「ぐっ……」

俺はなんとか斧を受け止めた。

くそ。重い。ロブさん、それだけ血を流していて、まだそんなに動けるのかよ。

「おらあ！」

「グハ」

ロブさんに蹴り飛ばされ、俺は闘技場の壁と激突した。

ヤバい。すぐに動かないと。

そう思っても、体は言うことを聞いてくれなかった。

「まだまだだな。また明日から鍛えてやる」

そう言って、振り下ろされた斧を見て、俺は気を失った。

ＳＩＤＥ：エステラ
「あと五人……。早く決着をつけないと」

ビルが倒れたのを確認した私は、午後のことなんて気にしないことに決めた。

もう、全力で戦わないとカロさんには勝てないからね。

悪魔を次々倒していき、やっとカロさんに剣が届く範囲まで来た。

「はあ、本当に私を倒すつもりでいるのね……」

「もちろんよ。絶対、あなたを倒して本戦に進む」

「そう。わかったわ。それじゃあ、決着をつけましょうか」

そう言って、カロさんが服の中から短剣を取りだした。

うそ……。カロさん、魔法使いじゃなかったの？

「暗殺者は、どんな武器でも戦えないといけないのよ。魔法が使える場所なんて限られているからね。ほら、かかってきなさい」

「わかったわ」


カロさんは剣術も一流の腕を持っていた。

それこそ、グルに鍛えてもらっていなかったら、簡単に負けていただろう。

「わかっていたけど。あなた、強いわね」

「カロさんこそ、強すぎだわ」

「ふふ。伊達に二百年も暗殺者をやってないわ」

「そんなに……」

二百年なんて、私の人生何回分だろう？

もう、経験値がまったく違うわね。

「うん。あなたに勝てたら、私は自分を認めてあげてもいいわね」

「そんなの当たり前じゃない。私に勝っておいて、自分は弱いとか言っていたら本気で怒るわ」

「そうね。さて、あっちの方ももうすぐ終わってしまいそうだから、そろそろ決着つけない？」

「いいわ。私もこの一撃にすべてを込めるわ」

そう言うと、カロさんの短剣が黒く染まった。

凄い魔力を感じる……。あれは、少し掠っただけで殺されてしまいそうね……。

そんなことを思いながら、私は足に魔力をため込んでいき、一刀両断の構えを取った。

この一撃で決める。

SIDE：ビル
目が覚めると、俺はリーナねえに治療されていた。

「う、うう……」

「まだ傷が塞(ふさ)がってないから、無理に動かないでください」

そう言われ、俺は大人しくそのまま横になった。

結局、誰が勝ち残ったんだろう？　エステラさんとカロさんは確定として、ディートさんかノーラさんかな？

怪我していなかったらロブさんだっただろうけど、あの怪我では流石にディートさんたちには勝てないだろう。

「結果が気になりますか？」

リーナさんの質問に、俺はすぐ頷いた。

「勝ち残ったのは、ロブさんとディートさん、ノーラさんです」

「え？」

「あと一秒でした。カロさんを倒したエステラさんがあと一秒長く立っていたら、本戦に出場できていたでしょうね」

そうだったのか……。あの状況から、どうやって決着がついたのだろうか？　見たかったな……。

そして、俺は治療が終わったらすぐにアンヌさんとキャシーのところに向かった。

「アンヌさん……ごめんなさい」

「何を謝っているの。かっこよかったよ。ねえ、キャシーちゃん？」

俺が頭を下げると、アンヌさんがニッコリと笑って抱きしめてくれた。

「もう、俺は子供じゃないんですから……」

と言いながらも、しっかりと甘えさせてもらった。

「うん。お兄ちゃん、凄くかっこよかった。あの斧使い、強かったね」

「まあ、いつも本戦にまで勝ち残っている人だからね」

「それじゃあ、大健闘したってことね」

「そうですね……。僕としては、本戦に行きたかったんですけど」

本当は、一年目であそこまで残れたら喜んでいいのかな？

でも、アンヌさんに勝った姿を見せたかったし、なんか悔しいな……。

「また来年があるじゃない。大丈夫。来年も応援に来てあげるから」

「ありがとうございます……。来年は、絶対に勝ち残ってみせますよ」

これから一年で、バンさんに勝てるくらい強くなってやろうじゃないか。

次は、正面から挑んでロブさんに勝ってみせるぞ。

あとがき

まず始めに、『継続は魔力なり8』を読んでいただき、誠にありがとうございます。また、ＷＥＢ版の読者様、ＴＯブックス並びに担当者様、イラストのキッカイキ様、一～七巻を読んでくださった読者の皆様、ｅｔｃ……今回八巻制作に関わってくださった全ての方々に感謝申し上げます。

さて、教国旅行編はいかがだったでしょうか？　そもそも旅行じゃなかった気もしますが、一応新婚旅行だったのでよしとしてください。

皆さんは、レオがリーナを故郷に連れて行ってあげると最初に約束したのは、いつだったか覚えていますでしょうか？

僕は、忘れていました。

正解は、二巻の最初の方、レオが帝都に屋敷を貰って、その屋敷を確認するために乗った馬車の中で交わした約束ですね。

覚えていた人は、継続は魔力なりのガチ勢を名乗っていいと思います。

僕は、この正解を書くために一巻から読み返してしまいました。

シェリーの誕生日パーティーに向かう馬車の中だったと思っていたんですけど……勘違いでしたね。

こうして、作者が自分の書いたことを把握していないのは良くない気がするのですが、もう八巻も出ていて、百万字を超えていて、三年も書いていますからね。少し、一巻や二巻の内容を忘れていても仕方ありませんよ。

さて、話題を少し内容の方に戻しましょうか。

今回教国で教皇を倒したことで、レオは人間界の完全制覇を成し遂げました。

もう、残されているのは、魔界と獣人族とエルフが住む島だけ、残された敵も破壊士だけ。最終章が見えてきちゃいました……。

とは言っても、レオの子供たちの話もあるんですよね……。

もう、今の段階で一つ書きたいネタがありまして……それを書いていたら、またカイトとエレーヌの時みたいになってしまう気がするんですよね。もしかしたら、子供たちの話だけで九巻が終わってしまうかも？　今回、後回しにした新領地も開発しないといけませんし……。

とまあ、最終章までの流れを膨らませていますが、こうして最終章のことが考えられる程書き続けられたのは、今このしょうもないあとがきを読んでくれるあなたのおかげです。一巻から八巻まで、金額にすると一万円を超えていますからね。ここまで購読してくれたあなたに心より感謝申し上げます。

それじゃあ、また九巻のあとがきでお会いしましょう！

おまけ漫画　コミカライズ第４話

漫画：鶴山ミト

原作：リッキー

キャラクター原案：キッカイキ

continuity is the father
of magical power

どういうこと!?
旅行じゃなかったの!?
第4話
異空間収納ポケット付きウェストバッグ
どん
ホームステイみたいなものよ
久しぶりじゃのセリーナ
元気そうねケント!
あんた老けたんじゃないかい?
そりゃお互い様じゃ
あ!
ごめんっ
さ
さ…
あの3人…勇者一行で一緒だったのかな!
ではおふたりが勇者ケントと魔導師カリーナなんですね!
!

君のおばあちゃん
ガルム教国の聖女
セリーナ・アベラール
でしょ！
聖魔法使いの
第一人者で
あの『勇者物語』にも
出てくる有名人
だよね！
よく知ってますね！
あの分厚い本を
読破したんですか!?
キュピーン
僕は
レオンス・
フォースター
レオって
呼んで！
よろしくね！
はい！
初めまして
レオくん！
私もリーナと
呼んでください！
って!?
レオくん
血が!?
あぁ
へーキ
へーキ
修業中なんだ
じいちゃんが
スパルタでさ

!?
リラックスしててくださいね
!?
傷が！
治ってく!?
体がポカポカして…
すごいよリーナ！
今の聖魔法でしょ!?
治癒完了です！
あ〜よかったぁ
え？

実は私
自分にしか
使ったことがなくて…
ぁあっ
他人を
治療したのは
レオくんが
初めてなんです
人体に作用する
魔法ってすごく
難しいんでしょ!?
えへへ
練習だけは
いっぱい
しました!
ケガを見たら
つい治療を…
……
ひゃあああああ
ごめんなさい
ごめんなさい
?
はっ
わぁあああ
おっとっと!
あら!
レオを治療して
くれたのかい!
ありがとね
おや珍しい!
人見知りの
リーナがねぇ

さてレオ
次はばあさんが
相手じゃ
本当に
いいのかい？
ああ！
遠慮なし！
手加減なしじゃ！
いいよ！
ドンと来い！
ばあちゃんなら
じいちゃんほど
メチャクチャじゃ
ないだろうし
スキル…
鑑定！
カリーナ・フォースター(62)
Lv.141
種族：人族　職業：元魔導師　状態：老化
属性：炎　水　土　風　植物　無
体力 5890/8060
力 750 ↓430
魔力 9970/16740
速さ 1020 ↓680
運 90
ル：炎魔法Lv.MAX　水魔法Lv.MAX
土魔法Lv.MAX　風魔法Lv.MAX
植物魔法Lv.MAX　無属性魔法Lv.6
魔力操作Lv.MAX　魔力感知Lv.MAX
剣術Lv.4　空間収納
称号：魔導師　英雄
そう力むこと
ないよ
私の特訓は
単純だからね
ほぼ全部
魔法Lv MAX!?
周りの魔力を感じるまで
私の魔法を避け続ければ
いいだけさ
だけって!?

いきなり無理だって!!
見て避けるんじゃないよ魔力を感じるんだ!
ほら次々行くよ!
あっ
触れもしないで感じる⁉どうやって⁉
ぶな!!
囲まれた⁉
間に合わな

ポッ
え!?
これが…
魔力!?
すごい！さっきまでと動きが違う！
ドーン
わかりやすいから大魔法？危険なことさせるね
ドゴーン
儂の孫じゃぞ？できるに決まっとる！
ズガーン
ドゴズガビシューン
あ
どーん
ばあちゃんもスパルタだった
スター(7)
Lv.1
属性魔法Lv.5
魔力操作Lv.5
剣術Lv.6
魔力感知Lv.2
魔力感知ができるようになった

やれやれ
たかがこれしき
・・・
5日も
かかりおって！
・・・・
ひとまず修行は
ここまでじゃ
あ゛あ゛ぁ゛あ゛
もうヘトヘト
だよ～～・・・
これしきで
バテおって！
なんちゅう
成長速度じゃ！
たった5日で
魔力感知どころか
無属性魔法を用いた
剣術までも
身に付けて
しまうとは!?
これほどの急成長と
膨大な魔力量・・・
この強さ
手放しで喜んで
よいものかどうか・・・

じいさん
本当にアレ
やるのかい？
ご褒美
おお！
そうじゃった！
頑張ったレオに
儂からのプレゼントじゃ！
プレゼント？
？
ペカーーーッ
ガラクタしかないが
好きなもん
持ってとくれ
が
ガラクタ
だなんて!?
物語にも出てくる
伝説や幻シリーズの
武器ばかりじゃ
ないですか!?
それに
綺麗にお手入れ
されてます！
ポリポリ
そうは言うが
今更使わんし
のう…
じいちゃん
僕これがいい！
うん？
レレオくん
それにする
んですか!?
え？

それ魔剣ですよね!?
おそらく魔王が持っていたっていう…
ズ
ドズ
ほう！博識な娘じゃないか
姿は見えてない、ようだが…
キョロ
キョロ
魔力もそこの老いぼれよりありそうだ
ズ
左様！
そなの!?
誰が老いぼれじゃ!?
子供たちにベタベタするでない！
クククク
魔力操作がお粗末な奴が偉そうに！
迎えに来たよエレメナさん！
レオ!?こやつを知っとるのか!?
うん！
前話した時にね持つ資格あるって…

それは
貴様の魔力が
より高まれば
の話だったろ
たった5日で
持っていこうなどと
私も安く見られた
ものだ！
なるほどの
ほんじゃまぁ
試してみるか？
うん！
おいっ
剣の話
聞いてたか？
レオの
魔りょ…
いくよ
エレメナさん！
僕の魔力
持ってって！
なに これ
すごっ
魔王様に
仕えし魔剣が
容易く認める
わけがなかろ…
わかった！
もっとだね！
ま 待て！
もうこれ以上は

これで
レオの物じゃな！
やったー！
ピクッ
ピクッ
ピクッ
ピクッ
魔剣エレメナ
持ち主：レオンス・フォースター
みんなー
ご飯よー
お！
飯じゃ
飯じゃ！
僕お腹
ペコペコ
行こう
リーナ
はい

ベクター城

え〜〜〜!?
レオ来ないの!?

フォースター家からは
長男のイヴァンが
来ますし
レオくんは今
父に稽古をつけて
もらってるんですが
その…半年は
かかるかと
そんな〜〜〜!?

ぎゅ…
ううん…
いいの
困らせちゃって
ごめんなさい
シェリア様…

え？
ネックレスが⁉
「フォースター家」邸
まさかレオに異変が⁉
ん…
もぞ…

えーっと
何でこんなことに
なってんだっけ!?

もぞっ

たしか…
リーナを部屋まで
送ってって…

!

あとちょっとだから
ガンバッテ
リーナ!

お…うさん
…かあさん

…リーナ

わっ!

ぎゅっ

ちょっ!?

カリーナのお茶なんて何十年ぶりかしら？
あれからそんなに経つんだね
魔王を倒した後のほうが忙しかったんでしょ？
そうね…平和になっても人の争いはなくならないわ…
ガルム教皇じゃな？
ええ…私たち一族を根絶やしにしようとして…
息子夫婦だけじゃ飽き足らず
残されたリーナにまで…
儂らならいくらでも手を貸す
それにベクター王は若いながら頼りになる
お前さんもそのために危険を冒してまで亡命してきたんじゃろ？
…ええ！
皇帝に謁見してリーナの保護を嘆願するつもりよ

それなら紛れ込むのによさそうなもんがあるぞ！
ダミアンからの密書に
3日後シェリア姫の誕生祝賀パーティーが催されるとある
？
国を挙げてのお祝い事なら
人の出入りも増えるわね
警備も厳しいじゃろうし迂闊なことはできんじゃろう
万一に備えて私が同行するよ
年寄りに年寄りが付き添ってどうするんじ
じゃあどうしろってんだい？
決まっとろう！
ずずっ！
ボデーガードをつけるんじゃゃ！
こぶ！！
？

シェリーのバースデーパーティー!?
いいの?
もちろんじゃ! リーナちゃんはガルム教国を代表として!
レオは…サプライズゲストじゃな!
ねグセ…
じゃが…
それだとドレスコードに引っかかりそうじゃの…
あ…
なに? 私を置いてく気?
ま それもありじゃな
そ そんなこと
じいちゃん!?
でも確かに子供が剣を持ち歩くなんてできないし…
袋にでも入れるとか?

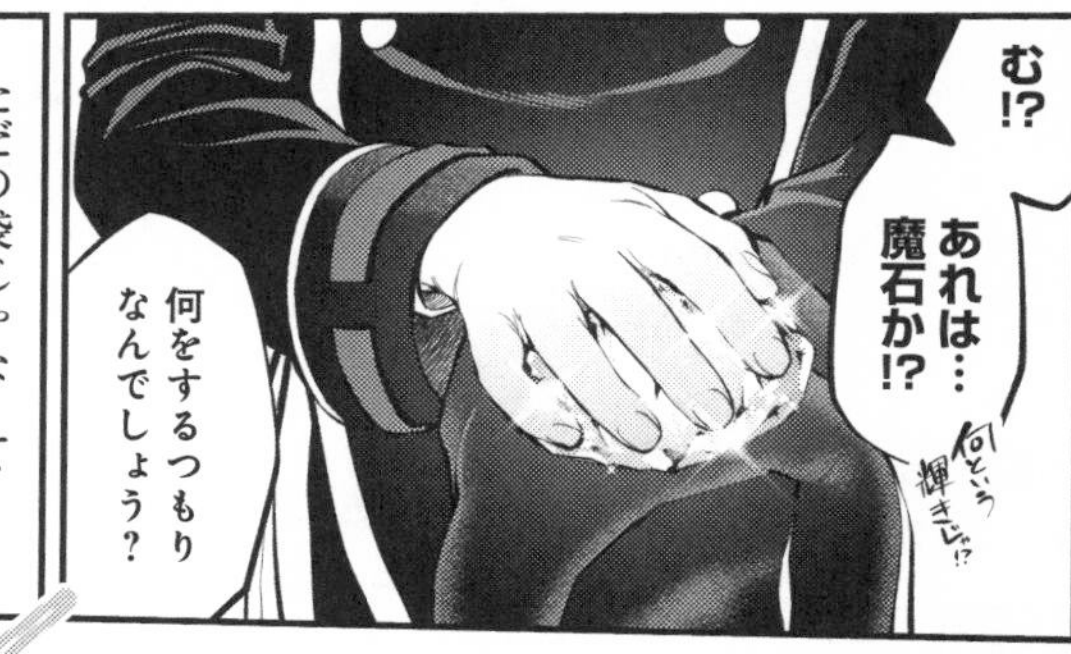

じいちゃんのスキルにあった空間収納みたいなのイメージして！

異空間収納ポケット付きウェストバッグ
・念じるだけでポケットに収納される
・ポケットの容量は作成者が最初にバッグに注いだ魔力量に依存
・使用者は最初に魔力を注いだ者
・バッグを持てるのは使用者または使用者と共に魔力を注いだ者のみ
・作成者：レオンス・フォースター
これならどうかな？
エレメナさん
？
おいおい穴開いちまうぞ？
すぅ…
す
す
すぅ…
お？
おお!?

何だここ⁉
ものすごく
広いぞ！
大丈夫
そうだね
えっ
レオくん！
いったい何が
どうなって
そうなってる
んですか⁉
えっと
さっきのは
創造魔法って
言って
ずーーー
じゃがアレは
簡単な物さえ
作り出せんはず…
レオはこんな
立派なもんを
作れるのか⁉
すごいです！
不思議です！
一朝一夕では
得られんほどの
魔力
傷つけるでも
癒すでもない
物を生み出す
魔法か…
それが
ものづくりに
活きとったとは！
これからの
新しい使い道やも
しれんのう！

ガタ
ゴト
ガタ
ゴト
わあぁ！
速い速い！
馬車って
すごいです！
ちゃんと
お座り
すまないね
レオくん
いえ！
僕も一緒に行けて
嬉しいです！
楽しみだね
パーティー！
うん！

ザ
ザ
ザ
ザ

さあ…
楽しい宴の始まりだ

次巻予告
～無能魔法が便利魔法に進化を遂げました～
9
レオンスの子どもたちが
いよいよ活躍！

継続は魔力なり
continuity is the father of magical power
2021年秋発売予定！
魔界
リッキー
イラスト・キッカイキ

上洛を目指す義昭が
顕如の凶刃に散る⁉
そして、堅綱の甲斐攻めの
ゆくえはいかに？
最新第十一巻
2021年夏発売予定！

凶
[著]イスラーフィール
[絵]碧風羽 みどりふう
淡海乃海
水面が揺れる時
三英傑に
嫌われた不運な男、
朽木基綱の
逆襲

シオン・ソール・サンクランドが
若くして、死ぬ。
…って、
そうはさせませんわ！

シリーズ人気沸騰中！

詳しくは公式HPへ！

COMIC

コミックス第❸巻
2021年5月15日発売！

AUDIO BOOK

オーディオブック第❹巻
2021年5月25日配信！

STAGE

舞台第❷弾
2021年7月上演！

※2021年5月時点の情報です。

ティアムーン帝国物語 VIII

断頭台から始まる、姫の転生逆転ストーリー

2021年9月10日発売！

TEARMOON EMPIRE STORY

餅月望——著
Gilse——イラスト

「聖女ミーア皇女伝」に
現れた凶報を阻止するため
エメラルダに持ち上がった
縁談を口実に——
精鋭を率いて
サンクランド王国へ!?

TOブックス
オンラインストア限定

豪華
書き下ろし小説
オーディオブック
特典付き
予約受付中！

継続は魔力なり８
〜無能魔法が便利魔法に進化を遂げました〜

2021年6月1日　第1刷発行

著　者　リッキー

編集協力　株式会社MARCOT

発行者　本田武市

発行所　TOブックス
〒150-0002
東京都渋谷区渋谷三丁目1番1号　PMO渋谷Ⅱ　11階
TEL 0120-933-772（営業フリーダイヤル）
FAX 050-3156-0508

印刷・製本　中央精版印刷株式会社

ISBN978-4-86699-218-1